中国政府出版品国际营销平台精选图书·文学书系　　王昕朋 主编

K线人生

Life Like a K Line

云　舒 著

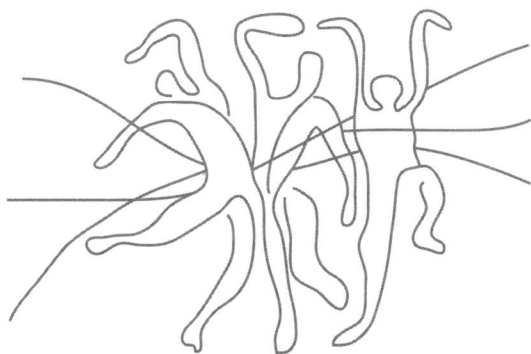

中国言实出版社

图书在版编目(CIP)数据

K 线人生 / 云舒著 . -- 北京：中国言实出版社，
2022.3

（中国政府出版品国际营销平台精选图书 / 王昕朋
主编 . 文学书系）

ISBN 978-7-5171-4050-4

Ⅰ . ① K… Ⅱ . ①云… Ⅲ . ①短篇小说—小说集—中
国—当代 Ⅳ . ① I247.7

中国版本图书馆 CIP 数据核字（2022）第 026486 号

K线人生

出 版 人：王昕朋
责任编辑：李 岩
责任校对：王战星

出版发行：中国言实出版社
　　　　　地　 址：北京市朝阳区北苑路180号加利大厦5号楼105室
　　　　　邮　 编：100101
　　　　　编辑部：北京市海淀区花园路6号院B座6层
　　　　　邮　 编：100088
　　　　　电　 话：64924853（总编室）　64924716（发行部）
　　　　　网　 址：www.zgyscbs.cn　E-mail：zgyscbs@263.net

经　 销：新华书店
印　 刷：北京中科印刷有限公司
版　 次：2022年3月第1版　 2022年3月第1次印刷
规　 格：880毫米×1230毫米　1/32　10.75印张
字　 数：214千字

定　 价：56.00元
书　 号：ISBN 978-7-5171-4050-4

有风骨讲美学接通全球

——"中国政府出版品国际营销平台精选图书·文学书系"总序

王昕朋

　　中国言实出版社是国务院研究室主管主办的国家级出版单位，出版定位是：主要出版党和国家重大政策的研究成果以及相关的辅导读物。1995年成立以来，我们一直坚持这一出版定位，围绕党和国家中心工作开展出版活动，因而，国内外读者很少见到由中国言实出版社出版的文学类图书。但是，近几年文学界对中国言实出版社已不陌生。这源于出版理念的一次变革。习近平总书记在文艺工作座谈会上的重要讲话指出："一部小说，一篇散文，一首诗，一幅画，一张照片，一部电影，一部电视剧，一曲音乐，都能给外国人了解中国提供一个独特的视角，都能以各自的魅力去吸引人、感染人、打动人。"这给了我们启示、启迪，文学也是讲好中国故事、传播中国好声音的重要途径。所以，我们也用心、用功、用力打造文学板块，并将它推向世界。2018年8月，由中国言实出版社出版的李春雷报告文学作品《朋友——习近平与贾大山交往纪事》获第七届鲁迅文学奖，同时入选"丝路书香"出版工程在国外出版，于是文学界发现，中国言实出版社在文学出版领域同样有不俗的表现。中国言实出版社的文学图书品种少而精，中国文学的声音在通过中国言实出版社持续传播到海外，承载着文化和文学信息的《温文尔雅》翻译成英文、日文、俄文、德文、法文、意大利文、西班牙文、葡萄牙文、阿拉伯文等多种语言向全球推介，英文版、中文繁体版荣获第十三届"输出版引进版优秀图书"奖，长篇小说《京西胭脂铺》一举登榜"中国图书世界馆藏影响力图书20强"。付秀莹、金仁顺、乔叶、魏微、滕肖澜、叶弥、戴来、阿袁等8位"当代中国最具实力女作家"的作品集同时推出，之所以在名称中冠以"中国"二字，是出于对外推介的考量，其中付秀莹、魏微、戴来等人的小说集后来入选"经典中国"项目在美国出版，产生良好反响。

近年来，中国言实出版社加快国际出版步伐，与英、美、日等多家国外出版单位建立战略合作关系，近百名当代中青年作家的作品陆续推介到美国纽约、日本东京、德国法兰克福等多个国际书展，被多个国家的图书馆收藏，图书受到国外图书界关注，连续6年入选中国图书世界馆藏影响力百强出版单位。2015年经财政部批准立项，中国言实出版社建设并主办中国政府出版品国际营销平台，为推动"文化走出去"提供支持。2020年，有感于体量庞大的中国当代文学无法快捷地被全球关注所带来的传播学遗憾，有感于年度文学选本出版周期较长，有感于众多具有潜力、实力、影响力的青年作家的作品没有很好的对外传播渠道，中国言实出版社整合资源，决定专门为中国政府出版品国际营销平台的文学板块打造出一种比年度选本出版周期短、对当代文学创作反应更为灵敏的季度文学选本。《中国当代文学选本》应运而生，书名由王蒙题写，选稿编委梁鸿鹰、李少君、王干、付秀莹、古耜皆为业内名家行家，所选作品为国内新近发表的文质兼美的力作。作为一种有公信力的季度文学选本，《中国当代文学选本》因"让国外读者快捷阅读当代中国文学精品"的窗口作用，以及"为中国作家走向世界铺筑交流合作桥梁"的桥梁作用，受到作家、汉学家、国内外读者一致好评。《中国当代文学选本》传播中国声音，讲述中国故事，产生良好社会效益。有鉴于此，中国言实出版社决定打造这套"中国政府出版品国际营销平台精选图书·文学书系"。

出版社并不承担培养作家的使命，但是这套"中国政府出版品国际营销平台精选图书·文学书系"的入选作品多是出自青年作家之手，原因在于，我们始终关注着中国当代文学最具活力与实力的鲜活部分，求取风骨与审美的统一，始终在精心遴选极具当代性的中国文学好声音，始终把推动中国当代文学与全球接通作为出版人的责任，这套"中国政府出版品国际营销平台精选图书·文学书系"的入选作家和作品便是如此。有风骨、讲美学，是选取这套丛书的思考维度。"有风骨"是要对民族精神有所反映，要为人民而文学，要关怀民生，帮助读者把无病呻吟、凌空蹈虚的作品以独特筛选眼光来淘汰掉；而"讲美学"是指中国言实出版社遴选书稿时看重作品的文本质量，内容和形式互为表里，是为美。美为作品飞向全世界插上翅膀，中国言实出版社人始终认为，美是全人类可通融的共同语言，有风骨、讲美学才能接通全球，成为文学精品。这些优秀作品里，都跳动着时代的脉搏，展现着当代中国日新月异的面貌，蕴含着深厚的文化自信。出版是文学生产的终端，对于中国言实出版社而言是文学传播的开始。中国言实出版社将始终秉持"好作品主义"，重视名家不薄新人，盘点、整合中国文学资源，积极开展对外译介和推广工作，自觉地将有风骨、讲美学的文学精品作为永不改变的出版追求。

2020 年 12 月

目 录
CONTENTS

K 线人生

一

　　章玉溪铆足了劲儿向右下运笔，她认为"金"字的气势都在那一捺上。写了几次，那一捺不是长就是短，收笔处总是找不到沉甸甸的感觉。她想拍一张照片给褚晓光发过去，可她拿手机时却鬼使神差地端起了定窑莲花杯。她一边润嗓子，一边就想起了褚晓光的话："常言说字如其人，单看您铿锵有力的一招一式，想不自带光芒都不行。"章玉溪放下茶杯，微微翘翘嘴角，轻轻甩甩胳膊，然后将洒金宣铺到案头。一对镇纸雨刷器般刮过后，洒金宣又妥帖又温顺，像极了春天新翻的沃土。章玉溪深深吸了一口这泥土的芳香，胸中便开始万马奔腾，她要乘兴把"金石基金"四个字播撒下去。就在大功即将告成的刹那，莲花杯搭着那一捺的顺风车滑落到地上，伴随着章玉溪清脆的"啊"的一声。

那只定窑的莲花杯本不在书案，半年来它一直在写字台旁边那张花梨榻床的小桌上，每天和那把刻有"天衢"印记的汝窑天青壶一唱一和，慢条斯理地消弭着主人章玉溪心中的躁气。今天莲花杯登台入案纯属偶然，更偶然的是从不下午写字的章玉溪竟然下午弄墨，直接导致了莲花杯的重伤。

半年来，章玉溪已经习惯了上午写字，写累了就读帖，读累了就打扫战场，让笔墨纸砚各归各位。她以在单位工作的强度让自己一刻也不停歇，以为这样就能美美睡一个午觉，眯着眼睛躺在榻上枕着《兰亭序》醉一场，也梦一场。这是她上班时跟褚晓光描绘了很多次的场景。褚晓光说，那是神仙过的日子，您不行。不管是企业还是我们都需要您扶上马、送一程。那时安静和午休对风风火火的她来说绝对是奢侈的事情，中午只要有一点时间，她都会忙里偷闲窝在沙发上眯一会儿，往往是身子还没放平，上下眼皮就开始打架，即便几分钟也能做个小梦。如今退休了，想睡到几点就睡到几点，却入不了梦。她把原因归结为书房的落地窗太明亮，明晃晃的大太阳在她眼前恣意地闪着金光，就像一个个企业、一个个项目走马灯似的在眼前起舞。为此她特意添置了纱帘，窗纱过滤后的阳光又轻柔又平和，洒落在书房里，舒缓、安静，差不多枕着她的脸颊就睡着了。可章玉溪的思绪依旧是天马行空，在温柔的困意中嘬嘚驰骋。一中午的刀枪剑戟让下午的时光总是昏昏沉沉，茶无味，字也没有感觉。她索性就放弃了下午的练习，看看财经新闻，找一找上班时的感觉。今天午休时，她收到褚晓光的微信，褚晓光问她："师傅，石老板那'量身定制'的字写好了吗？"

那条语音跳动时，手机就在章玉溪的手里一闪一闪，她轻轻一点，褚晓光的声音就在耳边小心翼翼地飘着。章玉溪撇了撇嘴，她知道褚晓光是在问给金石的题字写好了没，可那话问得她更心烦意乱，就像一幅好字上滴下了一个墨点子。

章玉溪继续翻朋友圈。一边翻一边嘟囔，"哼，字写好了吗？如今你开始关心这字了，之前干什么去了？"这时，褚晓光又发来一杯热茶。章玉溪又是哼了一声，装作没看见。她想，退休了也有好处，比如此刻，她点了语音，点了图片，明明都看了，依然可以装作没有看见。如果还没退休，还在单位，只要在OA（办公自动化软件）上一点，对方就知道你阅过了，即便你不回应，褚晓光也会一溜儿小跑到办公室，红涨着脸说："师傅，这是个急件，等着您审阅呢。"让章玉溪在这个徒弟面前既无法遁形，也没有一点回旋余地。

但此时章玉溪就可以由着性子晾一晾褚晓光，让他知道即便退休了，她也还是他的老大，他的师傅。想到电话那头褚晓光的样子，她不由得牵了牵嘴角，仿佛找到了写好那一捺的感觉。她翻身起来，再次运足笔墨，可惜还是没能一气呵成，收笔的关键时刻，褚晓光的电话再次打来，这电话扯住了章玉溪的气脉，碰掉了莲花杯的一个花瓣。她安抚完莲花杯后，狠狠地把手机调到静音，然而就在她再次拉"金"字的捺笔时，下意识看了一眼手机。手机像受到了某种照拂，突然噗噗噗地震了起来。褚晓光不屈不挠的电话让章玉溪无奈地扔下了毛笔。

褚晓光在电话那头急切地说："师傅，明天是最后一天了，石老板都催我了，让我赶紧帮您把作品交上去。"

章玉溪想说，你如今那么忙，这点小事就别劳你大驾了。可也只是想，话在嗓子里转了一圈后就简化成了"哦"。

褚晓光在那头继续煞有介事地说："师傅，您就等着请客吧。"

章玉溪又是"哦"了一声，只不过这声"哦"带着弧度，有点冗长，从二声下沉到四声，和章玉溪的嘴角一样傲慢地耸了耸。章玉溪的属下都知道，只要章玉溪发出这样的"哦"，就说明报告有瑕疵，要发回重审。果然"哦"把声道打通后，章玉溪就清了清嗓子说："我请客，应该是石老板请我才对，如若不是看你的面子，我才懒得给他写呢。"

确实在早些时候，章玉溪没有答应给石老板题字。一年多以前，"金石金融大厦"奠基时，石老板就跟章玉溪说，是你孵化了金石集团，将来大厦竣工后，就用你题的字。章玉溪当时并没有答应，尽管她内心是那么希望自己的字能镶嵌在大厦上。但她一个行长，扶持企业发展是分内之事，如果给自己扶持的企业题字难免让人浮想联翩，她不能给自己找这样的麻烦。但每次谈完业务，石老板都会认真地补充一句："我们就要您的题字，您是金融家，有点石成金的妙手。"

这时褚晓光就会忙不迭地揶揄石老板："得了吧，如果章行长不是书法家，你会要她的字吗？"

章玉溪嘴里说着你们就拿我开涮吧，心里却当了真。她对金石的项目愈加上心，这上心一是因为石老板懂事，二是因为这个项目关乎她的去留，项目顺利的话，她就可以凭借业绩再升一级。可别小看这一级，这一级决定了她可能再多上五年的班，不然，她一年后就到站了。

那时她常常安慰自己，升有升的好处，退也有退的安逸，比如退下来无官一身轻，给金石题字也就无所顾忌了。但在项目里摸爬滚打了半辈子的她并没有做两手准备，凭借经济走势和她的能力，金石项目势在必得。但现实却跟她开了个玩笑，板上钉钉的金石贷款在她退休前出了纰漏，没能落地，她也就在毫无准备中退了下来。

退下来那天，褚晓光说："师傅，您放心，我一定把金石的项目盯下来。您就放开手脚去做自己喜欢的事情吧，期待您的字早日在金石金融大厦安家落户。"

章玉溪当时嘴里应着，终于解套了，心里却不是滋味。她更愿意听到褚晓光说，我们离不开您，您得人退心不退，多关心行里的发展，多指点我的工作。可褚晓光没说。

那一刻章玉溪有些失落，她告诫自己，退了就是退了，自己要慢慢适应，何况自己还有爱好。她把自己的人生放到那个屡试不爽的贷款模型里，验证的结果是书法爱好压倒了到典当行、投资公司重新任职。贷款模型是她考察贷款项目的独家秘籍，她套入管理、运行、刚性收益三个指标，项目的可行与否就高低可见了。就如褚晓光和小李经理说的那样，章行长只要到企业一扫描，就知道项目行不行。

退休时，金石集团的石老板不仅没有责怪项目搁浅，反而邀请章玉溪到金石发光，给她留了个金石基金总经理的位置。章玉溪也不是没有动心，但她知道在银行做项目和到金石做基金是两码事，再说金石集团是自己扶持的企业，自己如果到金石任职，就难免生出瓜田李下的嫌疑。她是褚晓光的师傅，在此之前褚晓光多次表达需要她垂帘相帮，她想即便褚晓光一时不好意思马上说，遇到问题也会找上门的。她甚至想，如果他上门，自己是不是需要矜持一下，需要他三顾，像过去一样先等他啧啧评完她的书法，再让他汇报一个个项目。

但时间告诉章玉溪这只是她的臆想。事实上别说三顾，就是一顾也没有。她为褚晓光开解也为自己开解，新官上任忙着出业绩。等小李经理告诉她金石的贷款落地时，她嘴里说着"好、好"，却被贷款的鲠卡住了手指的喉，以至于一滴墨不小心甩出来，白白糟蹋了一幅好字。

几天后她坐在退休老干部席上看到褚晓光举着奖杯感言。褚晓光说："感谢总行党委的正确领导，感谢各部门的大力支持和帮助……"她侧着耳朵听，生怕漏下每一句话，但通篇她没有听到褚晓光提章玉溪一个字，甚至连擦边儿的意思都没有。这算什么呢？这个项目从播种到育苗到开花坐果，是她带着他一起浇水施肥的。这时，早她退休的老行长庞蓝碰了碰她的胳膊，指着台上的褚晓光说："还是你有远见，培养自己的徒弟接班。如今你挥挥手去喝茶、去写书法，留下你打的江山让徒子徒孙们坐，还不等于就是自己坐？哪像我，傻乎乎的也没有培养个一徒半弟，到头来总行空降一个，瞬间就改朝换代。"

她嘴里回复庞蓝说："都是行里的统一部署，哪有什么自己的小王朝。"但心里却不免生出千秋万代的自负。自负之余，就抬头看了一眼台上的褚晓光，这一看让她下意识地打了个激灵，她忽然发现那个红光满面的褚晓光怎么看怎么不像自己的徒弟了。

她表面上微笑着，做出气定神闲的样子，但心里却虚得很，慌得很，可这虚、这慌又不好当着庞蓝他们这些退休老行长表露出来。在庞蓝羡慕的语气中，她仿佛又找到了那个光芒四射的行长的感觉，这时她才发现确实行里的人对她比对庞蓝等人多了一些殷勤，老干部处的小于把她的桌牌摆在了老干部席的正中间，还一个劲儿地夸她，老有所长老有所为，嚷嚷着要求她的墨宝呢。庞蓝等小于离开后就撇着嘴说："小于家的侄媳妇刚调到你们新华支行，她这是想通过你和褚晓光修好呢，这也太露骨了吧。"说完肩膀一耸，夸张地打了个寒战。

章玉溪只是笑笑，她没接话茬儿，也没法接话茬儿。当时她心里正想着庞蓝，想着若不是庞蓝的女婿郝艺林在总行纪检处当处长，庞蓝的级别也坐不到中间位置呢。这样想时她就瞟了一眼会场，这一瞟就瞟到了角落里的老侯行长，老侯行长半闭着眼睛，花白的头啄米般一点一点，一丝亮晶晶的口水线不合时宜地在嘴角挂着。老侯行长的样子让她的心不由得一疼。

她刚上班时是暗恋过老侯行长的，那时的侯行长年富力强，喜欢舞文弄墨，是公认的官场文化人。退休时也没见他老呀，这才几年工夫？可见人真是不禁老，退下来、闲下来，简直就是老的罪魁祸首。

章玉溪重新审视着自己的退休生活，她觉得自己捡起书法真是太正确了。可一旦练起书法，脑子里就不时泛起谁谁跟她求过字，一想二想就发现还真是欠下不少，比如单位的职工之家，比如金石金融大厦，比如庞蓝的女婿总行纪检处处长郝艺林等，这不刚才老干部处的小于也说要求一幅呢。

近水楼台先得月。她想着退休后的第一幅作品应该是还单位职工之家的愿。她从上百幅练习中挑出一个"快乐工作、健康生活"的六尺，想象着它如一缕阳光洒在职工休息室。她想若是褚晓光在，他一定会这样说。不，褚晓光还会把那光照在职工脸上心上的灿烂都演绎给她听。想着想着她就被自己的想象感动了。职工休息室建成后，工会主席就等着章玉溪的墨宝给职工之家生辉，可章玉溪却忙着金石的项目，当时她的精力都在金石金融大厦项目上。她常常教育员工，客户和项目就是我们的衣食父母，忙于职工们衣食的她，就只好任墙壁静若处子。退休后，她不用扬鞭自奋蹄地写出了这幅六尺，然后就在家布好茶等褚晓光来取，等着他把生活褶皱里的那一丝光提炼出来。等待时她还把最近满意的作品一一挂到书柜上。她知道如今褚晓光接了她的班，忙得不亦乐乎。作为师傅，她要体谅他，况且他也已经出徒了，那么就不能浪费他太多的时间和精力去褶皱里寻光。她要把生活铺展开来，让他一目了然。可茶都凉了，褚晓光也没到。她顺手就把那熟悉的号码拨过去，褚晓光压着声音说，总行临时有个会，我马上派人过去取。她当时有一丝失望，但也有一丝成就感，自己的徒弟忙是好事，就如同自己的孩子忙一样，他们走正道，她才能心安。

字是客户部小李经理来家取的，小李经理不懂书法，但看着书桌上那一沓沓练习纸，一边喝茶一边啧啧赞扬。看到"金石基金"四个字时奉承道："章行，您参赛一定能拿奖。"

章玉溪莫名其妙地问："参啥赛？"

小李经理说："咱们的重点客户金石在公开征集新大楼的题字呀，昨天公众号都发出来了呢。"一边说一边认真翻看那厚厚一沓"金石基金"的练习。那肢体语言的意思再明显不过了："章行长，您别装作不知道，不然怎么会这么早就开始练习了？"

谁知章玉溪的脸就像门帘，一下就掉下来了。她答非所问地说："我就没有看公众号的习惯。"

"嗯，就是，就是。"说完小李经理就溜走了。跟了章玉溪这么多年，小李经理知道自己捅了马蜂窝，但他不知道自己用什么捅的，自己手里明明没有棍子呀。

小李经理前脚走，章玉溪就随后拨通了褚晓光的电话。电话不知疲倦地嘀嘀响了很久，才传来褚晓光压低了的嗓音："师傅，有急事吗？我还在开会。"

章玉溪听到了比褚晓光的声音还清晰的会场传来的声音："今年的重中之重是防范和化解金融风险……"她想等那声音小

一点或消失后再说话，她甚至在心里计算着褚晓光起立、往外走的时间，因为会议室的位置是固定的，她每次接到电话要有30秒才能走出会议室。但会场的声音依然响亮，一声声不屈不挠地清晰传来，传到60秒时，章玉溪"啪"的一下就挂了电话，挂上电话后又摁了一下开关键，关了手机。

她走到书桌前，把那一沓练习纸撕了个粉碎。

二

老陈进门时，章玉溪正在榻上打坐。说是打坐，但那一声"你怎么这么早就回来了"，生生透露出了章玉溪内心的河沸江腾。回家的路上老陈想，章玉溪一定是写字写得着了迷，手机没电自动关机了，但劈头盖脸的风声里分明透着欲来的山雨。他扯起一片云彩奉承道："真是功夫不负有心人，你现在都能双腿盘坐了。"章玉溪没有像以往一样所动，而是又追问一句："你今天怎么这么早就回来了？"

老陈不再游弋，直截了当地说："袁同利打你电话，你关机，就让我回家送鸡毛信，说是你们一个叫高晓明的师兄来了，晚上请你去吃饭。"

"我不去，如今我一个退了休的闲人没必要去捧那些达官贵人的脚。你不忙了？还专门替他传这个信。"章玉溪依然盘坐着，但并不影响头扭过来狠狠瞪了老陈一眼。

老陈无辜地张张嘴，想劝解一下，却不知道说什么好，好在这时手机铃声适时响了起来。老陈把手机伸到章玉溪面前说，又是袁同利。

章玉溪盯着手机看了几秒，然后又瞪了老陈一眼。老陈耸耸肩，把手机放到榻上，踱着四方步出了书房。章玉溪一边喊"老陈，老陈"，一边无奈地滑动了接听键。

"你厉害呀，掐着领导的脉搏。"电话那头袁同利调侃着。

"你更厉害，居然直接给领导派活儿。"章玉溪毫不犹豫地怼回去了。

"好了，好了，不跟你开玩笑了。若不是高晓明点名找你，我哪敢冒着领导吃醋的风险给陈局打电话。说正事，你赶快梳洗打扮出宫吧。对了，别忘了带上领导保驾护航。"

"高晓明？是咱们的优秀校友夏阳集团的高晓明？"

"是他！"

章玉溪放下电话，一个鲤鱼打挺从榻上跳下来。她一下午都在懊恼自己当初没去金石任职，哪怕是顾问呢。如果那样，自己的字也就能顺理成章镶嵌在金石大厦的楼顶上了，半路也不会出现公开征集题字这种事。郁闷间，袁同利的电话无疑是一道光，因为夏阳集团在那光束里金碧辉煌。她知道夏阳集团并购业务如火如荼，高晓明来金城绝不是单纯聚会这么简单，她预感到这也许是自己重出江湖的好机会。如果是那样，不仅自己可以和金石争业务，连褚晓光也要像维护大客户一样重新认回这个师傅。她不由得踌躇满志地伸了伸胳膊。

章玉溪像出席签约仪式一样翻出了职业装，对着镜子一照，肩溜下去半截，衣服在身上晃里晃荡。她"啧"了一声后问老陈："我是不是瘦了很多呀。"

老陈说："咦，你还真是瘦了，怎么闲下来反而瘦了呢？不过也好，有钱难买老来瘦哈。"

章玉溪瞪了老陈一眼："你会不会说话，我有那么老吗？"

老陈说："按世卫组织最新年龄划分，六十以下都还是青年呢。对了，我晚上还要审个报告，就不去。你记着打开手机。"

章玉溪换了一套新买的休闲装，衣服很合体，但章玉溪就是觉得状态不对。她又把职业装换上，虽然宽松了一些，但一换上职业装，立颈、立腰，整个人就精神了许多。她一边开手机，一边心里盘算着明天要不要去重新买一身。

手机刚一开，褚晓光的电话就蹿了进来："师傅，这一天的会满满的，我真体会到您当年是多么忙了。"

章玉溪不耐烦地哼了一声说："那你先忙吧。"

还没等章玉溪的话音落下，褚晓光就急急地说："师傅，您看到金石公开征集大厦题字的消息了吗？"

章玉溪又是重重哼了一声，比她过去不屑于或不满意时的哼还重。她对着褚晓光不用遮掩，她就是要让他知道自己不高兴了。如果褚晓光做金石贷款时让她垂帘，如果褚晓光还真把她当成师傅供着，石老板还好意思公开征集？

褚晓光说："师傅我就是怕您看到心里不痛快，所以第一时间看到就赶快给您打电话。我想石老板也许就是想通过征集造造声势，给金石变相做做广告，毕竟要改行做金融，需要提高知名度。"

章玉溪说："你以为我就那么愿意给他题字。之前若不是他三番五次求我，我才懒得给他写呢。"

褚晓光说："就是。不用您的字，损失的是他们。不过，石老板也没有说不用您的，您就写吧，我也是评委，到时候我跟其他评委推荐一下。"

章玉溪又重重哼了一声："不必了。"说完不等褚晓光说话就匆匆挂断了电话。

章玉溪赶到时，包间里只有袁同利和高晓明。还没等袁同利开口，高晓明就一口浓重的唐山腔说："来了。"

在来的路上，章玉溪一直想高晓明当年是什么样子呢。她在媒体上看到过高晓明，有些面熟，但除了知道这是高她两届的师兄，脑子里一点印象也没有。在她的记忆里，上学时和后来若干年，她和高晓明并没有交集。如果不是夏阳集团董事长的身份，她或许就不知道还有这样一位校友。但高晓明一开口，章玉溪便一拍脑袋哈哈笑了起来，那声调帮她找回了当年的记忆："我知道你是谁了！"

高晓明说："你早就该知道我是谁了！"

袁同利诧异地看着两人，然后用手指点点桌子说："你们这是唱的哪出？"

章玉溪笑着说："不告诉你。"

袁同利说："那好吧，你们都暗度陈仓了，我这栈道修得也就没劲儿了。"

高晓明笑着说："袁主任还是这么小心眼。当年我毕业时，我那导师，就是那个总带我练书法的王老师见我形单影只，就把章才女介绍给我。可惜我们刚绕操场走了半圈，章才女就走掉了。"

章玉溪笑着说："冤枉，冤枉呀。我跟着你走了半天，你一直低着头，看都没看我一眼。我只好说有事先走了，你也不挽留，满打满算就用唐山话说了一声'来了'，一声'去呗'。"

袁同利学着高晓明的腔调说："来了，我以为你是为了扩大版图来了，谁知你是别有用心呀。"

高晓明说："二者兼而有之，不，是三者。"

袁同利竖了竖大拇指说："高，高，实在是高。既然都是自己人，你就把你的意图直接说出来吧。"

果然不出章玉溪所料，高晓明确实是为了夏阳集团的并购而来。但她没想到的是夏阳集团瞄准的收购对象居然是金石集团。她太了解金石集团的石老板了，说好听点是事业心强，说通俗点就是野心勃勃，石老板习惯了当老大，怎么可能屈居人下。想到这里，她看了一眼袁同利说："袁主任，你这个金融办主任也太官僚了吧。我已经退休了，这个忙是帮不了的呀。再说有你出面，哪个单位不买你三分面子？"

"我当然知道你退下来了，所以我才向高师兄推荐了你。"

章玉溪问："除了金石，还有其他目标吗？"

高晓明说："没有。老公司业务量大，资金池里难免鱼龙混杂，一旦爆雷，还不把我炸个半死。小公司要一家家整合，投入产出不成比例，划不来的。我们前期做过市场调研，金石刚刚从实业转型金融，经验和人才都相对缺乏，并入夏阳，借助夏阳的管理、研究团队，是双赢的事情。"

章玉溪说："听起来不错，但你们和金石接触了吗？"

高晓明说："没有，这家公司年轻气盛，是针扎不透，水泼不进。所以才请你出马。"

章玉溪仔细打量着谈论工作的高晓明，除了"来了"那声之外，再也没有了当年的影子。那种成功人士的优越感，那副志在必得的神情，让她来时打的那点鸡血一点点变凉。她不自觉地扯了扯嘴角说："我们银行有八大禁令，尽管我退休了，但大张旗鼓地改弦易辙总不好吧。"

志在必得的高晓明不知道章玉溪是不识抬举还是欲擒故纵，一时间就把这疑惑抛向袁同利，袁同利显然还没排好兵，就披挂上阵了。"规定是规定，好多事情还是有回旋余地的，你章行长当年也没有少打擦边球。"袁同利说。

"哎哎，你堂堂金融办主任这样给我扣帽子，是想罚酒呢，还是想……"没等章玉溪说完，高晓明便倒了满满一大杯白酒放到袁同利手边说："当然罚酒了。"

袁同利用右手捂住额头和眼睛，委屈万分地一边往下拉一边说："我好心好意为你俩穿针引线，你们却合起来挤对我，好歹也陪上一小杯吧。"

推杯换盏几杯下肚后，高晓明就又扯出了那半圈操场。袁同利笑得前仰后合，但章玉溪却没有刚进来时那么激动了。她在想着如何收场，下午一受刺激就想重出江湖，可冷静下来她也知道，闯荡江湖绝不是那么容易的，比如这个金石就是无法攻克的，如果业务拓展不了，自己在高晓明那里的估值也就一泻千里了。如今完美收官，重拾书法，说不定还真能练成书法家呢。自己在心里这么一评估，就难免烦躁起来，她拿了一张餐巾纸，装作去洗手间的样子出了包间。

"师傅，真是您呀！"褚晓光变戏法般从身后赶上来。章玉溪撇撇嘴说："这地方我现在来不合适吗？"

褚晓光脸一红说："放下您的电话，我就约了石老板，想问问他题字的事。您是……"

"我和几个老同学吃饭。"说完章玉溪就径直走进卫生间。她磨蹭了半天，为的是躲开褚晓光，谁知，褚晓光没躲开，袁同利反而追了出来。出来时褚晓光正扶着有些微醺的袁同利。袁同利看见章玉溪说："我说这点酒对章行来说就是毛毛雨，可高晓明就是不放心，非逼着我出来寻你，你看人家对你多关心，你快点回去吧。"说完就在褚晓光的搀扶下进了洗手间。

章玉溪回到包间后，高晓明一边倒酒一边说："你可不能像当年一样把我再扔到半道上。"

章玉溪用手挡住酒杯说："不是我不帮忙，你就是给二十倍的市盈率，那个石老板也不会卖掉金石的，你们还是重新选择目标吧。"

高晓明推开章玉溪的手，给她斟满了酒，然后端起酒杯说："话先别说那么早。人都有弱点，企业也不是铁板一块，我就看准他了，也看准你了。金城夏阳总经理的位置早晚给你留着。"

两人的杯刚碰到一起，袁同利就带着褚晓光进来了，随后石老板也端着酒杯走了进来。袁同利一一介绍后，石老板说："章行，几日没见，你怎么就瘦成这样了，我每天健身就是瘦不下来呢。"石老板说这话是想讨章玉溪的欢心，他确实没有体会到此时瘦对章玉溪的含义，更没想到自己有朝一日也会瘦成另一个自己，当然这都是后话，此时石老板正沉浸在自己风趣又不失机智的奉承中。

章玉溪嘴一撇："也是，几日没见，石老板越发富态了。看来如今这肉身也是势利，就知道追随财富，我一个闲人只有瘦了。"

石老板尴尬地笑了两声后对高晓明和袁同利说："你们这位同学是我们金石的贵人，两位领导见谅，我得知恩图报呀。"

章玉溪挡了一下酒杯，然后指了指高晓明和袁同利说："你是商人，应当知道哪个更有利。你还是先敬远道而来的高董吧，以后证券、基金投资业务你还要向人家高董多学习呢。"

"恭敬不如从命，我就是愿意听章行的。"说完石老板和高晓明碰了杯，交换了名片。章玉溪说袁主任是掐着你命脉的，这不用我说了吧。石老板笑着说："明白，明白。"

到了章玉溪这里，章玉溪："我就不喝了，最近习惯晚上练书法，喝了酒，那字就真天马行空了。"

石老板说："你不喝哪行？这样吧，你给我个机会，我喝白酒，你喝白水。"

袁同利一边鼓掌一边说："好，好。"

章玉溪撇了撇嘴说："哟，你们都是在位的，好意思让我喝白水，最起码也是茶水吧。"

石老板愣了一下，然后煞有介事地说："若不是为了求您的墨宝，我怎么能让袁主任省下这杯酒。"说完自己就连续干了三杯。

高晓明带头鼓掌，然后说："章行不能偏心，我也要留才女师妹一幅墨宝。"说完又对众人说，"不瞒各位，当年自己的梦想就是能有一幅章才女的书法，可惜这梦一做就是三十年。"

袁同利没等章玉溪说话，就拿出了金融办主任的派头擅自做主说："立即、马上、圆梦。今天在场的每人一幅。"说完也不管章玉溪同意不同意就让服务生拿来了笔墨纸砚。

章玉溪甩了甩手说："写就写，大不了你们一出门就当废纸扔了。"章玉溪在众人簇拥下来到套间的书案前，她让笔在墨中尽情吸吮着，等毛笔吃奶般咕咚咕咚打了饱嗝，她才用砚台给它擦拭多余的汁液，左一下、右一下，右一下、左一下，然后快速挥毫写下了四个字：厚德载福。写完后众人竖起大拇指，袁同利说："这个我喜欢。"可章玉溪落款题赠的却是褚晓光。她说喜欢也不行，师徒一场，还从没给晓光行长写过字呢。

第二幅"宁静致远"落款后，高晓明说："这阵仗，非袁主任莫属。师妹了得，师妹了得。"章玉溪笑笑说："什么了得呀，只不过是平常练习的这几个，不然哪敢拿出手呀。"说完就又写了四个字：静水流深。

袁同利问："这是给石老板的？"

章玉溪说："还真不是。"

章玉溪放下笔问石老板有没有什么心仪的词。石老板笑着说："当然有了，我求章行的墨宝也求了十几年，就那四个字，你知道的。"袁同利就有些醋意地说："你看你们总是打哑语躲避监管，这样是要犯错误的，别说了，赶快写吧。"章玉溪说："我一个退休的人，早就不在你监管范围内了。石老板，咱就不当着他的面写，是吧？"

石老板哈哈一笑说："当然，我那幅可是量身定制的。"

三

章玉溪问老陈："我是去夏阳还是去金石呢？"

老陈说："你总说做了一辈子金融，退休后要换个活法，干吗还要去再费那个力气？"

章玉溪不满意地看了一眼老陈。老陈并不理会她，像个没事人一样，继续坐在沙发上看球赛。章玉溪想，干吗？为利更为名呗！看看我才退休多久，连你也敢轻视我了，如果再这样虚度下去，还不坐吃山空。我可不想像隔壁李姐一样，一不留神把自己的名字都给弄丢了。有人叫李姐琪琪妈妈，有人称呼李局夫人，有人干脆就喊李姐。前几天章玉溪去小区旁边的公园散步时，碰到李姐，就顺口问了一句李姐在哪儿上班？李姐笑了笑说："我原来在邮局，老李前些年在下面挂职，为了带琪琪，我就买断了。"章玉溪说："可惜了，后来邮局新增了邮政储蓄，如今又改成邮储银行了。"李姐说："谁说不是呢，就差一年，连退休工资都泡汤了。让老李给找找，老李就是不肯。"章玉溪说："我跟邮储的行长认识，我试着问问，看能不能续上社保。"李姐自然是感激万分，当下就把名字和基本情况告诉了章玉溪。章玉溪回家对老陈说："一直李姐李姐叫着，原来李局爱人不姓李呀。"老陈说："不姓李姓啥？姓张？"章玉溪说："还真让你蒙对了，人家真是姓张，叫张雅青，名字还挺好听呢。"

章玉溪习惯了章行长的称呼，什么陈局夫人、诺诺妈妈呀她听着别扭。但仅仅多半年，章行长这个称谓就岌岌可危了。先是快递员打电话直呼其名："章玉溪，你的快递放收发室了，记着来取。"再是庞蓝把姓也省略了，庞蓝说："玉溪，重阳节去林西湖游湖，你怎么不去呀，我还想和你搭伴呢。"庞蓝还说："薇薇，苗艳，晓新都去，五朵金花就差你了。"章玉溪回应："都退了休的老眉咔嚓眼，还啥五朵金花，我真是有事呢。"庞蓝说："就知道你不肯闲着。"末了酸溜溜说了一句，"那玉溪你就一枝独秀吧。"章玉溪想我还真是不能步你们后尘。她们五个女行长相差没几岁，庞蓝岁数最大，章玉溪最小，在职时都比着、赶着，业务做得风生水起，巾帼不让须眉。开会时五个人也总坐在一起，在黑压压的男行长中就像一簇簇鲜花，久而久之就有了"五朵金花"的雅号。章玉溪退休后，庞蓝张罗五朵金花聚了一次，但退休后的金花们衣着也花枝招展，言行却大不似从前。大家见面就是谁又学会了一道拿手菜，谁又要晋升辈分了，如今沦陷在超市排队买便宜鸡蛋的大妈队伍里，自己都认不出自己来了。章玉溪想自己千万不能沦陷。她也不是没有想过要出山再找一份工作，可看着这个书法家那个书法家到处留墨，就想起自己也有二十年的童子功，想起自己年少的梦想，退休前就把书法捡了起来。谁知这一捡，就捡了一个才女的名声。褚晓光说，师傅不是才女，是书法家。石老板更是天天追着要书法，追着要书法家章玉溪给他的金石金融大厦题名，他说，金石集团要整合业务，成立金石投资公司，他早就想好了，管理的第一只基金就叫"金石基金"，有了"金石"垫底，不愁基业不长青。他让章玉溪给"金石基金"题字，并把"金石基金"镶嵌在金石金融大厦的楼顶。章玉溪知道，楼顶就是五十层的顶上，如果是那样，她的字就会在金城第一高楼上闪闪发光。

金石的公开征集打破了章玉溪退休后的生活，也让她再次萌生了重出江湖的想法。高晓明给出的条件很优厚，但她知道天下没有免费的午餐，高晓明与其说是看中她的能力，不如说是看中她和金石的关系，她是促成并购最合适的人选。高晓明说："石老板到处说你是他的顾问，而且你的徒弟又掌管着他融资的生杀大权，更重要的是夏阳并购金石是双赢的事情。"袁同利也撺掇章玉溪，你就顺水推舟去金石当个顾问，慢慢地把并购渗透进去，对金石、对夏阳、对金城金融稳定，对你个人都是好事情。章玉溪当然明白袁同利的意思。其实在位时她也不止一次劝过石老板，金融盈利水平高，但风险也大，他应该把精力用在金石集团的实业上，比如金石房地产、金石汽贸、金石酒店。但石老板却铁了心地要做金融，他说资本市场正进入下一个捡钱时代，他怎么可能坐失良机呢？那个夏阳投资集团如果不是日进斗金，怎么这么快就独树一帜？

金石是新华支行的重点客户，也是章玉溪经营多年的客户，多年来给新华支行带来了丰厚的回报，因为有着这样的黄金客户，其他行都羡慕新华支行的员工，不用费劲，坐着就能数钱。确实，只要金石不被他行抢了去，那么新华支行就可以一直受益，何况章玉溪退休前又埋下了"金石金融大厦"这个金豆子。入驻"金石金融大厦"的签约机构有证券、保险、银行网点。五十层的写字楼，即便是只靠租金就能养活金石，也顺便让新华支行喝一碗融资租赁的靓汤。金石集团几乎是在她退休同时华丽转身为金石投资集团的，她当时还想提醒袁同利，给金石发金融业务许可证可以，但一定要有一个规模控制，设定一个上限。比如第一年业务不允许超过二十亿，第二年业务不允许超过五十亿，等等。那天她确实是打了电话的，只是袁同利没等她说完就说："老同学孵化的基金就是不一般，其他公司三回两回也达不了标，金石的管理'丁是丁，卯是卯'，是你的风格。"章玉溪只好把话咽下去，她一个退下来的人，没必要讨人嫌。不然就真是犯傻了。

上周二，她就犯过一回傻，弄得自己不舒服，别人也腻歪。那天，她正在读帖，书协的贾主席打电话来咨询她，投在金石集团的那笔钱到期了，是取出来还是继续投进去？她笑着说："高收益就高风险，我做了一辈子贷款，最怕的是不良，如果是我，我是不会让自己整天提心吊胆的。"其实这就等于回答了,钱不能再投进去。"如果是我"是章玉溪退休后给自己寻到的一个盾牌。她觉得引入"如果",既现身说法又清晰明了,不像某些人车轱辘话来回说,让人越听越云山雾罩。但这边话音未落,贾主席就在那边重重哼了一声,有些愠怒的贾主席说:"前几天有几个朋友还又投了一些呢,说是金石金融大厦马上开业,'金石基金'也要启动,还说是你支持的项目。"章玉溪连忙解释:"从目前看,投资没有问题,但金石业务扩张太快了,而且……"她还没说完,贾主席就截住了她的"而且"。贾主席说:"章大行长,我还要审阅'书代会'的议程,你有什么最新消息可记着通报我一声呀。"

章玉溪呆呆地对着挂断的电话叹了口气,然后用手梳了一下头皮,把挓挲起来的头发压了压。她不能和过去一样把手机扔出去,因为现在不是过去了,过去她怎么可能对着挂断的手机发呆呢,是她挂断别人的电话才对。她不想再搭理贾主席,可自己的副主席增选却是绕不开贾主席的,在这个节骨眼儿上她只能委曲求全地把电话再拨回去。她想说服贾主席先把投进去的钱撤回来,等金石大厦正式启用,等基金信托业务上了轨道再投不迟。可电话拨过去就是忙音了。她苦笑了一下,心想每个月一笔笔利息到账,谁又能不动心呢,让人家退出无异于挡别人的财路。放下电话,她的心就乱了起来,因为市书协副主席的头衔盘桓在心里,贾主席一旦不爽,自己的副主席就有了潜在风险。

章玉溪当然知道不管是去金石当顾问,还是将来在夏阳谋个职位都是不错的选择，但就怕万一，万一金石翻船，万一夏阳爆雷，就会打不着狐狸惹一身臊。她做了三十年的信贷业务，能完美收官就是因为自己的风险意识强，在这方面，她仿佛有着惊人的天赋，只要感觉不好的项目，她就宁可错过也不做。实践证明她总是对的。对于金石，她也有类似的感觉，比如金石在金融执照还未下来时就提前内部集资，这是犯了大忌的。她提醒过褚晓光，如果有内部集资等这些表外资金存在，就埋下了潜在风险，有潜在风险，就不能再新增贷款了。褚晓光特认真地点了点头，但贷款却照贷不误。

高晓明给章玉溪亮了底牌，夏阳用二十倍收购金石，但重要的一条是至少要收购金石股权60%，控股金石。章玉溪在心里算了一笔账，如此看来，石老板的转型确实是对的，一转身，身价就增了二十倍，上市也不过如此啊。高晓明说："事成，你任夏阳金城分公司的总经理，管理几百亿基金，你的薪资就不用我说了，你自己都可以算出来。"

章玉溪的热情就这样被激发出来了。她对老陈说："我想再去工作几年，这些年一直在体制内，虽然工资也不低，但你知道一个基金经理一年能挣多少钱吗？"

老陈摇摇头说："钱哪里是那么好挣的，再说如今领导干部家属经商办企业是明令禁止的。"

"我不是去经商办企业，我是去发挥余热，比方说给金石当顾问，帮金石建立一套风险管理机制，助力金城经济发展。"

老陈说："顾问顾问，顾而不问。你倒好，人还没去，就又顾又问。看来我昨天真不应该接袁同利的电话，更不该给你传信。"

"算了吧，你不接电话，他就不会跑到家里来找？再说金石集团今非昔比了，石老板请不请我还不一定呢。"

四

章玉溪确实吃不准石老板还请不请她。此一时彼一时，当初不也是信誓旦旦要用自己的字，如今却搞什么公开征集，让自己着急上火吃了个烧鸡大窝脖。若不是昨天自己当着袁同利他们点他，他会让褚晓光来解释吗？

褚晓光在送她回来的路上说："章行，那个公开征集果然就是石老板的炒作，石老板是通过公开征集金石金融大厦题词，变相打广告。那些程序就是形式，撼动不了内定的您。"褚晓光就有这样的本事，不显山不露水就能把事情摆平，而且摆得自然流畅。这样一来章玉溪即便想跟石老板和褚晓光使个小性子都不知道该怎么出手。但既然石老板让褚晓光搭了个台阶，自己也就没有理由不顺着下来了。下来归下来，但心里还是有些怨气，不免就敲打了一下褚晓光："我才不跟他争一日之长呢，做人做事讲的就是个厚道，如果过河拆桥，谁还敢帮他呢？"

褚晓光笑着说："石老板如今满脑子想的都是拓展业务，从企业家到金融家说易也易，有钱可以任性。但说难也难，毕竟隔山隔水的。资本市场风大浪急，聘个合适的职业经理人也不容易，石老板让我带话，想请您出山呢。"

"咱们的八项规定你不是不知道，我就不去掺和了。"章玉溪习惯性地矜持了一下。

"我也是那个意思。"褚晓光说完看了一眼章玉溪，章玉溪没有吭声，但脸色还是沉了一下，嘴角也习惯性地往下撇了撇。褚晓光做了多年的徒弟，当然知道这是章玉溪不愿听了。如若从前，他会想方设法再圆回去。但如今褚晓光没有心情，也没有必要哄章玉溪，他嘴里喊着师傅，心里早就出师了。他之所以那么说是欲擒故纵，是想试探一下章玉溪的底牌。在他心里并不赞成章玉溪去当金石投资集团的顾问，自己好不容易出徒单飞了，就不愿再让章玉溪牵根绳。

这半年他已经渐渐收复了金石，也拿下了石老板，眼看着章玉溪就跟金石闹掰了，那样的话章玉溪就不会再参与到任何业务中，客户和员工也就不会说原来的章行长如何如何。那天石老板请褚晓光吃饭，石老板对服务员说，来一瓶白鹭诗坊吧。褚晓光笑着说："看来这个白鹭诗坊的宣传效果真是不错呀。"白鹭诗坊是金城白鹭书院自酿的粮食酒。几个文人在西山过着酿酒、吟诗的田园生活，潇洒归潇洒，但毕竟经济基础决定上层建筑。小众的酒，一直不温不火，让他们就难以成为真正的陶渊明。等一个原来的文艺青年、如今的白老板过来谈收购时，白花花的银子一放，几个人别说诗，话都没说两句，就缴械了。白老板引进了先进的工艺和设备，把酒厂开在二十里外的金城河畔，酒也就成规模大批量涌入市场了。卖了酒的招牌，拿了钱的几个诗人本以为要卷铺盖走人，谁知老板却挽留下了他们，一口一个老师，让他们继续在西山酿酒、作画、吟诗。几个诗人是知恩图报的，便变着法为老板宣传，什么文化情怀，什么良心酿造，什么玉露琼浆，等等，并撺掇老板学着永和九年那场醉，在白鹭书院办了场诗歌大奖赛，于是一场场曲水流觞就成了电视台和金城的热点，白鹭诗坊酒也就跟着在金城飘香了。

那些诗人、那些大奖赛无疑是最好的广告。白鹭诗坊酒端上来时，褚晓光就怂恿石老板，金石集团也可以学学白鹭诗坊的模式，一个好的创意能抵过上千万个营销经理呢。石老板点头称是，不然咱也搞个金石投资大赛？褚晓光说："搞什么投资大赛呀，成本太高了，还有点急功近利的嫌疑，金石金融大厦不是马上要开业嘛，你可以搞个公开征集大厦题词呀。"石老板就连声叫了好，是呀，有奖征集成本低，影响大，如果再让媒体介入进来，这影响没准就超过了白鹭诗坊呢。

当时两个成大事者都选择了不拘章玉溪这个小节。本来石老板是一直坚持请章玉溪来金石投资集团的，但章玉溪一再拒绝，再加上褚晓光主动介入，石老板就觉得请不请章玉溪都不重要了。原来褚晓光跟在章玉溪后面，不显山不露水，但接班后，魄力和能力都远远超过了章玉溪。比如石老板过去每次一提到转型，章玉溪就泼冷水，说什么术业有专攻，说什么金融收益高，风险也大，等等，总之就是一百个不看好，不支持。石老板知道，如果章玉溪不支持，自己硬要转型，那么章玉溪就会收回信贷资金，如果收回信贷资金，别说做投资了，自己的实业也难做好呢。所以即使他有转型的心，也不敢行转型的实。但也仅限于不敢，转型的心并没有死，为此他就选择了曲线救国，建了一座五十层的金石金融大厦，用出租写字楼的方式先把保险、证券、银行、投资公司等招揽进来，先看看猪跑。章玉溪倒是非常赞同他建造这座金融大厦，为大厦建设放了八个亿的贷款。章玉溪在审贷会上力排众议阐述道："金石金融大厦就相当于金城的金融街，大厦为金融企业提供办公租赁，租金远远高于贷款利息，这是一个前景可期的好项目。"不仅如此，在前期市场调研和论证中，章玉溪还帮金石签下了不少租赁协议。在大厦落成和章玉溪退休前期，石老板又一次提出转型。章玉溪知道他是不甘心，旁边的人都在吃肉，自己只能分一杯羹，别说是精明的石老板，就是任何一个正常人也禁不起这种诱惑。章玉溪不再说什么了，她知道说什么也没有用，只能姑妄听之，姑妄任之。

褚晓光就不同了，他说："转型是明智之举，如今是资本市场时代，实体经济怎么可以和资本经济相提并论呢？"但这些话褚晓光不是当着章玉溪的面说的，而是每次吃完饭送章玉溪回家后，石老板和他喝茶时说的。石老板当下就邀请他辞职加盟到金石集团，负责金石基金的筹建。褚晓光说："我师傅培养了我那么多年，我怎么能辞职呢？不瞒您说，前几天那些全国性股份制银行也有人来挖我，职位高两级，年薪翻几番，我都没答应，我不能让师傅伤心。但是……"褚晓光话锋一转说，"但是你有什么需要我帮忙的，就尽管说，我保证知无不言，言无不尽。谁让您是我师傅多年扶持的客户呢，为师傅守住这一片江山也是我应该做的。"

石老板笑着说，那我就不客气了，我们联手，那真是强强联合，放心，金石是不会亏待你的。之后，他们就很少提到章玉溪，其实也就不用提了。离了章玉溪，贷款也贷成了，转型也转成了。当然当初要章玉溪的题字也就可以不了了之了。但谁知这么巧，晚上褚晓光就碰到了章玉溪，不仅碰到章玉溪，还碰到了袁同利，而且还从袁同利有些直的舌头里听到了夏阳要聘请章玉溪出山的消息。褚晓光在脑子里快速转了一个圈，就告诉了石老板。他们的第一反应是阻止章玉溪到夏阳任职。金城的市场就这么大，如果章玉溪带着夏阳的招牌出来和他们分蛋糕，金石恐怕能分到的也就是一个边边角角，再加上她在金城金融圈做了三十年，客户有，口碑有，夏阳和金石的高低，立马就清晰可见了。与其说是石老板厚着脸皮拍夏阳的高晓明和金融办的主任袁同利马屁，不如说是向章玉溪示好。再说他也一直是坚持聘请章玉溪当顾问的，只是在褚晓光的介入后就再没有落实。

褚晓光对石老板说："该征集继续征集，只不过通过走形式，把我师傅的字选出来就行了呗。这样一来，我师傅就不只是一个金融家，还是一个知名的书法家了。我师傅和金石相互成就，既不失初心，也无形中胜了夏阳一筹。然后您聘她当顾问也就顺理成章了，总不能她的书法挂在金石金融大厦，她的人去夏阳发光吧。"

说实在的，褚晓光见到章玉溪的那一刹那，也吃了一惊，他以为是章玉溪找他和石老板来兴师问罪了。他正想着怎么自圆其说呢，就碰到了袁同利。袁同利和章玉溪的同学关系他知道，但他不知道夏阳的高晓明也是章玉溪的同学。在见到高晓明的那一刻，他心里忽然又风起云涌了，仿佛当初见到章玉溪，仿佛当初见到袁同利，仿佛自己乘着小船又要迎涛击浪了。他是乘着章玉溪的风启程的，从经理到行长，他对风有着特别的感情，也有着诸葛亮观天象的天赋，所以他在风平浪静中识别出了如东风般的高晓明。高晓明是师傅的同学，那么他自然就要变回章玉溪那个乖乖徒弟了。

他一口一个师傅叫着，又开始给师傅疏肝健脾了："师傅，您的字通过征集选出来，而且都是书法界的大咖评选出来的，分量有多重就不用我说了。真羡慕您，业务业务做得无人能比，书法也一下就拔得头筹。又是金石顾问又是书法协会副主席，不知有多少人羡慕呢！"

章玉溪哼了一声，但这一声哼不仅不低沉，还轻飘飘的，带着一点娇嗔。褚晓光在这哼中听到了挡在他和师傅中间的块垒稀里哗啦瓦解的声音。他的嘴角不经意地往上扯了扯，然后像突然想起什么一样说："对了，师傅，去金石吧，当个顾问，不用担风险，也不用触动八项规定的红线，还能帮我们盯着点金石集团，说实在的，他摊子越铺越大，我还真是有些不放心呢。再说，金石是您一手扶持的，您当顾问给把把舵是最合适的。"

章玉溪心里是有怨气的，也是想抻一抻的。可她还是被褚晓光说得心旌摇荡，一激动就答应了褚晓光。答应之后又觉得这样算什么呢？应该是石老板来请，过去为了贷款，石老板又殷勤又周到，一天跑三回呢，嘴边的一句话就是，您给金石当着半个家呢，我必须向您及时汇报。看来褚晓光如今也能做金石半个主了。想到这里，不免心里又有了些许酸意，她说："人家石老板有钱，什么样的职业经理人请不来，还需要我去指手画脚？"

褚晓光不置可否地说了一句："所以才是顾问嘛，两相自在，各得其所。"然后话锋一转谈到了高晓明，他说，"师傅还有这样的同学，他到金城来单独请师傅，能看出你们关系不一般啊。"

章玉溪说："我和他是同学不假，但无利不起早，夏阳要在金城拓疆扩土，他是想让我帮帮他。"

褚晓光说："他算是找对人了，在金城没有人比您更合适了。但是，这样一来，您要和扶持多年的金石抢市场了。"

章玉溪说："谁说不是呢，去吧，尴尬。不去吧，又不好拂了老同学的美意。"章玉溪说完看了一眼褚晓光，一边看一边想自己是不是话太多了。她之所以跟他说，就是想告诉他瘦死的骆驼比马大，想告诉他，你小子以后不要人还未走就不管茶的凉热，想借褚晓光的嘴告诉石老板她现在的分量。

褚晓光听出了章玉溪要去夏阳的意思，就有些急，他说："石老板刚才还叮嘱我征集的内幕仅限于我们仨知道，如果您回过头去了夏阳……"说到这里，他似乎觉出了自己的立场有些不妥，就"唉"了一声。缓冲过后，他继续说，"鱼和熊掌的问题，真是不好选择。"说完他看了一眼章玉溪。因为他知道，每到话说到这种程度，章玉溪就会让他先选，但他选后，章玉溪又会逆向选。每每实践证明章玉溪不管对错总要诲人不倦，褚晓光的灵光就在于他能悟出自己需要做的，他一边赞叹一边虚心领教。前期褚晓光是凭着自己的感觉选择，后来他慢慢领悟到其中的奥妙后就故意选择错误的一方。他愿意看到章玉溪恨铁不成钢的样子，愿意聆听章玉溪的循循善诱，愿意通过选择让章玉溪觉得自己离不开她的指点和教诲。

果然章玉溪问他："如果是你，怎么选呢？"

褚晓光说："当然去夏阳了，金石怎么能和夏阳比呢？"

让褚晓光意想不到的是，章玉溪竟然说："你觉得他们两个强强联合呢？"她看了一眼满脸惊诧的褚晓光，言语里愈发透着胸有成竹的笃定。"资本市场云谲波诡，说不准哪天他们就成一家了。你回复石老板吧，我就挂个顾问的名，再为金石发挥点余热吧。"

五

金石金融大厦真就成了金城的金融街。大厦启用后，之前签订租赁协议的证券、银行、保险等机构入驻，业务量噌噌噌像股市大牛一样拉出了大阳线。一些机构就动了迁址大厦的心思。石老板起先总怕没人租，当初为了不让大厦闲置，还挖空心思请了书协贾主席、袁同利等一些金城名流，这中间有一个仙风道骨的《易经》研究会的董大师。董大师抱着罗盘上下左右楼前楼后巡视一遍，然后意会西方。站在金城第一高楼的人们顺着董大师眼神望去，映入眼帘的便是金光闪闪的西山。夕阳下西山和金石金融大厦遥相呼应，金石金融大厦上风上水，是"金城的聚宝盆"的风声就这样呼之而出了。

石老板当然知道这势是造出来的，但造着造着自己也就随着众口信以为真了。既然信了，那这样的风水宝地就没有理由再让给别人。他要快速扩张业务。此时的石老板仿佛看到了资本市场那个神话，仿佛自己的业务已经从二级市场拓宽到一级市场，仿佛看到金石基金和夏阳资本比肩了。他不仅把自己的想法告诉章玉溪，还把拓宽一级股权市场的重任交给了章玉溪。然而令他没有想到的是，章玉溪像当年一样又提出了反对意见。理由依然是资本市场风大浪急，金石集团刚刚转型，先投一些债券和蓝筹股，创出"金石基金"的品牌，积累一些口碑和人气，再图发展。章玉溪就像在审贷会上一样，想先抛出自己的建议，再逐条说明解释。但没等她说下去，石老板就不耐烦地打断了她。

"现在最流行的一句话是与时俱进，章行长不能总拿老皇历看问题。如果等牌子创出来那不黄花菜都凉了。"

"那石董是不是考虑强强联合，比方说可以借夏阳等现成的研发团队、客户资源、产品管理，实现双赢呢？"章玉溪本来还想说，但石老板的脸已经砸到章玉溪的身上，她不得不尴尬地闭上了嘴。

"什么强强联合，金石的体量怎么能跟夏阳比，如果投奔人家，还不是被一口吞了，连骨头渣都剩不下。你这顾问的经不能念歪了，咱们金石大厦的招牌可是你的御笔呢。"

石老板话里的硬刺就那样直挺挺戳过来，把章玉溪心里的那幅蓝图戳得名纸生毛。她后悔不该在这个时机替夏阳投石问路，后悔当这个顾问。果然像庞蓝说的那样，给私人老板打工，表面风光，实际上肚子疼着呢。她记得庞蓝退休时，一个刚办下小额贷款公司许可证的房地产老板，让章玉溪推荐人选，章玉溪就找到庞蓝。庞蓝嘴里感谢还是自家姐妹亲，惦记着她，但还是委婉拒绝了。庞蓝说："退了就退了，帮女儿带带孩子，给老徐做做饭，就不再去费那个力气了。帮私人企业经营，比不了咱们银行。"当时她还把重点当成是庞蓝想回归家庭，如今才哑摸出那话外之音。庞蓝当年曾和她一起笑话那个跳槽的郑副行长，郑副行长等不及接庞蓝的班，就跳槽到一个典当行当总经理，以为去掉"副"就可以名正言顺地发号施令了，但因为总和投资人意见相左，还没施展开拳脚就被解聘了。当时她们还笑郑副行长"做事不随主，等于二百五"。

章玉溪明显感到自己也陷入了二百五的境地。石老板不再跟她谈金石的事，像条咸鱼一样把她晾了起来。所以当高晓明跟章玉溪提及要在金石金融大厦租一层当夏阳基金筹备处时，章玉溪想都没想就泼了一盆冷水。她说："石老板如今把他的大厦当成聚宝盆了，你们和他是竞争对手，他怎么会在自己身边放一只老虎？"

高晓明说："老同学，你是带着使命去金石的，我咋听着你这是长人家志气，灭自家威风。哈哈，不会是真的被石老板收复了吧？"

章玉溪本来就有一肚子气，听到这话自然就更不舒服，语气不知不觉就重了起来："啥收复？若不是当时为了老同学，我说啥也不会当这个破顾问，过了大半辈子，还从没受过这种窝囊气呢。"

"你窝囊？哈哈，不应该吧？如果是我每天看到'金石基金'四个大字在地标性建筑上金光闪闪，心里也会美成花的。哈哈，算了，不租就不租吧，没有章屠夫，我们只好吃带毛猪了。"

章玉溪听出了高晓明的醋意，她想再解释一下，或者是老生常谈地劝劝高晓明，如今金石正在兴头上，收购也好，合作也罢，即便出大价钱也不一定能谈成，还是慢慢等待契机吧。可高晓明并没有给她机会，就匆匆收了线。章玉溪摇摇头，心想，得亏当时没有投奔到他手下，什么老同学，不过是相互利用而已，自己失去了利用价值，那点同学友谊也就不值一提了。也罢，哪个单位哪个企业不是这样，一把手决定了的事情哪能轻易撼动？金石如此，夏阳也如此，自己当年不也是听不进别人的意见吗？想到这里，胃里就一阵阵倒着酸水。

重新出山的章玉溪忽然间就爬不上去了，她想转身吧，也学学庞蓝她们，练练书法，也给老陈做做饭。上周老陈体检报告出来，"三高"已经有了两高，医生建议健康饮食、注意锻炼。她知道老陈是一直坚持走路的，那么就是自己的饮食不合理了，自己上一天班，回来能凑合就凑合，能简单就简单。

但她还是没有做成庞蓝。她只要一进书房，一拿起笔，"金石基金"那四个明晃晃的大字就在眼前晃，晃得她头晕目眩。晃得她不由自主地拨通了褚晓光电话。她提醒褚晓光，也想借褚晓光之口提醒石老板，毕竟新华支行还有十个亿的贷款在金石放着。

褚晓光听完后"嗯嗯"了两声，这"嗯嗯"是啥意思呢？章玉溪当然明白，褚晓光不愧是自己的徒弟，连这"嗯嗯"都学会了。章玉溪不由得就提高了语调，她说："这几天石老板在高薪招聘股权投资团队经理、研究员等相关人员，这样盲目扩张太不理智了。"褚晓光依然是"嗯嗯"了两声，过了好一会儿，才慢悠悠地说："确实有些膨胀，可这也不是咱该管的，贷款有大楼抵押呢。"

章玉溪想说，当时是谁替石老板传的话？可话到嘴边还是咽了回去，毕竟自己当时也是想出山的，也没有人拿刀架在自己脖子上呀。她想对褚晓光说，那个夏阳就虎视眈眈等着吞并呢，石老板这不是给自己挖坑吗？可听到褚晓光不阴不阳的"嗯嗯"，她什么也不想再说了。褚晓光回复她，企业经营是自己的行为，就随他去吧。

老陈说："天下本无事，庸人自扰之。"章玉溪这次倒是听从了老陈的建议，不再去金石，也不再关心夏阳，甚至连褚晓光也快要忘掉了。其实不忘掉又能如何呢？

但章玉溪六根清净的日子没过多久，聒噪的声音一浪浪就涌来了。最先打来电话的是庞蓝。庞蓝说她侄女在金石有一笔投资，是半年期。如今差一个月就到期了，但侄女的小孩生病了，需要一大笔钱，让章玉溪通融一下提前支出，利息能给最好，不行就不要了。

章玉溪说："私募基金的缺点就是流动性差，一个月很快就到，不然我们先借给她一些？"

庞蓝说："你就帮着想想办法吧，还是用自己的钱舒服，金石的那笔投资就拜托你了。实在不行，你就给盯着点，一旦到期，咱们就先拿出来应急。"

章玉溪说："好的。"

章玉溪答应得力不从心，她已经好久不去金石了，不过她不好回绝庞蓝，她知道她即便说了实话庞蓝也不会相信。好在还有一个月就到期，她想让褚晓光做个顺水人情，到期及时抽回还是可以的。但她的话还没递出去，贾主席的电话就进来了。贾主席说："我找你有两件事，一是最近在筹备'金城风骨书法展'，准备选十名书法家，我觉得机会不错，就给你留了个名额。"章玉溪自是感激万分，但贾主席没有让她把"谢"字说出口，就打断了她。贾主席说："我们之间就不用客气了，我还有事麻烦你呢。"豪情涌荡的章玉溪就当下承诺，只要她能做的，一定尽力。贾主席叹了口气说："我儿子要买房，想着把金石的投资撤回来，你就费心给通融一下吧。"

章玉溪愣了一下，心想是不是金石有什么问题了？可电话那头贾主席言之凿凿地说要买婚房，自己就不好多说什么，她说原则上不到期是回不来的，我明天就去金石集团跟石老板说说，看有什么办法？

两个电话搅得章玉溪无心喝茶更无心写字，便习惯性地调出褚晓光的号码，手机刚接通，她又果断地摁断了。一种不祥的预感阵阵袭来，她想将一将金石的事情，可越将越不清楚，她索性拿上车钥匙出了门。

章玉溪的车绕过金石金融大厦小广场，从 B 口驶入车库，这时看到褚晓光的车子从对面驶来，她放慢车速摇下玻璃，可褚晓光的车子就从她眼皮子底下匆匆驶出了。B 口是内部车辆和 VIP 会员专用通道，又不是上班高峰，当时一出一进就他们两辆车擦肩。那么褚晓光就没有理由看不清她的车子，尽管退休后她换了一辆丰田越野，但 686868 的车号没变呀。客户部的小李经理过去常常揶揄褚晓光有着一只狗鼻子，隔着一站地也能闻到章行长的气息。章玉溪当时任由他们争风吃醋，他们的明争暗斗间接地平衡了她的工作。此时褚晓光的视而不见给她本来就冰的心无疑又加了一层厚厚的霜，车子稳稳停在 VIP 车位时，章玉溪依然在愤愤中郁结着，她甚至想是不是该掉头回去，犹豫间，保安走过来给她行了个敬礼，然后帮她打开了车门。这时她才注意到自己停在了"超级"的位置，开车门是为超级 VIP 会员服务的一项。

章玉溪来到电梯间，然后刷卡，摁了上行的电梯。但电梯并没有上行的迹象，她只好再反身下来找保安咨询。保安走过来刷了两下说："您的卡没升级吧，前几天我们刚刚升过级。"

那就麻烦你给刷一下卡吧。章玉溪报了石老板办公的楼层，50 层。

保安说我的卡也没有权限，您还是先到一层大厅，再电话约吧。

好不容易才辗转到了50层。办公区的前台是认识她的，那个明眸皓齿的小姑娘把她引到会客室，给她倒了一杯红茶，让她稍等。章玉溪说，半年的工夫变化真大呀。小姑娘微微一笑，并不接话茬儿。

章玉溪哪里受过如此的轻慢，她瞪了一眼小姑娘，然后就沉下了脸。她问小姑娘，石老板还在忙吗？小姑娘依然微微一笑说，还在忙。说完就不再看章玉溪。章玉溪看着小姑娘心里就愈加来气，当时她当行长时，小姑娘屁颠颠地追着她，这个丝巾是哪儿买的，怎么那么好看？那个眼霜可好用了，等等，如今仿佛换了个人一般。等得心烦气躁的章玉溪就调出褚晓光的手机号码拨了出去。她说："我在金石大厦呢，有些问题要和石老板与你当面沟通一下，你过来一趟。"

褚晓光在那头为难地说："师傅，金石的贷款想展期，我要赶去市行汇报，汇报完我马上赶过去。"

章玉溪"哦"了一声。贷款展期就是贷款到期了，客户一时还不上，要再延长时日。这种事情对于金石来说是从未有过的。在业务扩张的关键时期，石老板难道脑子进水了？如果展期不成，岂不就会逾期，如果逾期，信用就有了污点，这可是做金融的大忌。她想问问是什么原因导致贷款展期，可褚晓光已经挂断了电话。

石老板进来时，章玉溪正对着红茶发呆，她在心里把金石的企业和现金流捋了一遍又一遍，没有逾期的可能。除非，她心里一惊，除非是提前透支了未来收益，要么就是投资项目踩了雷？

章玉溪没有和石老板寒暄，她单刀直入问贷款展期的事情。石老板笑着说："贷款有没有问题您最清楚，之所以展期，是为了和夏阳争金城医药股份债券十个亿的代理发行标。"

十个亿？确实是块肥肉。金城医药股份是疫苗生产企业，销售没有问题。谁拿到了债券发行权，就等于白捡了代理费，谁买了债券，谁就白捡了利息收入。章玉溪只能预祝石老板成功了，她知道占尽了天时地利的石老板一定会拿下这个标的。而且自己是为了贾主席和庞蓝的投资而来，也没有必要给人家石老板泼冷水。

春风得意的石老板倒也没计章玉溪的前嫌，只是他说："这十个亿我要先垫付资金拿到标。说实话，如果不是资金紧张，我还舍不得放出去呢。庞行长和贾主席的投资按规定是不能提前拿出来，不过既然你出面了，我就想想办法通融一下。"

可当章玉溪跟庞蓝和贾主席说明情况时，庞蓝却改了主意。她说："我侄女已经借到钱了，昨天基金经理也给她打电话了，咱们都知道金城医药股份的项目好，没有风险，就让她再投一轮吧。"

章玉溪想说借钱投资是犯了大忌的，可想了想庞蓝比自己资格还老，这个道理比她还懂。说是退休，其实也是在关注投资，一听到贷款逾期的风声就要撤回，消息比自己还灵通，说不定这投资就是她借侄女的名投的呢。

联系上贾主席后，贾主席倒是一点也没隐晦。他说："昨天我和老伴算了算，房贷利率和投资利率差相差不少呢，咱们既然有这么好的投资机会，婚房就让他们贷款好了，也给年轻人点压力。"说完就话锋一转，"简介里你怎么没把金石顾问的头衔加上去呢？我认为应该加上，把曾经的行长任职也加上，会更有分量。"

章玉溪说："我就不加了，老陈说，现在对领导干部参加这些活动管得严，虽然退休了，也要注意。"

金石顾问的头衔没加上去，但每次活动，贾主席都不忘了提一句章玉溪是"金石基金"题字的金奖得主，金城第一高楼上那四个金光闪闪的大字就是金融书法家章玉溪题写的。

章玉溪就这样被冠上了"金融书法家"的光环。在光环照耀下，章玉溪就要完成从金融家到书法家的华丽转身了，然而就在这时，金石拽住了她的衣角。

那天章玉溪和贾主席等几位书法家刚刚为崆山十里画廊剪了彩，正面带微笑地对着镜头颔首，手机像个兔子一样在口袋里来回窜，她看了一下是庞蓝的电话号码，就接通了。刹那间，庞蓝焦急的声音就压过了会场喜庆的乐曲，还是我侄女那笔钱，等着救命呢，你想办法给弄出来吧。庞蓝的声音有些大，以至于身边的贾主席皱了皱眉头。章玉溪轻声说："我在崆山呢，你先让她跟她的基金经理说一说。"

"这种事找基金经理怎么能管用呢？你一定要想想办法，先把那笔救命钱弄回来。"

章玉溪还沉浸在书画展的喜悦里，如果不是想把这喜悦分享给好姐妹庞蓝，她才不会摁下接听键呢，谁知庞蓝这么没有情趣，看来在家真是待傻了。道不同，不相为谋。章玉溪就想尽快挂断和书画展无关的电话，便说道："再说，我已经辞掉金石顾问的职务了。"

还没等她再说，庞蓝就急吼吼地说："你辞之前怎么不跟我说一声呢？我是因为你在金石，心里踏实，才让侄女复投的。"

章玉溪觉得庞蓝今天有些胡搅蛮缠，就怼了一句："上次你说用钱，我就舍了脸皮去找石老板。如今我怎么好意思再去求人家？"

庞蓝听出章玉溪拒绝的意思，她虽然心里有气，但毕竟钱的事还需要章玉溪给帮忙。她放低声音说："都是我不好，给妹妹添乱了，谁知道会出现这种事情呢？我侄女的情况你是知道的，这笔钱若损失了，还不要了她的命？"

章玉溪问："出什么事了？"

庞蓝说："咦，你不知道？金城医药的问题疫苗好像被曝光了。我担心金石代理的债券兑付不了。"

章玉溪惊得半天说不出话来。只听贾主席问："问题严重吗？"

章玉溪一回头，贾主席就在她旁边。贾主席说："你先回去，现在就回去，我跟主办方要辆车。一定要把咱们的那笔钱拿出来。"

六

车子到了金石金融大厦，却进不了办公区。章玉溪尴尬地看了看司机，司机并不理会章玉溪，趴在方向盘上，食指和拇指一起一落敲打着仪表台，有韵律的敲击声很小，却鼓点般落在章玉溪心上，她在嗒嗒的鼓点中使出全身力气向手机捶去。捶了半天，手机里才飘出前台小姑娘袅袅的声音，石董今天一早就出去了。章玉溪感觉到自己的脸都贴在手机上了，但任凭章玉溪一捶还是百捶，是手还是脸，都定不了音。事后前台被石老板骂得狗血喷头时，她不知道就因为自己自以为聪明的袅袅太极，误了石老板的大事，让金石基金失去了自我救赎的机会。其实，章玉溪是应该想到的，石老板过去有了困难第一时间想到的是银行，是她章玉溪，如今银行也应该是最好的去处了。但那天章玉溪没有那么想，也就没有见到石老板。

那时的石老板就端坐在章玉溪之前的办公室里，和如今的主人褚晓光行长在一起。褚晓光说："前几天贷后检查，查出了你们有贷款挪用问题，总行要求在一个月内整改落实。贷款下个月就到期了，我们还是老规矩，先还后贷吧。"

石老板说："行长老弟，你知道我的钱都在金城医药债券上，还是老路子，你想办法让贷款展期，这都11月份了，再挺两个月，租金一到我就直接打到你们账户上。"

资金挪用已经碰触了预警模块，总行盯上了，就不能再展期。咱们还是先还上，后续再想办法贷吧。褚晓光言辞恳切地说完就拿起茶壶续了水，然后把茶漏放到公道杯上，水蒸气像仙女般在石老板眼前飘呀飘的，让石老板不禁有些恍惚。褚晓光见石老板没有反应，就一边拿起公道杯给石老板续水，一边顺着水的节奏说："你不妨从集团其他子公司调集些资金，不然有了不良记录，会影响公司以后发展的。再说这也是我师傅的意愿。"

石老板怔怔地看着褚晓光，氤氲的水汽让他觉得今天的褚晓光有些模糊，从神态到语言，都像披着一层曼妙的云纱。按说贷款出了问题是应该他着急才对，可褚晓光不仅没有着急，反而轻言细语地替他想办法。往常，只要自己哪里不对了他的卯，他就会喊"石大哥，我不跟你玩了，不带这样的，你不能坑老弟呀"，等等。其实从昨天晚上接到褚晓光的约谈电话，他就觉得不对劲儿，以往这些时候，褚晓光会一不做二不休把他从被窝儿里提溜出来连夜说清楚的，昨天自己主动提出来吃夜宵时，褚晓光就像一块礁石挡住了水的流向，自己只好绕开昨晚，迂回到此时。

他们彼此心照不宣。这么多年来金石和新华支行相互成就，原来的章玉溪有些保守，让他们无法施展拳脚。如今换了褚晓光，两人早就达成了默契，眼看着业务蒸蒸日上，他怎么会突然变了腔调？莫非是自己哪里做得不好？莫非是因为章玉溪？也不对呀，顾问是章玉溪自己辞掉的，辞归辞，自己并没有把她从顾问名单上划掉，她若想来，是分分钟的事情呀。再说，之前褚晓光好像并不愿意让他师傅介入太深。褚晓光曾委婉地跟自己表达，有师傅在，他的紧箍咒就无法拿下来。这点石老板也是有体会的，章玉溪是那种宁可错过，也不冒险的人，哪怕项目再诱人，只要有万分之一的风险，她就会否掉。那他师傅的心愿从何而来呢？

拜托老兄了，您也知道贷款资金挪用我们会被问责的，既然贷后检测到了，还是麻烦老兄从集团子公司筹措资金先还上吧，这样对金石、对银行都好。褚晓光把石老板茶杯里的茶倒掉，重新续了一杯。

石老板想想也只能如此了。这不是得罪不得罪褚晓光的问题，别说有了不良记录，就是风吹草动也会影响他们业务发展的。他对着氤氲的水汽说："好吧，我回去与子公司沟通一下。"

"老兄，小李经理已经查出金石房地产账上有一个多亿，金石汽贸也有大几千万……你只需授个权，剩下的就让小李经理他们去办吧。对了，中午我让食堂做了生煎，这个新来的李师傅是青浦人，生煎做得可正宗了。"

褚晓光的话像一阵风抚慰着石老板的心，瞬间让石老板又妥帖又温润，石老板一边频频点着肥胖的头颅，一边输入了授权密码。子公司账上的钱子弹般"嗖"的一声就落到集团账上，然后就蜻蜓点水飞到新华支行的资金池了。"嗖、嗖"，起跳溅起的浪花把石老板从虚幻中拉到眼前，褚晓光正拿着他那红色内部电话调度着，严肃的表情使得原本脸上的似水柔情被冰封，化成一粒粒冰雹铺天盖地地砸下来。石老板不由自主地哆嗦了一下，他说："生煎我就不吃了，刚接了几只基金标的，我得赶紧回去研究营销方案。"

褚晓光说："也好，就不留您了，我也马上向总行汇报整改情况。"

石老板出门时，章玉溪的电话打了进来，但石老板并没有接听，他想一个贷款也至于你们师徒轮番夹击。过了一会儿，章玉溪的电话再次打来，石老板就更加生气，心想该做的不做，不该做的瞎掺和，他毫不犹豫地摁了拒接键。刚坐进自己的老板椅，章玉溪的电话又一次打来，他本是想继续拒接的，但手指一划，章玉溪的声音就从里面传了出来。章玉溪说："石老板，咱们下一步怎么应对呢？"

既然章玉溪这么直接，石老板也就直接把对褚晓光的余怒转嫁出来："还能怎么办，拆了东墙补了你们的西墙呗。"

"那可是十个亿呢？已经筹措到资金了？"章玉溪有些吃惊地问。

"什么十个亿，就两个亿，就褚晓光后来放的两个亿。你给大厦放的那八个亿还没到期呢，怎么，也要受株连？"

两个人一个说金城医药债，一个说贷款的事，根本就不在一个频道上。章玉溪想还是直接点明吧，先引出问题，才好帮石老板做应急预案，才好再帮庞蓝和贾主席拿回投资款。她说："我听说咱们承销的金城医药债有问题了，你要尽早做出应急预案呀。"

石老板说："章行长，章大顾问，金城医药债还没到期，那都是国家指定的产品，怎么可能有问题？你不会因为那两个亿的贷款挪用就草木皆兵吧？"

章玉溪问："你挪用贷款了？"

石老板说："我挪用了，我挪用它买了两亿金城医药债。这么长时间都没事，也不知是谁那么多事，眼看快要兑付了，却被贷后查到了，你的好徒弟刚刚硬是逼着我提前还了贷款。"

章玉溪的脑袋"嗡"的一声，她隐约听到轰隆隆的雷响。

七

章玉溪气鼓鼓地给褚晓光打电话，但只响了一声就被褚晓光摁断了。随后褚晓光发来微信：师傅，开会。

章玉溪顾不上和他纠缠真开会还是假开会，直接问道："你收回金石贷款，就如同杀鸡取卵，不合适的。"

褚晓光说："一切都是最好的安排，守住资金安全是硬道理。"

章玉溪哼了一声，然后在手机上敲下："你是守住了两个亿，但还有八个亿呢？还有一百个亿呢？"

不知是被褚晓光相向而来的微信撞了回来，还是天意就不应该发出去，那话就鲠在了褚晓光双手合十的图片上方。

她抬手点发送的同时，褚晓光竟然又加了一句："术业有专攻，当时提醒过他不要转型，他偏要飞蛾扑火。"

章玉溪回了两个字："小人。"

老陈说你怎么能这样和褚晓光说话呢？章玉溪说我又没点他的名字，他愿意拾就拾，自己能拾起来就是该骂。章玉溪知道自己不应该任性，自己刚才的话是有些噎人，可褚晓光不该被噎吗？只是如今自己噎不噎他，他也不会在乎了。如果是过去，她或许会上去踹他一脚的。她长叹一口气说："我一辈子做贷款没出问题，看一个人怎么就走了眼呢？"

褚晓光当然知道师傅的心情，也知道师傅是在骂他，骂他不近人情收回了两个亿而导致了金石基金资金链的断裂。但如果他不收回那两个亿，石老板资金链也是会一样断裂的，两个亿在百亿大盘面前就是杯水车薪，但在他这里就是足以断送他仕途生涯的大事情。这道理就是当年师傅教他的，这敏感性也是师傅训练出来的。

他回复了四个字："丛林法则。"

这也是当初师傅告诉他的，每当他在竞争对手面前优柔寡断、举棋不定时，师傅就会给他亮出"丛林法则"。师傅教育他："不管是自身，还是企业家，不能总凭借良心做事，丛林法则中更看重的是各自的实力、智慧、手段和改造或适应社会的能力。"

那天他在办公室刚签完一个文件，手机就嘀的一声，敏锐的他瞥见屏幕上"夏阳高总"四个字，神经瞬间就绷了起来，他立时把陷在椅子里的身体拔出来，一字一句看高晓明分享的链接。链接是一个媒体的报道，称金城有几名儿童"因病致残"，这几名儿童都有一个共同特点，"发病前不久，均接种过乙脑疫苗"。金城疾病预防控制中心正在对生病儿童组织相关调查。

消息虽然很短，没有点金城医药股份的名字，也没有更多的内容，但褚晓光却感到了山雨欲来的风。金石集团以本地基金公司的优势赢得了金城医药股份十个亿债券的代理发行权。金石和夏阳是同行，又是这笔债券承接的对手，这种情况下夏阳的掌门人高晓明给自己发这样一条链接就尤其显得意味深长了。

是夏阳别有用心，还是金石立于了危墙之下了呢？职业的敏感性需要他马上做出判断与应对。此时他更相信一个基金大咖的眼光，但高晓明为什么要把自己的消息分享给他呢？是因为师傅的情分？好像也不是，如若那样他应该把消息直接透露给师傅，那是为什么呢？褚晓光一时没有厘清，但直觉告诉他无须再厘了，当前最重要的就是把银行的贷款收回来。

于是就有了用总行检查的托词、用先还后贷的诱惑，迫使石老板抽调集团子公司血液给银行献血。在这之前褚晓光是想把资产全部收回来的，但他查看了金石的账面资金，发现可以抽调的只有两个亿，那么章玉溪在位时发放的八个亿也只好先搁置。褚晓光当时的如意算盘是：如果不出问题，他尽快再向金石发放新贷款，如果有问题，自己放的款完好无损，师傅怎么也是退下来了，即便背个处分也没关系的。

但让褚晓光没有想到的是，仅仅一天，假疫苗就把金城医药推上了风口浪尖，当然金石基金也裹挟其中。随后不久金石金融大厦就被众多投资者包围起来，哭天抢地地要求见石老板，要求兑付的人群把金城第一高楼围了个水泄不通，有两个外地来的妇女直接就在一楼大厅安营扎寨。

章玉溪是在投资者包围大楼的当天就去了现场的，她当时想上去跟石老板见个面，当面把她的应对方案说给石老板。从前天庞蓝的电话里她就知道可能出事了，她想第一时间和石老板沟通应急方案。但她还是晚了，因为褚晓光已经抢在了前头，也因为这一抢就激怒了石老板，这一抢也让章玉溪受了牵连。愤怒中的石老板把章玉溪拉入了黑名单。

她想应对金融危机最好的办法是重拾信用，假疫苗案影响的十个亿的债券，石老板可以用大楼抵押，可以出卖集团下的子公司，最不济还可以出卖金石金融大楼一部分使用权等，先给出承诺，先恢复人们的信心，先让大楼正常运转起来再说。她觉得金石还没有到万劫不复的境地。但她无法把自己的建议传递给石老板。

她赶到金石大厦时，愤怒的人群如潮水般往大楼里面拥，保安只好关停电梯，给消防门上了锁。直到警察出现，人群才慢慢从大楼里退出来。警察说："你们可以选出几个代表去和石老板谈判，政府已经介入，希望大家保持冷静，不要这样无效聚集。"

人群刹那间就静了下来，有些人不自觉地往后退了几步。章玉溪脑子一热就站了出来，毛遂自荐作为谈判代表之一。随后又陆陆续续站出来十几个人。等警察带领这十几个人往大楼里面走时，忽然人群中就喊出一声，这几个代表是"托"。章玉溪循声望去，一个和贾主席一样体量的胖胖身影像泥鳅一样刺溜一下就钻到了人群中。

"让狗托滚出来，让狗托滚出来。"人群中再次爆发大规模的呼喊，且一浪高过一浪。警察一时间也被喊蒙了，十几位代表你看看我，我看看你。这时人群中又传出一个声音："那个题字的女骗子就在里面。"声音未落，人群就向章玉溪他们聚集起来，警察一边把他们挡在里面，一边说："别激动，别冲动，相信政府，相信政府……"

章玉溪是在警察的保护下离开的，也可以说是被警察带离现场的。她被警察带上了警车，又被警车带到了派出所。所长亲自为她做了笔录。

所长问："你是投资者吗？"

章玉溪答："不是。"

所长问："不是为什么冒充投资者？"

章玉溪说："我是想和石老板说一下化解危机的想法。"

所长问："你有好的方案直接打电话不就行了，何必多此一举呢？"

章玉溪说："石老板不接我电话。"

所长说："你有好的方案为什么不和金融办说？"

章玉溪一时语噎，缓了一下说："我当时没想那么多。"

……

章玉溪自己也没办法为自己辩解，只好让所长给金融办主任袁同利打电话。最后还是袁同利派人把她从派出所捞了出来。她见到袁同利的第一句话就是："你觉得我的方案怎么样？"

袁同利说："挺好的，不过我们也有几套方案，下午整理好向省市领导汇报。你也知道，金融稳定是重中之重，你作为当事人，要多多配合我们的工作。"

章玉溪是抱着配合的想法走出金融办的。她刚迈出金融办的大门，总行老干部处小于的电话就打了过来。退休后什么活动呀、报销呀等等都是小于通知。小于也总是先嘘寒问暖一番才说正题，之后还不忘夸几句章玉溪，什么章行给新华支行栽了一棵大树，能庇荫好几茬儿员工，什么章行大才女华丽转身，别说老干部，就是他们在职人员也羡慕呢。但今天小于没有了前奏，就是主题也简单生硬得多，她说："王行长有事情找你，请你马上到总行来一趟。"

章玉溪想也没想就快速往总行赶，这中间她想打两个电话，一是跟老陈说一声她今天去派出所的事，免得老陈知道后着急，可拨了几次，电话都是关机。她知道老陈开会时都是关机状态，这几天总部正在考察老陈，其实也不是大事，是按照惯例副局级快到站时提前升任正局级调研员的考察，如果中间不出差池，等着功德圆满退下来就可以享受正局待遇了。第二个电话就是褚晓光，她想越是这种时候，她就越不能跟褚晓光赌气，她要告诉他，他们要师徒携手一起挽救金石集团。在给褚晓光打电话的一瞬，她悲怆地想，金石不仅是他们的客户，还是他们的孩子。但电话也没有拨通。不，应该说在第一次拨打时，是接通了的，只不过瞬间就被褚晓光挂断了。她就一边开车一边继续拨打，在到达总行的最后一个路口，因为看了一眼手机还险些闯了红灯。

她急匆匆赶到办公室时，小于把她引到了小会议室。她说：

"你忙吧，我自己去就可以了。"小于客气地说："是领导安排我把你带到小会议室的。"章玉溪笑了一笑说："那个小会议室，我去过多少回，多少个业务都是在那里定音的，你以为我退休两年就找不到？"小于没有笑，只是又说了一句："是领导安排我把你带到小会议室的。"然后加快步伐把她带到了小会议室。

到会议室后，王行长和纪检组组长，也就是庞蓝的女婿郝艺林一左一右迎候着她。王行长没有请她坐，郝艺林直接宣读了总行让她协助调查的决定。王行长说："是金城市纪检委发来的协助调查函，那意思就是我们为了保你，自己先行出个决定，有问题内部消化。"然后按规定，章玉溪交出了通信工具，被带到了行内培训中心的十八楼。

长达一个月的调查主要围绕两个内容展开：一是在职期间是否收受石老板的贿赂，违规发放人情贷款；二是在金石业务转型中充当了什么角色。

章玉溪都如实做了回答。所有的一切都是正常的，如果不是假疫苗案牵连，不是石老板贪图盲目发展，不做尽职调查，一口吞下十个亿的债券……

郝艺林说："关键是债券出了问题，投资人受了损失，银行的贷款也受了损失。虽然目前没有查到你的问题，但金石金融大厦上的那四个字是你写的吧？为啥那么多名人，那么多书法家的题字都不用，单单用你的呢？说实话，你的字是不错，但也绝不是最好的。"

章玉溪想，怎么解释呢？怎么解释都会越描越黑。

八

章玉溪在招待所待了一个月。这一个月间，金融办牵头银行、证券等相关部门提出了保护投资人、维护金城金融稳定的兼并方案。

袁同利作为资产保全组组长参与其中，褚晓光作为银行债权方参与其中，高晓明作为兼并出资方参与其中。经过十几个回合的谈判，终于达成了夏阳集团兼并重组金石集团的协议。说实话，这个方案确实是一个好方案，用记者的话说是可以复制的化解金融风险的好方案。夏阳以八折收购投资人手中的金石医药债券，金石的资产和其他业务也一并并入夏阳，成立夏阳金城投资股份有限公司，夏阳拥有60%的股权，金石拥有40%的股权。

尽职免责。章玉溪是在签订协议的那一天回家的。

她从招待所出来的第一时间拨通了褚晓光的电话，她还是想跟他谈谈自己的那个拯救方案。她还没开口，褚晓光就兴奋地说："师傅，一切都OK了。"然后给章玉溪讲了方案，然后发来了一张石老板和高晓明签订协议的照片，他俩后面有省市领导，有金融办的人，有银行的人，也有部分投资人代表，一派祥和的景象。

章玉溪把照片放大了看，若不是褚晓光提示，她简直就认不出石老板了，仅仅一个月，石老板的面盆脸就瘦成了一把刀子，寒气逼人。

她快速按了删除键，仿佛这样就能切断她与这一切的是是非非。但褚晓光的微信依然发了过来："师傅，我知道您委屈，我也委屈，都收回了两个亿，行里还给我记了个处分，您也知道有了处分，我以后也就没有空间了。"

章玉溪回："要什么空间呢？"

褚晓光说："给您汇报一下，我已经写了辞职报告，想着换个方式。"

章玉溪不知说什么。她想劝徒弟，这时一个念头忽然就在眼前闪了一下，夏阳兼并重组后不是缺个总经理吗？难道是……但她马上又否定了这个想法。高晓明如今对自己有意见，自己的徒弟他就更不会考虑了。再说经历了金石的变故，聪明的徒弟怎么还会步石老板后尘呢。想到这里就发了一句：祝你好运！

晚上，老陈忽然间就开始寸步不离地看着章玉溪，她去卫生间时间一长，老陈就在外面敲门，说要洗手。她去阳台晒衣服，老陈一把就抢了过去，然后把她按到沙发上，让她休息。章玉溪一边感慨家的温暖，一边在柔软的沙发上滑动着手机屏幕。那条新闻就绕过老陈蹦了出来："原金石老板醉酒后从大楼掉下来了。"

章玉溪想这怎么可能呢？一定是投资者损失了两成的本金，心里不舒服编派石老板呢。不信归不信，她还是向褚晓光发出了求证。

褚晓光给她发来了照片，并加了一句：庆功酒会后，石老板就带领大家上了楼顶。

楼顶一般是不开放的，章玉溪也只有开业那天去过一回，也就是在那天听到了董大师聚宝盆的传说。章玉溪清楚地记得楼顶有钢丝防护网的。她说出了自己的疑问。

褚晓光说："确实有钢丝防护网，但挂牌子的地方和钢丝网间有一点缝隙，说实在的，那缝隙一般情况下你想挤都挤不进去。也许是这段时间太压抑了，石老板瘦了两圈，瘦了两圈的石老板感慨之余就像过去一样伸手去摸那个牌子，谁知那么寸，手刚伸出来，人就从缝隙间掉了下去。"

随后褚晓光发来一张图片。若不是醒目的警戒线，那就是一张普普通通金石金融大厦的图片。但此时楼顶上方"金石基金"四个字刺得她眼睛生疼，顺着四个大字她一寸寸放大着，那个赭色的点便如一滴墨洇在楼前的草坪上。

她记得她跟石老板走在那片草坪上时，石老板故作风雅地说过："我喜欢秋天的绿，那绿意里透着风雨沧桑。"忽然间，她想问问褚晓光，他要去哪里呢？她还想问问，他是喜欢嫩绿还是喜欢苍翠？

但她没有再打电话，老陈在阳台上喊她，起来站一会儿吧，马上就打春了。

凌乱年

一

兔年的最后一天就那么突兀地呈现在章清溪的面前了，其实准确地说是兔年公历纪年的最后一天，阳历 2011 年 12 月 31 日，阴历兔年的腊月初七。

中国人传统的年是阴历年，阴历大年三十才是兔年的最后一天。

到了腊月初一，就开始有了年的脉络，年的味道也开始弥漫，各色人等都为了年开始准备。不管你年的情结是轻是重，一进腊月，年就如空气般时时飘浮在你的眼前，充盈在你的生活中，让你躲都躲不开。盼望过年的人们觉得年就是温暖的阳光，让日子一下就明媚起来。可章清溪觉得年就像春天漫天飞舞的柳絮，一不留神就钻进鼻孔里，钻进喉咙里，那种挠不得打不得而又时时撩拨你神经的痒让你哭笑不得，欲罢不能。花粉柳絮时节，章清溪偶尔还会过敏，摇曳的春风把人们的心潮舞动得碧波荡漾时，章清溪的脖颈里脸颊上便会无端生出许多皮疹，生生把美好的时光摇曳得七凌八乱。

章清溪是个比较传统的人，但唯独对年提不起兴趣，甚至可以说对年早已麻木了，在某种程度上她更害怕过年。她喜欢简单的生活，但年像一个乘数，平常很简单的生活被年生生放大了许多倍，乘出了万千景象。乌泱泱的走亲访友迎来送往让本已忙碌的生活更加忙碌，而且今年过年还有女儿考研的事情煎熬，分数要等年后才能下来，所以章清溪就没有了过年的心思，何况是个阳历年，她根本没有把年放到心上，但事实上你不放到心上并不等于别人不放到心上。

国华公司的财务处长王睿智就很在意这个阳历年，他儿次强调，阳历年前必须把分公司集资款的事情捋清楚。王睿智昨天晚上给章清溪打电话时，章清溪正以嘉宾评委身份给远航房地产的演讲暨诗歌比赛当评委，自然就没有接到电话，等比赛结束后章清溪和她的部门经理刘洋一同开车回家时，刘洋说："你知道吗，国华公司的集资款明天要退还到集资人身上。"

当时章清溪还沉浸在比赛中，心里正对比赛感慨万千。远航房地产是章清溪所在支行的一个大客户，远航的老总张雨浓和章清溪是师兄妹，用张雨浓的话说都在学校的文学社团里厮混过，写过诗也朗诵过诗，只是当年的文学青年一个混成了身价十几亿的房地产老总，一个混成了支行副行长。因为诗两人曾经有过美好的回忆，但有限的回忆因毕业而戛然终止，二十年后章清溪在拜访客户时才发现张雨浓已然成了事业如日中天的张总。张雨浓说："你们刘洋经理来营销时说他们行长是个诗人，我特好奇这个年代诗人是什么一种状态。"章清溪说："你看到了吧，上班时十足的职场气息，诗歌只是酒醉后淡淡的虚幻与朦胧。我在金融圈说自己是个诗人，在诗人圈说自己是个行长，只是哪个圈混得都不成功。"

张雨浓笑了笑说："我把业务都给了你，他们能不能给你个行长当当，让你成功一把，有困难我可以帮你运作一下。"

章清溪的嘴角往上扯了扯，回了一个淡然的微笑："如果倒退三年我很乐意，但现在已经没有必要了，你如果想帮我，就把业务交给我们做。"

章清溪知道张雨浓想在自己面前显摆自己，但她并不想给他显摆的机会。新年前，张雨浓举办诗歌比赛并让刘洋把请柬送来，邀请章清溪当评委。谁料想比赛打分空闲的最后一个环节，主持人即兴邀请章清溪和张雨浓为大家朗诵一首诗，说是即兴，章清溪心里明白这是张雨浓精心策划的，可她不好当众揭穿，就配合张雨浓上台作了一把秀。王睿智的那个电话就是那时打进来的。

刘洋见章清溪没有回应，就清了清嗓子，又说了一遍。章清溪轻轻"哦"了一声还是没有接话。刘洋觉得这还真不是章清溪的风格，一般情况下章清溪会追问个一清二楚，何况是这么重要的事情，他觉得有必要再提醒一次，于是他就说："章行长，刚才你和张总配合得真默契，让我们欣赏到什么才是真正的艺术，没想到单位这么多烦心事也没扰了您的诗情。"

章清溪被刘洋的奉承拉回到现实，她说："还不是为了讨好张总把按揭给咱们。对了，你刚才说国华的集资款怎么了？"

刘洋赶紧说："他们的集资款要返还，明天要联系大额取现，以现金方式直接发到每人身上。王处长通知我们明天尽早办理。"

章清溪问："不是说好等年后再返还吗？"

刘洋心里笑人还真是要时刻提醒自己不能飘飘然，这么简单的问题如果是平常，章清溪早就明白了，可现在怎么反应这么迟钝呢。他半含蓄半提醒地说："可能是为了年末储蓄完成任务吧。听说是李行长和吴行一起去做的工作，集资款返回后转存我行储蓄。"

刘洋顿了顿继续说："其实为了3千万真是不值得。"

章清溪在心里捋了一遍，便带有情绪地说："你要是一把手也就觉得值了，3千万储蓄不是那么好拉过来的。"

其实章清溪和刘洋都明白，12月31日是个决算日。3千万放到储蓄个人账户上还是对公账户上，对支行来说是手心手背的问题，既然分不出伯仲，按企业的意思办顺其自然最好。

章清溪也知道国华的集资款要退，只是原本说是元旦后、春节前，没想到突然就这么迅速。这样一来就导致章清溪分管的对公存款要减少 3 千万，完成公存任务就有些悬乎。她对刘洋说："明天问问远航能否给咱们转 3 千万，对公任务必须完成。"

当时章清溪觉得国华在年前急着返集资款仅仅是为了储蓄任务，除了对公任务受影响外，此事跟自己没有半点关系，尽管自己当时也入了 50 万。今年 1 月份国华的子公司国华路桥的资金有些紧张，付不出工人工资，政府要求企业想尽一切办法把工资发到工人手中，因为大部分是农民工的工资，阳历年可以不发，阴历年是万万拖欠不得。当时国华的贷款还在立项中，国华就提出以个人集资方式解决，利率 8%。因为国华是政府背景的融资平台，它集资肯定是得到了政府相关部门的许可，至少也是和政府通了气的，风险系数应该不大。可大家都觉得心里没底，一来年底手头都紧，二来 8% 并不高，好多集资都高达 15%、20%。

为了帮助企业渡过难关，更是为了维护住国华这个大客户，李利和章清溪商量动员员工放一些集资款给国华。章清溪考虑到政策和行业自律问题，觉得不妥。李利说行里又不出面组织，纯粹个人行为，我带头集资 20 万，你们看吧。不过李利还是强调章清溪以工会身份在员工中组织一下，章清溪也就没想那么多，带头拿出 50 万去集资。行里的中层大都参与了集资，总共卜来有 970 万。后来国华的贷款营销和发放比较顺利，企业资金富余，钱就一直趴在存款账户上，本来早就说退，可企业也是考虑到大家的帮助，就商定一年后退还。

退集资是早晚的事情，按商定时间还有 10 多天，但在这个关节眼退，而且是李行出面商谈，就显出李利行长的屁股坐的有些歪，而且是太歪，如果主管储蓄的副行长不是吴副行长而是她章副行长，李利行长还会这么做吗？

吴副行长的身份有些特殊，这在金城支行甚至金城分行都是公开的秘密。吴副行长是省行甄副行长的夫人，按道理亲属回避是不可以到管辖行任职的，但每项制度都有它灵活的一面，吴副行长不能在市行任职，并不等于不能到下属两级的支行任职。年前两个月吴副行长就来到章清溪她们行，分管个人金融业务。当时有好事的人问章清溪是不是很委屈，你和人家不在一个起跑线上。

章清溪想：各做各的业务，自己的业绩、自己的资历有目共睹，想太多也没用。再者李利即便是偏着些吴副行长，也不会太明显，关系重要，业务指标更重要，哪个领导不需要踏实干活的，不需为行里出业绩的。相处两个月来，清溪觉得吴副行长还不错，虽然是新提起来的干部，但工作经验也有，业务也熟悉，为人也和善。这还真应了那句没吃过猪肉还没见过猪跑，毕竟是行长夫人，为人处世方面比自己老到多了。两人之间业务交叉的并不是太多，两个女副行长间工作相互支持，倒也未产生什么芥蒂。

对于李利帮储蓄一事章清溪也能理解，自己分管的贷款今年仅给国华公司就发放了 40 亿，在全行排第一，这其中李利也做了大量工作，所以帮帮指标差的储蓄也是可以理解的。前几天市行省行分管项目的处长们还跟章清溪开玩笑说，你今年的奖励估计要交大税了，到时候别忘了我们呀。当时章清溪被鼓动的感觉好极了，她大度地说那是当然，钱不重要，重要的是领导的认可。我把奖励拿出一半来与你们分享。

省行的处长便用赞扬的语气夸奖章清溪：看看人家章行长，有境界，也有后盾。说完又特意转身对旁边沉着脸的李利强调，虽然人家有钱你也不能少给章行长，我们还等着章行长请客呢。当时李利的脸就由沉转成明显的耷拉了，他硬邦邦地甩出一句，要请也是分到我身上，我请你们，轮不到她请。

章清溪知道李利心眼小，自尊心强，所以她赶忙补台道："工作是大家一起做的，何况李行长亲自盯项目，跑项目，我也只是做了分管应该做的，有奖励大家一起分好了。"当时章清溪正沉浸在业务成功被领导认可的喜悦中，她做梦也没想到她的话给李利传递了一个错误的信息，以至于让凌乱的年更加的凌乱，后来每想到此，她就后悔万分。

章清溪认为李利想帮吴副行长也在情理之中，只不过自己要费心找点存款了，不然公存任务还是会有些问题。想到这里她叹了一口气："糊涂人说糊涂话，只能走一步看一步了。"完了又说："你的消息树还是真多，只是早知道不如晚知道，坏了今天的心情。"

这时章清溪才想到了自己的手机，她拿出来一看，不得了了，5个未接，前2个是国华公司的财务处长王睿智打来的，后

3 个是远航的老总张雨浓打来的。她把手机由震动调回响铃，刚想给王睿智拨过去，铃声就嘀嘀嗒嗒响起来。张雨浓说："你什么时候属兔子了，跑那么快，我们还有夜宵呢。"

章清溪说："唉，真是秉性难移，你们没有通知有晚餐，更不用说夜宵了，怎么又埋怨别人。改天吧，我已经到家门口了。"

"改天，改哪天，你回家不是也要吃饭，我都安排好了，你麻溜地回来，我们还有业务想说说呢。"

刘洋说："我们回去吧，见一次张总不容易，好几家银行都在争这个项目，再者不是还要人家明天支持 3 千万吗。"

章清溪说："那好吧。"然后一边给国华的王睿智拨电话，一边听刘洋说话。刘洋笑着说："王处这么晚了不会接吧？"章清溪说："接不接是他的事情，打不打是咱们的态度。"章清溪和刘洋都知道，王睿智是他们的大户，说好听点，非常爱惜自己的羽毛，原则性比较强；说难听点是有些牛气，不太好沟通。但今天电话刚拨出去，王睿智就接通了。章清溪赶忙对刘洋做了个手势，然后恭敬地对着电话抱歉："王处，真是对不起，刚才为一个企业的诗歌比赛当评委，手机静音了。"王睿智在那头说："也没什么大事，明天我们要退国华路桥的 3 千万集资款，李行长会通知相关人的，你记着把自己的合同带上。本来是想等过了年再退，李行愿意年底前退了，说你们储蓄任务还差一点。"章清溪不知如何回答，她总不能说这样一来，我的公存就差 3 千万，最后一天，你让我去哪里找。她苦笑着一直点头："嗯，嗯，好的，好的。"

王睿智那边态度今天是出奇的好，居然夸奖章清溪："早就听说章行长是个才女，改天送我本你的诗集，我当年也是文学青年呢。"

章清溪说："不敢当，都是闹着玩呢，不过以后再有诗会，我一定叫上你。"王睿智说："不用不用，我也不写诗，和大家也不熟。"

章清溪挂断电话后对刘洋说："还好，吓了我一身冷汗。"刘洋呵呵一笑："大气点，咱们哼哼大行，得提起点气势来，像今晚多好，多受尊重，还跟着你沾光走了回红地毯。"

章清溪说："打住，你的嘴又抹蜜了，可惜我不是客户。不过一会儿吃饭要速战速决，我们明天要熬一宿呢。"

刘洋像忽然想起什么又说："是呀，可跟章行在一起不白熬，说不准明天咱的奖励就下来了，今年可是一大笔呢。"

章清溪没再搭理他，但心里也美美的，她知道今年 60 亿贷款带来的特别奖最少 20 万，想到此，她心里便涌起巨大的成就感。

等章清溪他们返回远航集团时，张雨浓和一帮人正在大门口迎接。刘洋夸张地张大嘴："哇塞，章行，你面子太大了，张总亲自接呢！"

章清溪也有些激动，她压抑着自己很受用的情绪对刘洋低声说："给你鼻子里插根葱，你就是象呀。"她知道张雨浓这是给足了她面子，只是不知道葫芦里卖的什么药？他是银行手里的香饽饽，不需要求你贷款，唯一能解释的就是共同回忆大学校园里文学青年的美好浪漫。想到这里章清溪的心热了起来。

张雨浓貌似谦卑地说："今天简陋点，在我们会所将就你这大行长了。"章清溪知道张雨浓的脾气，分明是显摆，她半迎合半调侃地说："你真是暴发户了，这么腐败还说简单。"

章清溪想一定不能喝酒，不过坐下后她知道不喝酒是不可能的，你一个做业务做营销的副行长，在客户面前早就是身不由己了。一桌都是远航的人，这个说章老师您随意，那个说您随意，可章清溪如何随意得起来呢？章清溪想既然你们称呼老师，而且今天也不是纯公务，索性就随意一回，拿起茶水代酒。可张雨浓不答应，一边敲边鼓，一边将章清溪的军："你喝剩的我替。"虽然张雨浓替了不少，但喝开了头，就不好厚此薄彼，哪个也要应酬一下，包括原来喝过水的还要求补上，一来二去张雨浓和章清溪都有些喝高的意思。刘洋倒是机灵，趁着两人微醺对张雨浓说："我们公存还差3千万，张总能支持一下否？"

张雨浓拍着胸脯爽快地说："3千万，小意思。明天我转5千万给你们。"

章清溪就不好意思提回家了，而且又谢了几杯。她记不清是如何被挟持到卡拉包房开始飙歌的。章清溪记得张雨浓当年在学校唱歌老是跑调，可如今却摇身变成了金嗓子。章清溪和张雨浓合唱《在雨中》时，张雨浓挽起了章清溪的胳膊，章清溪想要躲开，又禁不住别人的起哄只好逢场配合，恍惚间章清溪看到张雨浓眼中的柔情，心不觉得颤动起来，她告诫自己25年前那一篇已经翻过去了，那个英俊少年如今已是大腹便便，自己也早已是明日黄花，万不可自寻烦恼。想到这里，她轻轻挣开张雨浓的手，从茶几上端起两杯啤酒，一杯送到张雨浓手边，一杯留给自己，把鲜花，把掌声，把说不清的感觉都赋予手中的啤酒一同碰撞出去，与张雨浓一起豪爽地喝掉。张雨浓把章清溪的手按到自己的心口说："师妹，你一直在这里。"

章清溪感觉到那张雨浓眼中灼灼的热流，她不敢再继续被烤下去，求饶地对张雨浓说："师哥，我喝高了，喝高了。"

二

晚上喝多了，按道理早晨可以多睡了一会儿，可早晨5点钟章清溪就睡不着了，上腹针扎般的疼痛，下腹崩裂般的肿胀，她知道胃疼是不可避免了，而且她也不敢声张胃疼，唯一可以解决的就是悄悄去卫生间把充斥她每个细胞每个神经的含有大量酒精的尿液排掉。章清溪每次喝完酒都会神经质的口渴，半夜里会喝一大杯水，她总是固执地认为喝完水就把酒精稀释掉了，然后排出体外。她过去经常为喝酒的事情批评老公王家瑞，她说你再喝那么多就该尿酒了，尿酒比尿糖更可怕，再说你一个教授怎么可以天天醉醺醺呢，学生都被你带坏了。

王家瑞本来是很少喝酒的，但自从把一门《管理学中的孙子兵法》讲得风生水起后，就开始了喝酒。刚开始章清溪并没有注意到这些，还打趣道："小酌怡情，大饮伤身。"直到有一天王家瑞醉醺醺回来时，章清溪才发现自己没有在萌芽状态叫停是犯了个多么大的错误。好端端一个做学问的教授又是在外面"走穴",又是在校内开什么诸如交通、电力、金融行业高管等等培训班。动辄学费就 5 万 10 万。章清溪说:"就你们那点东西怎么值那么多钱呢?"王家瑞说:"要么说你当不上行长,你看看来深造的哪个比你傻呀,人家一是提高水平,二是广结人脉,培训之后很快就会跨一个台阶。我们是最好的助推器。你不要总是从门缝里瞧你老公。"

既然管不了,就放任王家瑞去吧,在大学里蛰伏了那么多年后王家瑞忽然就火起来,只是章清溪觉得你爱怎么火就怎么火,你那点本事我知道,研究了多半辈子哲学也没咋地,一本兵法就火了,课堂上讲,电视上讲,培训班上讲,不过你再怎么讲也是我老公,在家里还是得服从我的领导,这点从结婚起双方的地位就定下来了,兵法在家里不适用。

这么多年章清溪是被王家瑞一直宠着的,她对自己信心百倍。有一次上级行一个上过王家瑞课的处长对章清溪说:"你们家教授很厉害呀,成功人士,人又儒雅帅气,你别老在外面瞎忙活了,那些班上的女生都很崇拜他呢。"

章清溪笑着说:"就他,我巴不得他学坏呢,可惜是教也教不坏,不然我给你 500 块钱学费,你给教教。"处长说:"你就嘚瑟吧。"

说笑归说笑,章清溪也就稍加在王家瑞身上多留了一份心思。只是这一留心吧,就发现王家瑞还真生出许多变化。王家瑞本来对衣着没有什么要求,过去都是清溪硬拉着拽着他到商场去买,如今时不时就带回来一条领带,几件衬衫,如果周日没事还会拉上章清溪一起去商场选衣服。章清溪打趣道："什么情况？"王家瑞就委屈地说："天天上课，给你们这些家们讲课着装还是应该讲究一下。你没注意你们李行长一水的皮尔卡丹呀。"章清溪想想也是，现在王家瑞也是出入场合的人，必要的行头还是要准备的。

　　还有章清溪发现王家瑞短信、电话也多起来。章清溪清楚地记得前些年刚兴起短信时，有一年的年三十，全家人围坐在一起看电视，章清溪的手机响个不停，拜年的短信一个接一个，可王家瑞的手机就清净很多。当时大家都没注意这些，女儿王诚诚那时刚上初中，她不停地翻看着章清溪的短信，看到好玩的就咯咯笑个不停，也许是觉得不过瘾，她突然就抬头问王家瑞的手机有没有短信功能，王家瑞当时简短地回复说没有。王诚诚就傻乎乎地劝王家瑞换个有短信的吧，短信太好玩了。章清溪看到王家瑞的脸那晚一直是阴沉的。如今简直就是颠倒过来，王家瑞的电话短信远远超过章清溪的几倍，王家瑞要想安静会儿，就必须把手机关掉。

　　更要命的是王家瑞喝酒的次数也越来越多，章清溪就提醒王家瑞不要过量酗酒，以免将来尿酒。王家瑞总是无奈地说："还不是为了咱们这个家，谁不知道酒喝多了伤身体。"章清溪也就不好再多说什么，你也偶尔喝大酒，总不能只许州官放火，不许百姓点灯吧。当时章清溪还把自己放到家中领导者地位上，她觉得自己有必要开明些，所以也就对百姓王家瑞喝酒的事情睁一只眼闭一只眼。

昨天晚上章清溪回家时，王家瑞一边抱着笔记本电脑，一边等她。王家瑞见章清溪晃晃悠悠就有些不悦："你一个女同志整天喝成这个样子像什么，不行咱们换个岗位。我跟你们刘行长打个招呼，再不行咱就在家休息。"

刘行长是省行的一位副行长，也是王家瑞的学生和好朋友，但章清溪坚决不同意让王家瑞为自己运作。她的理由很简单，自己坚持了一辈子，自己的今天都是自己奋斗来的，不能晚节不保，如果想走后门，她早不是今天的位置。王家瑞说你平常也是很想上进的，对别人的升迁也是很在意的，可到了方法决策上就总是以一个诗人的情怀去争取，守株待兔般的等哪有成功的道理，该用的计策还是要用，其实只需要你同意，就轻而易举地解决了。章清溪说别的问题都可以用你的方式，唯独这件事，通过这种方式争取来的，我会更加难受，这是我的底线。说到底线，王家瑞就不敢再自作主张，只好任凭章清溪顺其自然。

王家瑞太了解章清溪了，别看平时也练就了一副融入尘埃的本事，但多年直不棱登而且轴得要命的诗人性格，没准什么时候就爆发一下，她的底线，就是底线，没有任何回旋的余地。王家瑞的妹妹王家宝总是说哥哥："你就是太宠着我嫂子了，过去，她是行长你是教授，现在她还是行长，可你不仅是教授了，你是名教授，在外面侃侃而论，在家却没有多少话语权，我嫂子简直就是身在福中不知福。"

王家瑞想自己也不是没有话语权，在更多的问题上章清溪还是很听从他的建议的。再说这许多年来自己一门心思做学问，家里的大事小情都是章清溪一个人担着，扪心自问，章清溪除了偶尔的诗人气质外还是很随和很生活很有情调的，对自己的家人包括王家宝很是照顾。前些年王家宝一直夸嫂子如何好如何好，可最近因为借钱的事却常常抱怨。王家瑞知道因为借钱的事情妹妹不高兴了，但章清溪说的也不无道理，你需要买房子，需要看病我们可以借一部分，可你要买车要做生意就另当别论了。章清溪说："我们家那辆爱丽舍很少开，诚诚上大学也不用，你就先开着吧。"王家宝把车开走了，没有半个谢字，反而在亲朋面前说："咱没钱，只能捡我嫂子淘汰的。"

昨天晚上王家宝来哥哥家，见王家瑞一个人吃泡面，就很不高兴："我嫂子也太不像话了，不好好照顾你，还在外面瞎跑，让你一个厅级干部为她一个科级干部服务。"王家瑞笑着说："你别再捣乱了，我一个教授怎么就成了厅级干部了，还有你嫂子人家现在是股份有限公司，也早已不和行政挂钩了，再说家里就是夫妻，哪有级别，也不知你这小脑袋里整天装了些什么乱七八糟的。"

王家瑞不是不会做饭，只是懒得做饭。许多年来都是王家瑞一手把持厨房的事情，可成名后就难得下厨房了，用章清溪的话说"再做饭就毁坏了教授的高大形象"。章清溪出差或有事情时，王家瑞和诚诚就只好泡方便面或煮速冻饺子。

王家宝是知道这些情况的，过去总是为哥哥抱怨，说哥哥把嫂子娇惯成了生活中的弱智儿。家宝是王家的老小，母亲去世早，王家瑞上大学时家宝初中毕业，说什么也不再读了，她说不愿给家里增添负担，而且自己也不喜欢读书，就供哥哥一人念书吧。为此王家瑞就格外宠爱妹妹家宝。章清溪说："其实家宝不上学也不是你的原因，更主要的还是她不想读，让她读也不一定能考上，咱们那会儿又不要学费，还有助学金，不需要家里太多的资助。"王家瑞心里也是这样想的，但还是强调："家宝小时候可聪明了，老师可喜欢了。侄女随家姑，你从诚诚的身上可以看到家宝当年的影子。"

章清溪说："诚诚应该是我们两个的优秀基因，倒是她的气人劲儿随家宝，总把自己的不如意怪罪到别人身上。"

不管章清溪喜欢不喜欢家宝，家宝作为小姑子总会像个幽灵般常常出现在家中，不管有事没事。但昨天她是有事情来找哥哥嫂子。她红着眼圈说："舅舅今天生日时喝了半杯酒就吐血了，家人以为是胃有毛病，到县医院检查，人家明确说是肺癌。家里人不敢告诉他，让我跟你商量明天来省医院看病。"

王家瑞对舅舅得病是有心理准备的，舅舅常年喝酒抽烟，而且生活也不规律，总是以天降大任般的自以为是做出一些让人哭笑不得的事情，前几年他撺掇家宝和他一同投资北京的墓地，还拿出《经济日报》的复印件佐证，家宝来借钱时，家瑞和清溪坚决反对，家瑞说："这一看就是假的，骗钱的，《经济日报》不可能登这样的广告。"章清溪也说："你们做点正经生意，这种天上掉馅饼的事不会有，一年百分之五十的回报率绝对是天方夜谭。"

家宝借不到钱就生气地走了，临走对章清溪说："我们没文化，做不了正经生意。"结果不到半年假投资就被取缔了，当然家宝投进去的2万元钱也打了水漂。当家宝哭着来诉说时，章清溪没有跟家瑞商量当场就给了家宝2万。她说："你别太难过了，学个教训，少跟舅舅掺和。"

不掺和生意可以，割舍亲情却难，亲娘舅得了癌症，家瑞还是很难受的。他说："明天就赶紧过来吧，我让你嫂子联系医院。"

家瑞也认识医院的领导，但家瑞属于那种万事不求人的主儿，这种小事许多年来都是清溪一个人去办，家瑞懒得管，清溪愿意管，长久以来就习惯成自然，自然成应该。

王家瑞等着章清溪进门后跟她说舅舅看病的事情，可章清溪那么晚回来，而且一回来就往床上一躺，笑着说："我没喝多，我就喝了半壶老酒，一瓶啤酒，不多，真的不多。"说完就呼呼睡着了。

半夜章清溪胃里烧得难受，而且口渴得厉害，轻轻打开床头灯，发现床头放着一杯蜂蜜水，她知道那是王家瑞给她准备的。一口气将水咕咚咕咚灌倒胃里，顿时舒服了许多，可睡意也被驱赶走了，她侧身看着王家瑞，伸出右手轻轻搭在了王家瑞的胳膊上，任凭思绪在王家瑞的气息氤氲里游曳：

是老天的偏爱，
还是上帝的好善，

是多少次的回眸，

是多少世的修炼，

让我舞动着的水袖和魂魄，

翩然在你宽广的胸间。

你用那熠熠生辉的光芒，

把我的生命点燃。

你用不经意蜜意柔情

把我的心一点点润软。

　　诗人总是多愁善感，半夜醒来的她在呼噜声中无由头地想，身边这个人是上帝赐给她的福分，她一定要好好珍惜。

　　尽管章清溪觉得自己悄无声息，但还是搅了王家瑞的美梦。王家瑞睡觉总是很轻，近来睡眠质量尤其的差。章清溪说："不好意思，你再睡会儿，我先上班去了，晚上估计要12点以后回来。"王家瑞含混地"哦"了一声。

　　章清溪像想起什么又趔回卧室说："我们要是没什么特殊情况，明天去北京吧，我想去看看诚诚，再有9天就该考试了。"

　　王家瑞边打个哈欠边说："我有时间，就看你了。"

　　章清溪再次来到客厅准备换鞋出门时，看到鞋柜上的环保袋，她苦笑了一下问："家宝来过了？又有什么事？"

　　那个环保袋是家宝代理的品牌，清溪给家宝出主意让她做环保袋生意，并把几家超市宾馆的关系介绍过去。每次家宝来家都带一包环保袋。

这时王家瑞突然想起舅舅看病的事，他说："哎呀，你要不提我就忘了。"家瑞就把舅舅生病的事情叙述了一遍。章清溪的好心情一下就没有了，她有些埋怨地说："今天是 31 日，你不知道是年终决算呀，我最忙的一天，再说舅舅看病干嘛非要通过家宝找咱们，你那些表弟们不能自己说呀。"

家瑞有些歉意地说："他们的素质你也不是不知道，你联系一下，我今天陪着，你要是忙不过来，我就直接去找李院长。"

章清溪看了看墙上的钟表，有些不耐烦地说："算了，还是我说吧，一个看病，就别动用院长了，其实找不找熟人都一样，医生都会认真看的。就你们家人事多，什么事情都要找熟人。唉，不说了，你等我电话吧。"

王家瑞靠在床头上拱拱手："谢了，谁让我找了个出得厅堂入得厨房的夫人呢。"

章清溪没工夫和他再贫了，坐在车上就盘点今天该做的事情，她无奈地摇摇头，感叹自己就是劳碌命，心想谁能把这些和一个诗人联系在一起呢。也难怪，自己早不是诗人了，诗人只是自己慰藉自己的一个虚晃的过去。

但现实中她多少还残留了这种虚晃，这虚晃偶尔就弥漫在她的脑海里弥漫在她的生活中。女儿诚诚说："你活得太累。我要是你，绝不这样生活。"

都说女儿是母亲的小棉袄，可自己这个棉袄现在忽然就变成羽绒服了。女儿诚诚说："我今年把研给你考完，以后的路你就不要安排了，你不要指望我再在国内读博，在你们银行工作。

我不愿等到像你一般岁数时还后悔没做自己想做的事情。也许我的选择不正确，但我不试过，我会后悔一辈子。"

章清溪一直觉得女儿诚诚是自己的骄傲，诚诚是自己最大的事业。诚诚确实让清溪在众人面前赢得了不少羡慕的眼神。但谁知道诚诚在考研前跟章清溪做了上面最后一次谈话。当时章清溪被气得脸色铁青，王家瑞出来打圆场说："孩子有想法总比没想法好，等考完再说，当前最重要的就是考研。"其实章清溪知道，背后王家瑞肯定为诚诚出国也出了不少主意，在女儿的教育上王家瑞和生活上一样不称职，而且还总是帮倒忙。

她给爷俩分析："现在海归多的都变成海待了，我们总行人事部门还是偏爱国内一流大学的，谁不知道如今花点钱就可以到国外留学。"

再有 9 天，诚诚就要考试了，章清溪想今天年终决算后她就休息一周，借着三天法定假日，再多歇两天，正好陪着女儿把研考完。所以上班前还有一件事是和女儿通个话。

早晚各一次跟女儿通电话已形成惯例。但女儿有"起床气"，因此通话要等到 7 点半以后，太早叨扰了女儿的懒觉女儿会很不高兴，章清溪为此跟女儿谈过几次，当时女儿虚心接受，但就是不能体现在行动上，下次还是照旧我行我素。而且女儿还会生出一大堆理由，什么我昨晚学的晚了，什么我昨晚睡不着了，我的时间差就是早晨 7 点啦等等。

在外人眼里，女儿是章清溪的骄傲，章清溪也尽情享用着这份骄傲，但闲暇时章清溪总是控制不住地想，为了这份骄傲，她和女儿牺牲这么多值吗？

女儿高中毕业时，在保送还是高考的问题上章清溪为女儿选择了保送。其实当时女儿是不同意保送，因为保送的专业不是计算机。女儿说她想和表哥一样学计算机，因为那时章清溪的侄子刚大学毕业，成为了 IT 精英。章清溪觉得高考不确定因素太多，当年自己就是因为在考场上晕倒才上了个省内大学。所以有稳定的保送就不能放弃，如果真不喜欢，到了学校不是还可以改专业吗？有多少人求人托门路才能保送，自己怎么会主动放弃呢。

王家瑞一贯主张儿孙自有儿孙福，开始还劝章清溪遵从女儿的意见，可被章清溪一番大道理后就不再发言，章清溪说："你从来都没管过孩子的学习，也不知道现在的形势，不是所有人都像你那么幸运，能考得好，还报得好。如今上个好大学太难了，我不会让孩子冒险。"

就这样在章清溪的强势下，女儿放弃了高考。

然而保送后，女儿觉得专业不理想，而且班里那些学习不如她的都考上了不错的大学，选择了自己喜欢的专业，女儿就心生怨言，开始考虑出国的事情。王家瑞说："出国也是不错的选择，我们也完全负担得起，让孩子去锻炼锻炼也不错。"

章清溪是坚决不同意。她说："如今鱼目混珠让留学生身份水多了。在国内本科最难考，研究生次之，博士只要你想上基本没有问题。"她还拿出若干案例举证，什么邻居老李家的女儿没有考上重点高中，去了私立学校，然后出国读本科，研究生，回国竟然考上名牌大学的博士。谁不知道博士只要英语过线，专业都是导师出题，导师同意要你，考试是很好操作的。所以第一学历的出身很重要。

女儿只好又听从章清溪的安排，在国内读书。大四时女儿有三个选择，一是保送本专业的研，一是考研，一是出国。

女儿说本专业她已学够了，要么出国，要么跨专业跨学校考研。章清溪又鼓动女儿在国内读研，并且让 IT 精英给女儿做工作，女儿知道坚持也没用，在国内最好的大学读研是章清溪的梦想，不替母亲完成这个梦想她出不了国。

可一直很优秀的女儿却在第一次考研上失败了，跨专业跨学校的难度可想而知，而且还是考最热门的专业最顶尖的学校。女儿从考场出来后，章清溪心疼女儿不让女儿再考了，直接出国算了。谁知女儿和章清溪一个脾气，她说国一定出，但研也要考上，她要弥补未参加高考的遗憾。

王家瑞批评章清溪给女儿的压力，好好的一个孩子让考研考得都没有自信了。王家瑞说："你考虑过吗，如果诚诚考试再失利，她的心情、她的信心能承受得住吗？跨专业跨学校的热门竞争日趋白热化，今年考生又是最多的一年，我真不知你怎么想的。"

章清溪不知如何解释，其实如今的诚诚就像开弓的箭，自己不肯回头了，她一心考研，连麻省理工的信函都未来及回复。王家宝更是埋怨嫂子，说章清溪把诚诚快逼神经了。章清溪火了，发脾气道："王诚诚是我身上掉下来的肉，我比你们更疼。"

三

31 日的上午并没有像章清溪想象中的忙碌。她的车驶进单位大门后，李利和吴副行长的车都没在。

原来的 31 日是一天终了决算全年，那一天算盘珠铿锵、清脆而有节奏的噼里啪啦声会一直敲打在你的太阳穴上，给你的神经上着发条，每个人都像机器一样快速地运转着，算盘声不停，你的神经就会一直绷着劲儿，人也就一直沉浸在亢奋的运转状态中。有时是半夜，但更多的是第二天早晨，如若账目有问题或许还要延长若干小时，公历新年是绝对消停不了的。所以多少年来章清溪是绝对不会在公历新年安排走亲访友或旅游的，那一天要么加班，要么补觉。现如今都是大型计算机按程序自动处理，人为的只是控制一下年末的各项指标，为来年做准备。章清溪想自己真是老了，总是沉浸在当年的决算日。

按往年惯例，章清溪会提前把这些事情安排一下，但从去年冬天新班子上任后，李利总是把所有事情都事无巨细地把持起来，章清溪还是比较顾及李利的心情，自己在这个行呆了三年了，属于老人，有几次李利开玩笑说章清溪是地头蛇。章清溪急赤白脸地解释："也就是早来两年而且还是上不了家谱的，李行用词不当，地头蛇不是因为时间长，而是因为他的强势地位，我充其量一个过客而已。"长期以来行里有个不成文的规矩，在行史上都是把正行长写进去，副行长一般是进入不了的。

章清溪知道李利是怕架空自己，所以章清溪想不如趁这个机会自己休息片刻。老班子就留下她一人，她知道如果不是必须调整，她一般挪不了窝。近几年支行间调整频繁，有些行长待一年甚至半年就能换个地儿。她分析过，一般调整是三种情况：要么是上级领导器重，有更适合的岗位；要么是班子不团结，影响工作；要么是本人有要求。

　　章清溪来金城支行就属于在原支行工作了四年，按干部管理必须调整的那种情况。到金城支行报到时，谢行长说我看好你，向领导要的你，言外之意是如果我不要你，你来不了这个行。市行管辖 36 个支行，半数以上的支行在县城，一般是不会安排女同志到县行的。市区的 18 个支行就参差不齐了，不管是地理位置还是效益指标差距还是很大的。金城支行在市区行属于中上，所以谢行长就有了向章清溪卖人情的说辞。

　　这说辞真也好，假也罢，章清溪是没得甄别，没得选择。但有一点就是你要无条件地干好工作。她分管竞争最激烈的对公业务，用刘洋的话说是在前线拼刺刀。一年后，指标上去了，谢行长也高升了。李利来后，和过去一样，一把手抓全面，她分管三个业务部门。李利强调大员营销，也就是所有的大项目他是要亲自去参与营销的。这样一来，行里的小事杂事就需要章清溪多分出些精力来。

　　李利和章清溪是打过交道的，甚至可以说李利对章清溪也是有知遇之恩的，李利和章清溪都是市分行下来的干部，当年身为办公室副主任的李利推荐章清溪到办公室的，那时李利也是很欣赏章清溪的，只是章清溪到办公室不久就不知天高地厚抢了李利的风头，一来二去，李利对章清溪就有了些许的隔阂。好在章清溪在王家瑞的点拨下华丽转身到另一个处室，并且还加了副处长的头衔。

十年后他们再次聚到一起时，王家瑞说章清溪最好尽快离开金城支行，你不适合和李利一起搭班子。章清溪得知李利来金城时也半宿没睡着，毕竟之前有过嫌隙，而且这嫌隙市行行长贾增是很清楚的，从某种意义上说贾增的成功上位得益于李利和章清溪的嫌隙。当时市行的老行长非常欣赏章清溪，工作上章清溪越俎代庖使得李利不高兴，办公室主任贾增就很好利用了这一点，而且推波助澜般一边给章清溪更多的表现机会，一边让李利的不满暴露在老行长面前。当时李利和贾增都在争取进步，贾增便没有悬念地成功胜出了。真应了那句话，一步赶不上，步步赶不上，十年间李利和章清溪都没有进步，贾增却稳坐在了市行行长的宝座上。

章清溪知道贾增之所以让她和李利搭班子，是一箭双雕，他不喜欢李利，也不喜欢章清溪。章清溪清楚地记得当年老行长像训孩子般训贾增，贾增一个劲点头说我们马上改。等老行长跟章清溪说话时却是一副和蔼的面孔。当时办公室就三个人，她是走也不好，留也尴尬，恍惚间就从贾增的眼神里看出了妒恨，只是那妒恨当时在贾增的眼中转瞬即逝。后来当贾增稳坐市行行长位置时，章清溪才感觉到那妒恨在贾增那边也许早就刻入骨子里了，再次相遇，她知道自己从此止步了。

李利似乎也看出了这些，所以他上任后并没有为难章清溪，反而希望能共同把业务做大做强，这样支行升格，两个人都可以自然上位。一年来，他们配合得非常完美，尤其是在给国华公司的贷款发放上非常漂亮，给双 A 级优质客户国华投放项目贷款 60 亿。这在金城分行内也是最大的一笔。李利对章清溪说："人家都说你不好相处，我跟他们说你非常配合工作，听话着呢。"

章清溪知道李利说的他们是谁，可她心里就是不舒服，你说这话是什么意思，一是显示你能，能驾驭我；二是拿市行一把手贾增行长来压我，不就是一把手贾增对我有些不满意吗。心里想也就想了，嘴上章清溪还是不愿多说。她说："只要问心无愧就可以了，最起码我得对得起我的工资。"

其实当时章清溪没有明白，这是李利在向她传递一个信息："我李利是主角，行里的业绩是我带领你们做出来的，什么事情我说了算，而且有贾增支持。"

事后想想，章清溪当时犯了个错误，平常一个那么高傲的人居然没有给李利一个有效的反击，你心里不高兴或觉得他说的不妥，就应当直接反击，这么多年来章清溪一直是有什么说什么，可今天的章清溪却没有。这就导致李利行长产生了良好的自我感觉，直接后果是在全行惹出了大麻烦。贾增在多半个月后真正的大年三十说："金城支行的李利行长就是一个十足的麻烦制造者。"

要说多半个月后的事情，还需要从现在说，从腊月初七这天接着说。上午 9 点，李利召集两位副行长和各部门经理开会，问各部门还有没有需要解决的问题，大家都说领导早已经安排好了，应该没有什么问题了。散会后章清溪想问问国华集资的事情，可看到吴副行长没有走的意思，她想他们可能有什么话不便当着自己说，索性就出来了，心想你们愿意怎么办就怎么办吧。

出门后，刘洋跟着进来，刘洋低声说："听说咱们的奖励要下来了。"

章清溪嗯了一声："是呀，咱们的奖励应该不是个小数，我觉得应该是过完年终就下来，往年都是春节前发，今年可以过个好年了。"

刘洋又说："你去问问李行长，你没见吴行长在那里吗？如今吴行长管核算，千万不能把咱们的奖励平分了呀。"

章清溪觉得刘洋自作聪明的老毛病又犯了，就有些不耐烦地说："怎么会？第一，奖励还没有正规渠道下来。第二，分奖励也要班子定，不是某个人说了算。第三，省市行早就说过，奖励是到重点人身上，我们怎么也该拿大头。第四，今天是年终，多少不确定的事情可能发生，还有各项指标做到什么水平，这才是最重要的。再说了，李行长奖励亏不了咱们，除非他不指着咱们干活了。"

章清溪当时并没有把刘洋的话当真，她有一堆的事情要处理，而且她心里还在为国华集资的事情不舒服，李利应该跟她说一下国华返集资的事情，当初是她冒着风险牵的头，这是起码的尊重。

她按着班子定的存款目标开始查看业务往来的数据，吩咐刘洋盯着远航的 3 千万是否到账。她自己要随时盯着规模，如果有规模，他们还有一个亿的贷款要发放，当然放不放一个亿还要看上级行的意思，有规模就占上，没有只好等到来年。

　　空余时间，她就想给客户和朋友发发短信，祝贺新年快乐。如今短信成了生活中不可或缺的了，以往她总是被动，今年她想自己占个先，趁早把该做的事情都做完，晚上早点回去，明天早点进京陪女儿。

　　没想到，还有比她更早的，张雨浓的短信早早就飞了进来。

　　　淡淡人生久别后，
　　　才下眉头上心头。
　　　半载风雨沧桑后，
　　　唯忆当年绿枝头。
　　　幸得上天多厚爱，
　　　重新紧执妹之手。

　　章清溪心里有种莫名的痛痒，那种痒很是不舒服，那条短信就像一只蚊子在耳边嗡嗡地飞。她做梦也没想到能和张雨浓相遇，即使相遇她也不愿和他再有瓜葛。毕业时张雨浓只留下一张"来生再续"的纸条，就没有任何征兆地消失了。二十多年间章清溪听过他太多的传闻，什么在深圳，什么在海南，什么大富大贵，什么锒铛入狱，什么在国外发达，总之一句话，就是张雨浓以一个弄潮儿的方式起伏着诗歌里的披荆斩棘。她知道张雨浓有那个气魄，她也知道张雨浓离开她是为了不连累她。他们对生活的要求不同，章清溪喜欢平静的生活，喜欢花前月下，喜欢春天呼啦啦地来，喜欢冬天太阳融化白雪的温情。可张雨浓不行，他要做她的英雄，要力拔山兮，要大张大合。

张雨浓走了，和能和他大张大合的女同学一同走了，一起演绎他们的潮起潮落去了，炙手的深圳炙热的海南不是章清溪的视线，她喜欢瘦瘦的灯光，喜欢淡淡的茶香，喜欢静静的光阴。

当章清溪再见到张雨浓时，她不禁唏嘘万千，但这并不妨碍她为张雨浓的成功高兴，只是这高兴中多了些说不清楚的淡淡的哀愁。她随手回了短信：

淡淡烟雨淡淡愁，
淡淡春风绿枝头。
淡淡老友陈年酒，
淡淡酒解淡淡愁。
岁月蹉跎昨夜梦，
淡淡白发爬鬓头，
淡淡人生情浸透，
淡淡相知一生候。

她知道张雨浓会读懂诗中的情绪，心虽然很近，但只能是相知，相候。人生有多种的浪漫，但那种美好的情愫也只能埋藏于心。

没想到张雨浓几分钟后又回了一条：

> 当年雨中情初熟，
> 春风洗尽淡淡愁。
> 如今酿成陈年酒，
> 缕缕情思醉心头。
> 人生何须叹白发，
> 青春往事永常留。
> 只盼家和万事兴，
> 相知更上一层楼。

章清溪看完短信，张雨浓还是那么的诗意盎然，看来生活很难磨平一个人的棱角，有些骨子里的东西是根深蒂固的。比如张雨浓对于诗歌，他总是出口成诗，没想到经历了生活的诸多波折后他还能将诗深藏于心。但章清溪想她不能再回了，她知道来来往往会生出许多麻烦，那些闲情逸致不再属于她这个年龄了。

这时王家宝的电话就打进来了："嫂子，舅舅他们到了，我接上他们，咱们一会儿在省医院门口集合。"王家宝没有任何回旋余地地给章清溪发指令，章清溪很不高兴地说："我和你哥说好了，他陪你们去医院，我今天比较忙。"

王家宝在那边就喊起来："嫂子哎，这可是人命关天的大事呀，我哥一张名脸到了医院，还看病不，只顾上给人家签名了，耽误了舅舅的病可不行。"章清溪冷笑着说："哪里有那么悬乎，上了几次电视，就成了星了，我们整天逛街也没见几个找他签名的。"

王家宝知道自己的理由有些牵强，她知道哥哥远没有嫂子在医院熟悉，而且哥哥也不愿意求人，并不是哥哥不想走后门，只是哥哥爱惜自己的羽毛。既然哥哥爱惜，她就要帮着哥哥爱惜，那么去医院找熟人看病的事情就必须嫂子来做。如果在从前她会甜言蜜语地求嫂子，甚至可以撒娇，那是她多年屡试不爽的办法，可现在哥哥的地位长了，她的地位也就长起来。她觉得嫂子不能像以前一样对哥哥呼来喝去，要把哥哥捧在手心里，可事实上嫂子没有丝毫变化。不过今天她知道自己也有些过分，这么多年她也知道嫂子今天是最忙的一天，可她就是要挑选今天，看看是嫂子的工作重要，还是哥哥的亲人重要。她说："嫂子，舅舅的病可是只争朝夕了，早一分钟关乎生死，我哥是做大事的人，你作为家人应当为他分担些小事情吧。"

章清溪有些愠怒："家宝，我怎么听着就这么别扭呢，什么大事小事，我们是夫妻，互相帮助是应该的，我今天忙，他分担一下也是应该的。我已经联系好了，你们去就行了。"

王家宝知道章清溪是真生气了，如果再僵持下去自己也得不到便宜，为了舅舅的病，也为了哥哥的羽毛，她一下就回到了从前，拿出撒娇的本领对清溪说："嫂子，我知道你忙，可是哥哥遇事一激动,让舅舅看出来,怎么好呀,再者哥哥不如您有办法,谁让您是咱家的主心骨呢?"

话说到这个份上,章清溪就不好再拒绝,她说:"那好吧,我处理一下紧要的事情,马上过去。"

章清溪在省医院等候了20多分钟,王家宝和舅舅一家才过来。舅舅还是以往那样端着舅舅的架子,只是脸色差了许多。舅舅说:"就是昨天喝酒喝得胃出血了,没有什么大惊小怪的,孩子们非得让我过来查查。"

章清溪说:"查查好,查查就放心了。"

家宝拉着章清溪的胳膊:"嫂子,你知道妈妈走得早,舅舅一直照顾我们兄妹几个,你一定要找最好的医生为舅舅诊断。"

这样一来章清溪就不好走开,一直陪同穿梭于各项检查中,但并不是很顺利。一是舅舅死活不肯做病理,他坚信自己没病,说做病理太痛苦了。家宝和清溪当然知道舅舅是真有病,不做病理怎么知道是在哪个阶段,怎么对症治疗,好说歹说才做了病理。二是在手术和放化疗上又产生分歧,章清溪觉得保守治疗更好些,可家宝坚持要手术,到最后还是表弟说:"他都不承认自己有病,怎么会配合做手术。怎么也要先等等。"

无奈清溪陪着舅舅家宝一直到能做的检查都做完,又安排好住院才拖着一身的疲惫回到行里。

刚进办公室,吴副行长就笑吟吟地进来了:"你又去拜访客户啦,我们准备包饺子了,你要不忙也过来一起包吧。"虽然已经习惯了吴副行长的软腔柔调,但每回听到她的声音,章清溪还是不自觉皱皱眉头，她说："我再盯盯几个数，如果没什么大变化，我就过去。"又问了一句，"李行长在吗？"

"在呀，刚才省行说有一亿的规模，今天必须把贷款放了，不然就占不住了，你不知道吗，我还以为你去和国华沟通去了。"

章清溪没有接她的话茬，她说："看来我包不成饺子了，我要马上走流程。"

吴副行长刚出去，刘洋就急匆匆进来了："哎呀我的领导，你去哪里了，省行通知咱们放款，还有就是咱们的贷款奖励真的要下来了，是一笔不小的数目呢。"

章清溪说："奖励怎么会少了我们，早晚都在那里，还是先放款吧，再说李行长不说，咱们怎么好问，还是等正式通知吧。"

刘洋说："这年头，小道消息比通知准。你千万别大意了，你不在乎我们可在乎。这可是关键时刻呀。"

章清溪瞪了他一眼："放贷才是关键，奖励按贡献分就是了，还能把有的说成没了，快去干活吧。"

章清溪放完贷款后对李利说："我给王睿智处长打个电话，通知他一声，如果他也加班，就邀请他过来热闹热闹。"

李利面无表情地说："不用了，我刚才已经去国华了，这一个亿人家本想明年再要，我去做了工作，不然今天也放不成。再有你也知道王睿智比较敏感，我们业务合作的越大，就越要低调，免得让别人说王处偏向咱们，所以以后国华的事情我就多跑点，你把主要精力放在新业务拓展上。"

如果换做别人，肯定会从中得到一种信号，最起码是不太高兴，但章清溪并没有在意这些，她只是觉得国华的业务理顺了，自己放放手也好，毕竟行里还有很多业务要发展。

她本来还想趁说工作时问问集资款的事情，从对公账户上看，3千万已经提出了2900万，也就是说除了自己还有个别人没来及退款，她今天一忙就忘了带合同取集资款了。她想集资款毕竟不是桌面上的事，况且现在行里对这些事情也很敏感，纪检监察部门几次让填表，李利都说没有这些问题。可她知道这是私事，李利是不愿意多提集资款的事情，章清溪就把到嘴边的话咽回去了。

晚饭前，章清溪把最后的一笔业务也处理完了。章清溪走进食堂时，大家正热火朝天地包饺子，煮饺子。李利对章清溪说："咱们先垫补点，等员工吃完咱们再和中层聚餐，到10点多有可能省市行领导来慰问。今年领导选了我们，慰问后要和我们一起聚餐。"

章清溪对和省市行领导聚餐没有什么特别的激动，尽管她知道领导跟谁吃这个饭，是对谁的赏赐，今年他们贷款做的好，领导这是变相奖励来了。

省行市行领导31日决算日和他们一起晚餐，得有多少支行羡慕嫉妒呀，他们的地位无形中又比其他行高出几分，看着李利的高兴劲，说不准来年就提拔了呢。李利说过，咱们的业务规模超过好几家市级分行了，到时候我们直接升格，你就跟着升吧。

对于升迁说不在乎那是假的，章清溪还是愿意得到承认，所以她也是很重视和省市行领导的这次晚宴的，为此和中层们聚餐时章清溪留了个心眼，让刘洋给自己的酒壶里加了一半水，她对刘洋说："昨天喝多了，今天胃还疼呢，你帮帮忙。"刘洋在章清溪手下当了三年的经理，他默契地知道帮忙是什么意思。可因为有昨天的底子，再加上今天累了一天，几杯下肚，章清溪就开始晕乎，等省行领导来时，她已经有些迟钝了。

酒场上有个不成文的规矩，章清溪一直不知道算不算酒文化的一种。一个酒场，总要喝倒一个人，而且总是拣着最弱的、最热的一个人当目标，此时章清溪就是最好的对象。女同志，而且已经酒过三巡，再有就是今年的业绩很是突出，还有一点别人羡慕嫉妒恨的清高。

行长贾增也来了，他首先就选定了章清溪。他端起酒杯要和章清溪碰三杯，这在别人看来是无上的光荣，但章清溪心里很是别扭，她知道别人喝酒也可能是单纯取乐，贾增绝对是有更深的含义，半奖励，半惩罚，也许还有更多的颐指气使。

其实章清溪知道，贾增对她的要求不高，就是像对老行长一样的发自心底的尊敬。章清溪对贾增是尊敬的，但那尊敬只是脸上，因为在心里她小看他，她想贾增一定也是看到她的心里去了的。在几次职务的安排上贾增都为难章清溪，就是想让章清溪去求他，说个软话，低个头。但越是这样，章清溪就越是看不起贾增。贾增上任后把章清溪平调到一个效益规模都很差的支行，那次贾增和人事处长一同与章清溪谈话，章清溪清楚地记得自己对贾增说了三句话："一是调动是情理之中，意料之外。自己觉得自己是女同志，除非犯了错误，行里还没有哪个女同志下基层的；二是女儿今年高考，支行比机关忙碌辛苦，自然就无法再照顾女儿；三是既然组织安排了，自己会无条件服从，尽管心里有一万个不愿意。"贾增没想到章清溪会这么直接，他说："组织上对你的安排也是考虑了你的情况，你虽然是女同志，但不是一般的女同志，你如果觉得安排有问题，组织上可以再考虑，你可以不报到，明天党组开会再重新研究。再者你女儿在学校也是前几名，高考还用你操心。还有就是以后干部任命提拔必须要有基层工作经验。所以想让你去锻炼锻炼。"当时章清溪想贾增就是想给自己难堪，还有就是让章清溪没有更多的时间照顾女儿，女儿和贾增的女儿同在一个学校，也都是高三，高考的压力和竞争这些做家长的都是感同身受的。

每次看到贾增，章清溪就有些不舒服，只是人家高高在上，自己和他并无交集，唯一的就是做好本职工作，照顾好老公，带好女儿。

此时酒精把章清溪的轴劲蒸发出来了，她为自己本已很满的酒杯又加到溢出为止，然后苍白着一张脸站起来，像演讲般举起酒杯："我只敢敬领导一杯，我的能力和领导没得比，三杯无论如何是承受不起的。"

贾增愣了一下，有些愠怒地说："你不喝，我们当然不能勉强。"说完就放下了手中的酒杯。这时陪同前来的主管信贷的何副行长就出来解围，他对清溪说："你要不喝，还真成了看不起我们了，让人觉得你对工作不在乎，上班只是你的副业。"

章清溪委屈地说："怎么领导能这样说呢，我是很认真也很在乎这份工作的，只是昨天和客户喝多了。"

李利忙打断章清溪："你喝了不就解释清了，一切都在酒中，我们想喝领导还不给机会呢。"说完示意章清溪端酒到贾增跟前敬贾增三杯酒。大家就都起哄说："喝吧，不差这三杯。"

章清溪看到大家都冲自己来了，自己和吴行长都是女同志，吴行长在那里高雅地观阵，自己却被当成靶子，而且李利也不来解围，反而落井下石，她心头的火就不知不觉地突突往外冒。那一刻，她感觉自己就像一个垂死的人，她顾不上许多了，她要自己救赎："我已经喝多了，跟客户十杯也行，自己人就不要那么多繁文缛节了。再说我明天还要出远门。"

大家见章清溪不肯喝三杯，索性也就不再搭理她，一杯也不和她喝。等她端着酒杯逐个敬酒时，大家也不喝，都说："章行长喝多了，自己人就别喝了。"因为有了不愉快的开始，聚餐就很尴尬，何副行长几次端杯调节气氛，但还是不能见效，大家草草象征性地走了个过场就很快结束了。

刘洋在送章清溪时说："章行长，你今天犯了个大错误，你怎么敢拒绝贾行长的酒呢，尽管姐夫很有道行，但你在人家的屋檐下，还是要那个一些。"

章清溪此时酒也醒了不少，她说："应该没事吧，他总不会为了一杯酒就免了我的职吧。"

刘洋说："谁知道呢，应该不会吧。"其实刘洋心里想：还真说不准呢。前些天城西支行的许行长新修建了职工之家的球场，并邀请贾增视察打羽毛球，开始总是给贾增喂球，贾增说球场上要的是公平，不然就没意思了。谁知许行长就当了真，三比零赢了贾增。事后贾增在全行大会上说："有些领导不考虑业务发展，员工都在忙业务，自己却上班时间打球锻炼身体。"又过了几天，许行长就像那废弃的球一样被发配到一个边远的落后县域支行去了。

四

章清溪心情很不爽，她也知道自己得罪了贾增，但自己当时真没有想那么多。她想不要再纠结酒桌上的不愉快了，再怎么着贾增也不会把她发配到边远地区，充其量是不再升她的职罢了，再说自己本也没有希望了。

她现在唯一要做的是回家休息，然后跟老公王家瑞一起进京看女儿。可当她回家后，她才发现自己是多么的天真。王家瑞和王家宝在客厅的沙发上等着她回来。

本来在进家前章清溪就告诫自己"淡定，淡定。不要把工作的不愉快带到家里来"，可是看到茶几上山一般的瓜子皮，章清溪的火就不打一处来，她说："大小姐，你还真是辛苦，又有什么指教呀。"

王家宝可怜巴巴地望着王家瑞："哥，我没听错吧，嫂子什么意思呀？"王家瑞马上打圆场："你嫂子喝了酒，又累了一天，你别跟她一般见识。"

章清溪的火更大了，她觉得这个小姑子越来越跋扈了，整天横在他们中间，你王家瑞欠她的，我可没有欠她的。章清溪说："跟谁一般见识，你们不要太过分，什么事情都有个底线。"说完就扔下包丢下兄妹两人去卫生间洗漱去了。

她隐约听见兄妹两人说话，但她的头实在太疼，就直奔卧室想睡觉，可躺下后反而没有了丝毫的睡意，她等着王家瑞进来，那样她就有个台阶下，她就可以出去和王家宝打个招呼，把刚才的不愉快化解掉，此时她觉得自己刚才做的确实不妥，怎么说家宝也是家瑞的亲妹妹，而且是最疼爱的妹妹，打狗还看主人呢。

可家瑞并没有进来，直到家宝走。章清溪清楚地听见门被碰上。可关键是门碰上了家瑞也没有进来。章清溪就静静地等，一分钟又一分钟，她在等待中听见了自己突突的心跳声。这时张雨浓的一条短信飞了进来：

> 在钟声敲响的时刻，
> 我熟稔的是你的名字，
> 那是千万人中的相知，
> 那是千万年的修行
> 我和我相知的人。
> 在钟声后，
> 去拨弄绿枝，去轻抚柳眉
> 去寻找我们青涩的梦。

章清溪很快把短信删掉，她此刻没了诗情，她需要的是王家瑞的到来，她等待着王家瑞过来。但王家瑞没有进来，她听见书房的门打开合上，然后一片静寂。

　　章清溪想起身把书房的门推开，想冲王家瑞发一通脾气，但她没有了力气。她觉得自己委屈得不得了，在外面受了委屈，在家里还没有人心疼。想着想着就不自觉地拿王家瑞和张雨浓比较，主观地想如果是张雨浓肯定不会是这样。当年在学校里张雨浓是那样地呵护着她，不允许她受半点委屈。委屈中，她随手写了一首：

　　　　我们的春天，

　　　　跟随着钟声远去了，

　　　　一同离开的，

　　　　还有盎然而青涩的梦。

　　　　钟声可以跟着年轮响起，

　　　　我们可怜的青春，

　　　　却消失在流年里，

　　　　湮没了最嫩绿的枝芽。

　　她把它发给了张雨浓，发给了王家瑞，然后关机睡觉。

　　这时，王家瑞进来了，王家瑞说："我以为你睡了呢，别生气了，家宝就是这个样子，你又不是不知道她的脾气，今天她为舅舅的病着了一天的急，这不是等着你这个当家的拿主意吗？"

章清溪有些委屈地说:"谁跟她一样了,只是她也太不理解别人了,我跟她跑了一天,没功劳也有苦劳。再说都安排好了,我也跟大夫交代了,她还想干什么?"

王家瑞半靠在床头上,一脸的凝重:"舅舅家的情况你也不是不知道,住院的钱还是够,可治疗的费用他们负担不起,家宝是想让咱们借一些给他们。"

章清溪也坐起来,把靠枕放到腰后,一边揉腰一边说:"刚开始治疗就借钱,要到什么时候才是头呀,再说现在农村也都有新农合,他们还可以报一些。"

王家瑞让章清溪趴着,讨好地给她按摩:"舅舅本来是应该有新农合的,可是今年交费时舅舅觉得自己身体硬朗,也没有再续交。"

章清溪猛地翻过身,推开王家瑞的手:"什么,什么,你舅舅真可以呀,那么大智慧的人连 20 元的费用都没交,你不会告诉我他没有参加新农合吧。"

王家瑞讪讪地笑了笑:"还真让你说着了,他就是没有参加。"

章清溪把靠枕扔到一边冲着家瑞发脾气:"我的天呀,整天自作聪明,20 元,20 元,而且是国家强制参加的,他都不交。你让我说什么好呢?我们可以帮助一些,但他还有三个儿子呢,养儿防老,他三个儿子先出钱吧,我们今天不讨论他的问题,等诚诚考试完我们再说。"

王家瑞把手重新放到清溪的腰上,一脸正气地附和着清溪:

"我也是这样告诉家宝的，可问题是明天一个疗程的化疗钱我们得先垫上，等过几天表弟他们回家凑钱后再还。"

章清溪叹了口气："这都是家宝的主意吧，好吧，你先垫上，就一个疗程，如果不还就不要再张口了。"王家瑞笑了笑："我就知道你通情达理，谁让我打着灯笼找了个好媳妇呢。"

此时的章清溪是彻底地清醒了，她后悔发给王家瑞的诗，一首诗就损失了5000元。

其实章清溪不知道她的这首诗惹来的麻烦还远不止5000元，她的回复勾起了张雨浓诗歌与梦相伴的青春。看到回复，就立马把电话打过来，已关机的电话让张雨浓浮想联翩。

等张雨浓打通电话是第二天早晨章清溪赶往北京的高速上。章清溪外交辞令般说："张总，新年好，我昨天喝多了，现在在去北京的高速上，回来后再拜访你。"

张雨浓说："也没什么事，你路上注意安全，新年好！"

章清溪合上手机。王家瑞瞟了一眼章清溪："哪个客户这么早就骚扰你？不会是老相好吧？"章清溪心里一惊，她知道自从张雨浓回来王家瑞就时不时酸不溜的，她理解当初王家瑞只能望其项背的感觉，所以她总是小心地回避着，怕再次伤害王家瑞。她含糊道："你胡说什么呢？人家就是问候一下，知道我昨天喝多了。你什么时候对我也开始关心了，不会自己也经常这么早给女学生打电话吧？"

王家瑞故意皱了皱眉头："我倒是想，可她们谁配呢，跟你一样的女学生还没有出现。"说完两人哈哈大笑起来，章清溪说咱们就别互相捧臭脚了。

到了北京，王家瑞和章清溪看到女儿诚诚的房间乱得不能再乱，到处是书，冰箱里什么吃的也没有，厨房的垃圾筐里是一堆的方便面袋子。王家瑞瞪了一眼章清溪。章清溪知道王家瑞是埋怨自己让女儿考研。她不去理会王家瑞，自顾自地搞卫生，买菜做饭。为了女儿，他们两个大气也不敢出，安静地待了两天后，王家瑞说："我走了，后天还有个大课。你愿意陪就陪，不过千万不要再给她压力了。再有就是你可以考虑订个房间，免得考试时还得急急忙忙赶车。"

章清溪觉得王家瑞的提醒真是太及时了，她怎么就没有想到呢，早晨要提早一个小时出来，晚上要耽误一个小时的路途，中间还没有地方待。可当她订考场周边的酒店时才发现早已预订一空。诚诚说同学们早在一个月前就订了，自己觉得订不订都行就没有考虑。正当章清溪为没有订上酒店懊恼时张雨浓来电话了："你是不是需要京大附近的酒店呀。我正好有一间包房，是我每周上课时用的，就借给你们了。"

章清溪好奇地问："你怎么知道我需要酒店？"张雨浓用一贯意气风发的口吻说："我是谁呀，这个世界上有我不知道的事吗？你不来上班，我当然就知道了。"章清溪忽然就明白了，肯定是刘洋把自己卖了，不过也好，女儿的问题解决了，这是今年考试的好兆头。尽管章清溪不喜欢张雨浓说话的语气，但毕竟是人家帮了自己一个大忙，而且下一步还要有业务合作，所以也就象征性地感谢了几句。

酒店的位置很好，房间也很好。章清溪站在窗前就能瞭望到女儿的考场，女儿进考场、女儿出考场都在她的视线下。每一门考试开始后，她都站在窗前默默祈祷，祈祷上天保佑女儿考出好成绩。考试结束后，她看着女儿从考场走出，从女儿走路的姿态上猜测女儿发挥的如何。四门考试过后，女儿对她说："应该比去年强，但好多主观题我自己没有把握，老师心情好也许就是高分，老师心情不好，也许就会压一些分。如果幸运就能上线，如果运气不好，就很难说了。"

　　章清溪小心翼翼地说："考完了就不要想太多了，我们回家吧，回去后准备一下出国的事情吧，这会儿应该还有可申请的学校，给万一留个后路。"

　　女儿淡淡地说："你先回去吧，我已经应聘外语学校的寒假助教了。"

　　章清溪心里一愣，很不是滋味，她觉得女儿已经不在她的掌控下了，抑或说女儿不会再盲目地听她的了，心里便是万般的失落，但又不好表现出来，嘴上应承着好呀，其实心里是一百个不好。她知道如果她说你好好准备一下复试，或者把考试中发现的薄弱环节补一下，女儿会是什么表情，会是什么话语。对于女儿，章清溪是没有一点诗人情怀，每次对于女儿的反叛，她倒是生出今夕何夕的感觉。她对王家瑞说女儿是父亲上辈子的情人，是母亲上辈子的仇人。女儿常常抱怨章清溪，我没有童年，我的童年都消磨在你的琴声和奔波在各种课外班上，你是典型的狼妈。

章清溪想女儿今年能顺利地考上研，自己就坚决不再干涉女儿的生活了，可是研能考上吗？从最后一门考完她就开始认真计算着分数，女儿被追问得有些烦躁，她说："算我们自己的分数有什么用，那么多人呢，你又不知道人家考得如何，再者那么多主观题，怎么会算准确呢？"章清溪就委屈地想我就是算个大概，跟往年比较一下。没想到女儿好像看到了她的心里，她不耐烦地说："别费心了，没有可比性，题不一样，人数不一样，今年考研多出 600 人，你如何比？"

　　章清溪知道女儿烦，可她自己心里更烦，想到这里她就对王家瑞生出一百个怨恨来，孩子好像是她自己的，人家优哉游哉，对女儿的事情总是举重若轻，时不时给带着女儿乘风破浪的章清溪拔一拔气门芯。

　　章清溪带着满怀的忐忑与惆怅回到了家，她想回家跟王家瑞说一说女儿的考试，王家瑞毕竟是教授，对于考试的把握和分析理性成分高一些。

　　到家时已是腊月十八的晚上，家里出奇的安静。她给王家瑞打电话，王家瑞说自己在石州有个讲座，今天是回不去了。她自己也就懒得做饭，索性也泡了一包方便面。

　　章清溪开始筹划过年的事情，她想这个年不太好过，一是舅舅还在医院里，尽管不用天天跑，总归心里不安静。她感慨自己并不能按着自己的想法随心所欲地生活，很多事情还是应当有所顾及的。

　　想到这里，章清溪就纠结万分，她想给王家瑞打电话，跟他唠叨唠叨。然而电话拨了半天也没通。话筒里总是传来:"对不起,您拨叫的电话无法接通,请稍后。"

越拨不通,章清溪就越是不停地拨,直到自己的电话传来滴滴声,插进来的电话停止了她的执着。

章清溪还没缓过神来,王家宝的电话就窜进来了:"嫂子哎,我哥的电话怎么接不通呀,我都快急死了。"章清溪心想我也打不通,但她不愿和小姑子纠缠,她说:"石州的信号不好,他明天就回来了。"

王家宝像端起机关枪,在那边高分贝高频率地扫射起来:"现在通信这么发达,我哥是故意不接电话的,哥知道你今天回来,嫂子你是不是和哥吵架了,你总这么厉害,就不怕我哥被别的小姑娘抢跑了。"

章清溪知道王家宝又要胡搅蛮缠了,她把手机从耳边挪开一些:"我还真不怕,看看哪个小姑娘能像我一样照顾他,容忍他。"其实章清溪是想说"容忍你",只是话到嘴边又咽了回去,她不愿跟王家宝一般见识,再怎么说王家宝也属于苦命人,父母走得早,自己又没文化,找了个还不如她的老公,可就是这样一个不咋地的老公还是撇下她和儿子带着小情人跑了。

章清溪淡淡地说:"你要是没事,我就放了,我跑了一周,很累,明天还要上班呢。"

章清溪的话音没落,王家宝的高音就像惊雷般在耳膜边响起:"当然是有事了,李大夫给我介绍了个对象,我想让你和哥明天和人家一起吃个饭。"

章清溪扑哧一下笑起来，好在王家宝在电话那头看不到，不然又会大闹一场。章清溪心想李大夫得多么恨那个人呀，把王家宝这么一个宝贝介绍给那个人。不过她还是强忍着笑声说："第一面就吃饭呀，是不是等处一处再往家领。"

　　王家宝说："见过两面了，人家都去看过舅舅了，是你们分行的一个保安队长，也是李大夫的表弟。"

　　章清溪明白了，敢情给舅舅看病看出个对象，不管怎样她觉得把王家宝再嫁一次也好，也省了她天天来扰乱自己的生活。她说："后天吧，明天你哥回来我跟他说说。"

　　王家宝不依不饶地说："我哥知道，他说了等你回来就一起吃个饭，你们在一个系统，以后彼此也好有个照应。"

　　章清溪听得头晕，心想这是哪跟哪呀，我需要他照顾，简直可笑极了。但她实在是太了解王家宝了。她知道若不答应今天就不会有个结束，她说："好吧，那就明天中午。"

　　王家宝仍不肯挂断电话："中午时间短，再说我哥中午也不一定能赶回来，咱们晚上吧。"

　　章清溪也知道中午时间短，若是中午大家都赶时间就不好拉长了战线聊，还有中午一般都不会喝酒，所以安排中午敷衍一下，既不拂小姑子的面子，也让自己和王家瑞少搭点时间。

　　可王家宝却坚持晚上。章清溪拗不过王家宝，她说："晚上就晚上吧。"

　　王家宝高兴地说："好，你定好地点告诉我，我再叫上李大夫，两家人一起吃个饭。"

打发完难缠的小姑子王家宝，章清溪如释负重般地做了个深呼吸，每次和小姑子说话，她都像打仗一样抖起精神万般地警惕，就是这样也会给自己埋下地雷，没准哪天就把自己狂轰乱炸一番。她想买猪看圈是有一定道理的，以后给诚诚找对象一定要看家庭状况，父母的修养和兄弟姐妹的修养还真是忽视不得。

五

进了腊月，日子就愈发白驹过隙般格外的快，章清溪重回单位上班时就是腊月十九了。她一上班就去了李利行长办公室，李利和以往一样没有一句多余的话："有些客户我已经走访了，你和刘洋安排一下，还有哪些需要走访的，抓紧走访，再过几天有些单位就快没人了。"

章清溪本想问问我不在这几天没什么事情吧，可她还是把到嘴边的话咽了下去，因为李利那里已经开始看电脑了，如今办公都是自动化，所有的文件、通知和上级行的声音都在电脑里。

章清溪从李利的神情知道是电脑里有什么重要的事情吸引了他，所以李利连基本的礼貌都没有了，全神贯注地盯着电脑，她尴尬地站在电脑屏后面走不得也留不得，心里不由得就滋生出许多不快乐的细胞。她提了提声音的分贝："李行长，要是没事我就先去拜访客户了。"

章清溪心里明白李利又开始跟她玩心理战了，如果没有什么重要的工作事项需要章清溪完成，或恰巧他心情不好再或者他有心事不想和章清溪说话时就拿着电脑当掩体，把头埋进电脑屏幕里，连一句不咸不淡的话也不再发起。可当章清溪还沉浸在自己的坏情绪里时，李利往往就用一个亲切的话语或简单的玩笑把事情又化解了，好像人家根本就没有冷淡过，没在意过，一切都是自然而又自然。章清溪曾经向王家瑞抱怨，谁知王家瑞说："人家那是领导艺术，李利行，还能升。不过他确实学会了三十六计里第四计'以逸待劳'的精髓。看来还是学点计策有用。"

王家瑞告诉章清溪："你也可以学点方法，你可以用二十七计'假痴不癫'，以达后发制人。这就如同云势压住雷动，且不露机巧一样，最后一旦爆发攻击，便出其不意而获胜。再遇到这种情况，只要你少说话，就掌握了主动。"

可章清溪的性格注定了王家瑞的计策没有用武之地，每次章清溪气鼓鼓地离开时，就发誓不再多言，可总是把握不好火候，下次又兴冲冲地热脸贴冷屁股，她恨不能抽自己嘴巴让自己的话也金贵些。可她就是做不到，她想不通是自己太敏感还是李利太城府？

今天一开始，李利就直接上了慢车道，没有像以往先把你带到超高速状态再忽然刹车，闪你一下。李利面无表情地把自己埋在电脑里，似乎身边根本就没有章清溪这个人。章清溪就像一只快要吹爆的气球，那阻挡不住的气流快速地撞击着她的身体，她听见自己的每个细胞每个骨节都在啪啪地膨胀，那些气流在寻找出口，马上就冲到她的唇边，此时她想到了王家瑞一直以来给她提及的"假痴不癫"，她无趣地发出"呵呵"，用"呵呵"给自己找了个台阶。她想她应该没有一丝想待下去的欲望，旋即转身离开是最好的选择，肿胀的潜意识牵引着她来到门边，门开的一刹那她和要进来的吴副行长差点撞上，吴副行长像受了惊吓似的娇滴滴地"啊"了一声，啊声过后，马上露出笑脸对清溪说："呀，回来了，孩子考得不错吧。"

章清溪还没从坏情绪里缓过神来："考得还行。"吴副行长还想说什么，章清溪却没再给她机会，她说："李行长在呢，你赶紧进去吧，我要去企业了，几天不在，事情都赶疙瘩了。"吴副行长一脸笑容，柔柔地说："去吧，去吧，赶紧忙你的去吧。"

章清溪回到办公室后见刘洋正等着自己，心情就越发的不愉快，自己连个缓冲的时间都没有。她强压着自己的不悦问："有什么紧急的事情没有？还有哪些大户没有走访到？"

刘洋有些心不在焉地回答："除了远航集团，其余的李行长都走过了。"章清溪好像没听明白一样又问了一句："国华公司也走访了？"刘洋点点头："走了，李行长带着吴行长和我一起去的。当时人家王处还问你呢，李行说你去北京陪女儿了。"

章清溪就有些不高兴，但她又不好发作，你不在，所以不等你也是正常，只是章清溪觉得这么大的客户，又是自己一直盯着的项目，怎么说也应该等等自己，这给客户传递一个什么样的信息呀。不过站在李利的角度也很正常，因为企业帮了储蓄的忙，早些沟通拜访也是情理之中的，再说今年元旦和春节离得太近，该抓紧还是抓紧的好。她不愿在刘洋面前显示出来自己的介意，她说："那我们就去一趟远航吧，争取在年前把项目谈下来。"

刘洋一副不情愿的样子："好吧，只是，只是今天是向上级行报送奖励的最后期限，也许一会儿李行长要找你商量呢。"

章清溪愣了一下，这么重要的事情李利怎么也应该跟自己说一声呀，可却只字未提，联想到刚才李利那种样子，章清溪就有了一种不好的预感，犹如喝了一杯温吞水，梗在胸中，吐又没得吐，在胃里打着滚地往食道里反呕。一时间她不知该说什么，如果在自己的下属面前说李利根本没有想和自己商量的意思，下属会怎么看你，以后自己还怎么在行里混呢。顿了顿后章清溪说："你看我这几天也没在，还有好多事情要处理，远航的走访先等等。"她装作很不经意地回避了奖励的事情。

刘洋满腹心事地点点头："这样最好，市行让上午12点前把奖励方案报上去，你们老板们要尽快商量，李行长刚才没跟你说？"

章清溪的脸一下子就掉了下来，掉脸子是章清溪一贯手段，之前是没法控制自己的情绪，一激动就掉脸子。后来就发现掉脸子的妙处，你把脸子掉下来，知趣的就会避开，不用你再用语言来阐述，因为有的事情是用语言阐述不清的，而且语言还会留有诸多的后遗症。掉脸子则不然，你怎么理解都可以，但有一点，那就是此时领导没心情和你再谈下去是肯定的。章清溪给刘洋掉的脸子最多。刘洋总觉得自己聪明，和自己有关没关的事情总爱打听得清清楚楚。比如每次行办会后，他总是到章清溪这里来摸情况，刚开始章清溪不经意地就被刘洋诱导着说了，后来慢慢琢磨出味道来，等刘洋再诱导时，她就会掉下脸来，同时把话题转到工作上，把刘洋工作中的薄弱环节提溜出来，让他自顾不暇。

但今天她脸子是掉下来了，然而却没了和刘洋谈工作的心情，见刘洋还不走，她就想下逐客令，她想给省市行的朋友打个电话问一问奖励的事情，毕竟奖励不会是个小数目，而且省市行的领导也说过，把自己的一份加到章清溪身上。正当她在腹中酝酿如何让刘洋离开时，内线电话响了，是行长李利，李利让章清溪去他办公室。

刘洋一副得意的表情："看，我说得对吧，我们要是出去了，奖励方案还不是人家说怎么定就怎么定，你这几天不在我可是给你站着岗呢。"

章清溪觉得刘洋有些放肆，而且越来越直白了，她知道刘洋是盯着那笔奖励，可谁又能说自己对奖励没有兴趣呢？只是不应该这么露骨吧。她皱着眉头一边往外走一边揶揄："嘿，几天不见，你不是掉到钱眼里了吧？"刘洋一脸委屈地说："我是好心提醒领导，你想想这么一大笔奖励，别说是咱们支行，就是市行也是第一次，而且这次就是奖励有功人员。我不是怕你吃亏吗？"章清溪反问："有什么亏吃，再说吃亏是福，你放心，少不了你那一份。"

章清溪到李利办公室时，吴行已经站在李行的桌前面，两个人正一脸的喜兴，吴行更是夸张地把两个食指摁在眼角。用食指摁眼角是吴行一贯的做法，每次一笑她就赶紧用食指摁住眼角，刚开始章清溪还以为她是笑出眼泪了，后来听李利说让甄行长给你找两个小棍子支着眼角就不会长皱纹了，章清溪才恍然大悟，不过章清溪每次看到吴行装萌，就会把眼睛转到别处。此时章清溪不屑地想不知李利又用什么好笑的事情来拍行长夫人的马屁了。

章清溪进来后，李利看了一眼电脑，一边挪动着鼠标一边说："正好你们都在，跟你们说一下咱们贷款专项奖励的事情。咱们奖励下来了，这次主要是给营销人员的，考虑到营业室帮着做放款手续，奖励营业室3千元，吴行长你没有参与营销，按要求奖励就不给你了。"

李利说到这里停顿下来看着吴副行长和章清溪。章清溪想自己没有听错吧，这可不是李利的风格，年末的新业务推动奖按规定是没有吴副行长的，可李利说班子就三个人，奖金就平分到三人头上吧。当时章清溪心里曾有一丝的不快，可想想平分就平分，定下规矩，等下次吴行分管的专业得了奖不也是平分吗，再说吴行长是领导的夫人，总归要高看一眼，多照顾一些也是情理之中的。

可今天怎么了？贷款奖励怎么就把吴行长生生排除在外了呢？尽管吴行长分管营业室，可3千元也不是给她的，章清溪觉得匪夷所思。她并没有看到吴行长半点的不愉快，吴行长大度地说："我一是来得晚，二是也不分管贷款，你分给我我也不能拿呀。"李利赞许地说："要是大家都像你这样素质高，境界高，这工作就好开展了。"

章清溪对眼前的一切觉得有些不对劲，恍惚中有李利和吴副行长唱双簧的感觉。这时李利接着说："章行长，你觉得给你多少合适呢？"章清溪还在吴行的事情上没转过弯来，她顺口说："多少都行，工作都是你带着我们做的，没有你，这个项目做成做不成还两说呢。"

李利笑着说："还真不是谦虚，没我这个项目的贷款还真成不了。但你也做了一些工作，给你5千可以吧？"

章清溪的直觉是少了点，因为此前她不是没考虑过奖励的事情，但是她也知道一来这个项目主要是李利在跑，李利说我重点跑项目，你把行里的其他业务都抓起来。当时吴行长还没来，班子就李利和章清溪两个人，章清溪想都没想就把所有业务都担起来，直到年前吴行长来到他们行，李利才把个金业务分给了吴行长。

章清溪心里有些许不快，但又不好直说，在她心里对贷款奖励是有底线的，她觉得无论如何自己也少不了一个数，尽管1万对她来讲实在算不了什么。她后来想自己还真是吃亏在诗人的清高和面子上，如果当时她直接说出自己的不满意，也就不会有后来这么多麻烦。她尽管很不高兴但还是勉强说："领导给多少都行，只要给，就是对我工作的认可。"

李利收回笑容："给你的确实不多，不过也可以了，再说你也不在乎，我们的奖励还比不上王教授的一堂讲课费。"

章清溪咬了咬嘴唇："两码事，钱不重要，但是那是对我工作的认可。虽然钱也不是唯一的尺度，如果只是为了钱，我也许就不需要那么认真地工作了，回家吟诗作画岂不更好。"

李利点上一颗烟，很享受地吸了一口，脸上呈现出惯有的皮笑肉不笑："有强大经济支撑的人就是潇洒，我们不行，一家老小都指着这点工资奖金呢，我这次营销出力了就多拿点，正好也换个车。"

章清溪听到这里心里这个后悔呀，自己又被李利牵着鼻子走了，不知不觉就跳到人家挖好的坑里。一时之间她的思维就有些短路，她目光呆滞地望着李利，犹如置身雾霾中，不敢呼吸，也不愿呼吸，任凭李利的声音在耳边嗡嗡作响。

"客户部刘洋始终跟着跑项目，做流程也很辛苦，给他3万，李晓和彩霞前期做了不少工作，给他们2万，后台杨茗茗5千，办公室孙彤拉着省行市行去总行跑项目，对内对外公关很辛苦也给2万吧。我16万，看看你们还有什么意见，如果没有就让客户部上报了，市行要求中午12点前上报。"

吴行长看了看李利看了看章清溪，然后笑吟吟地说："没有。"李利见章清溪没有言语就清了清嗓子提醒道："章行长，你呢？"

章清溪当时已经气愤到了极点，如果说先前提到给自己5千还能勉强，那么听到后来的每一个人都比自己多，她怀疑自己的听力有问题了，她生硬地问："我和后台杨茗茗的奖励一样，我没听错吧？"

李利一副胸有成竹的架势，悠然地吐出一个烟圈："没错，杨茗茗和你一样只是在贷款手续上履行了一个签字手续，这次主要是给前台营销人员，5千元就是签字的奖励。"

不知是不是被烟呛的，章清溪的每一个字好像都是费了好大劲挤出来的："你的意思是说本来奖励没我们的，5千也是勉强的，对吧？"

"也可以这样理解，你也知道，像这种贷款项目，你们的审核只是程序。但你们确实也做工作了，这次我们对贷款做出贡献的都进行奖励，包括营业室也奖励了。"李利一副认真解释的样子。

章清溪心里明白这是李利在绕她，领导就是这样，真应了那句话"说你行，你就行，不行也行；说不行，就不行，行也不行"。李利为什么对自己这样呢？她想如果自己坚持自己是分管贷款业务的主管行长，营销上也曾和客户喝过大酒，政策上审核上也是积极寻找办法，坚决不同意分给自己5千的话，李利也许会重新考虑，可那样以来，两个人还怎么在一起搭班子，以后还怎么同舟共济？平时嘴快的章清溪此时却不知如何表达自己的意思，她只有闭口，把不愉快压在心底。她哽咽着说："你是一把手，你说怎么分就怎么分吧。"

章清溪说完看了看李利，她发现李利脸上没有丝毫的歉意，就像什么事情没有发生一样。此时章清溪的胸中如波涛翻滚，愤怒的潮水一浪高过一浪，扣击着她的神经。她想她必须马上离开，不然随时都有决堤的可能，虽然愤怒，但她还是不想淹没眼前的一切。

她出来时吴行长也跟了出来，吴行关心地问她："你没事吧，脸色怎么那么难看？"

章清溪心想这样不公平脸色能好看，她低声回了一句："没事。"

吴行长又追问："是不是你觉得分的不合适？"

章清溪擦了一下溢出来的眼泪："合适能怎么样，不合适又能怎么样？你应当清楚，这是明摆着欺负我。"

吴行一改往日的笑容，一脸无辜地解释："分的确实有点小问题，不过我也不好插嘴，毕竟工作是你们做的，谁干了多少自己心里都清楚。"

章清溪有一肚子话，但她觉得吴行肯定不是她倾述的对象，她咬着后槽牙发狠地说："随便他，老天都是公平的，有时得了不该得的还是要通过其他方式吐出来，我求问心无愧就行了。"

章清溪回到办公室就把门反锁起来，她怕刘洋或者别人来打扰自己，不知当着他们自己能不能控制好自己的情绪。她坐在办公桌前慢慢抚平自己的波涛，可思绪如风般让波涛更加汹涌。是呀，李行长在营销后期把所有的工作都交给章清溪一人，他说自己全力以赴去做贷款，这笔大的贷款项目做成了，资产业务就会超过百亿，他们行要升格。虽然银行已经划归企业了，但多年来还是自觉不自觉地套用政府的设置，总行是部级，省分行是厅级，市分行是处级，支行是科级，经理们是股级。从支行行长到副处还是有难度的有竞争力的，所以自然升格便很有吸引力。当时章清溪没有想那么多，自己就毫无怨言地把其他业务全揽过来了，白天晚上忙得不亦乐乎。章清溪现在才明白李利和自己分工的用心，原来李利是早就有想法的，把项目的成功归功于自己，钱是一方面，重要的是突出自己，镁光灯照到一个人身上和一群人身上效果大不相同。

章清溪想是否可以通过省市行朋友给李利做些工作，或者是提个醒也好。想到这里她拿起电话给市行和省行的朋友们打电话诉说，但都没有什么建设性的意见，更别说出面找李利说和了。

放下电话，章清溪的心凉了半截，什么铁姐妹，铁哥们，大家都是明哲保身，在利益面前友谊便显得那么脆弱和无力。她不想再和别人倾诉，那样只能是自己更加难堪。现在她唯一能做的就是期待李利能良心发现。

章清溪自己承受着自己的愤怒和悲伤，她随手涂鸦：

并非

并非所有的白色，都代表纯洁

并非所有的玫瑰，都代表爱情

并非所有的掌声，都代表成功

那些被漂了的颜色

那些作为道具的玫瑰

和那些喝着倒彩的掌声

会在你明丽的双眸下

会在你深沉的情感中

会在光阴的历程上

现出原形

愚弄

你真的很高明

你真的很有才能

你用最精密的仪器

把自己定位成镁光灯下的巨星

我如一个小丑

用简单的思维

为你托举，为你牺牲

世上最合理的事情

就是弱者被强者愚弄

上天如果还讲秩序

人间如果还讲公平

那么就做一个设定吧

让愚人者自愚

还清者自清

……

一直到下午章清溪就这样沉浸在自己的世界里，发泄着自己的情绪。

下午3点30分，她才被敲门声呼唤回来。刘洋进来后说：

"章行长，你没事吧？我还以为你没在行里呢？"

章清溪淡淡地说："没事，我在这里改个报告。"

刘洋把头往章清溪的办公桌前探了探，满脸关切："你千万别在意，气坏了身体不值，再说了胳膊拧不过大腿。"

章清溪心里有些许的感动，但她想自己即便有一万个怨言也不能当着自己下属说，她挤出一丝笑容："我知足了，吴行长是一分钱都没有呢。"

刘洋轻声问："你的5千也没有了，你不知道？"

章清溪心里一惊："不会吧，李利亲口说的，而且我也看到了他的分配结果。"

刘洋一脸的无奈："没错，那是上午报的分配结果，可到市行后不知什么原因，李行的16万变成了6万，你的5千也去掉了。"

"你怎么知道？李行知道吗？是谁给减掉的？减掉的还有谁？"章清溪一连追问了几个为什么。

刘洋抓了抓头皮，眼睛盯着自己的右手，好像那上面有他的讲话稿："具体情况我也不知道，只是刚才市行返回一个分配结果，让我们确认后签字上报。除了你和李行别人的没有变化。"

章清溪脸涨得通红："你把结果赶快发给我。"

如果说之前章清溪那里已经是波涛汹涌，那么看到这份分配结果简直就是洪水决堤了，那份涵养筑起的堤坝瞬间就被汹涌的洪水淹没了。她抄起电话就给李利拨过去："我觉得5千已经是很少了，没想到连5千你们都不给，这是什么意思？"

此时李利没在行里，他说："你别着急，我也正跟领导说奖励的问题，不给你我认为不合适，我也不知道为什么取消你的奖励。"

章清溪有些愤怒地质问："取消我的奖励不是你的意思？"

李利平静地回道："不是，是市行领导定的。"

章清溪啪地挂掉李利的电话，她想市行领导会是谁和自己过不去呢？主管信贷的何副行长是自己的师弟，而且做事情一向周全，于公于私、于情于理都不是他的风格，再说这种比较敏感的事情应该是一把手所为吧，那么就一种可能，就是贾增把自己的奖励拿掉了。但章清溪觉得按程序还是应当先找市行信贷部门。她先给信贷处长打电话。

信贷处长回复不说为什么取消章清溪的奖励而是一再强调李利做事有些"过"。他像邻家大哥哥一样为章清溪抱不平："李利的分配让大家有些吃惊，再说文件有规定行长只能是员工三倍以内，所以给他降为6万；我们都觉得他给你的太少，太不应该，5千就跟没给一样，你说呢？"

章清溪当时糊里糊涂就放下了电话，放下后才想起自己并没有得到答案，到底是谁取消了自己的奖励？她想既然你不说那么我就问何副行长，看他怎么说。

章清溪就又给何副行长打电话，电话一直是无人接听状态，章清溪想何副行长那么严谨的一个人不会不带电话，而且他认识自己的电话，那么就只有一种解释，此时不愿意和自己通话。那么是什么原因让他不好说话呢？如果是李利他肯定说尊重你们行里的意见；如果是信贷处他会提醒他们没必要再动本来不多的 5 千；那么只有一种可能就是取消自己少得可怜的奖励是贾增的意思，他不好蹚这个浑水。想到这里她就快速翻出市行一把手贾增的电话，并且毫不犹豫地拨了过去。

贾增那边心情很好地接了电话，但章清溪忽略了那个细节，她气呼呼地问贾增："贾行长，为什么要拿掉我的奖励？是我得罪了谁还是我工作做的不好？"贾增也许从来就没有接到过这种电话，但他并没有恼怒，仍然态度很好地问章清溪："什么奖励？我刚从总行开会回来，刚到办公室。"

章清溪就把贷款奖励的事情说了一遍，她强调李利说取消她的奖励是市行定的，市行她也问了，没人回复她为什么，所以她就直接给领导打了，她最后说："我以为领导还在记恨那天我没喝酒的事情呢？"

贾增在那头语气也有些不悦："奖励的事情我可以问问，但喝酒的事怎么了，你不是也喝了吗？有什么问题呢？没有吧？你不要想得太多了。再说这次奖励主要是给营销小组，你看看你在里面没有？他们有个名单。"

贾增不等章清溪回答就挂断了电话。章清溪那个后悔呀，你说奖励就奖励吧，干嘛扯到喝酒上，即便是也不应该说到领导脸上，可泼出去的水是收不回来了。她知道贾增心眼小，自己在李利和贾增手下应该是没有好日子过了。

想到这里章清溪就更加后悔自己的不冷静，其实自己应该和王家瑞商量一下，那样就不会这么被动了。想谁谁就来了，王家瑞一副奉承的口吻说："我们家的功臣，陪孩子辛苦了，我回来了，给你报个到，咱们晚上定在哪呢？"

章清溪本想向他倾诉，可听到他问都不问自己，一来就提王家宝的事情，就很生气地说："我晚上没时间，你们自己定自己去吧。"

王家瑞知道章清溪又耍小孩子脾气了，赶忙恭维："别呀，家宝的事哪能缺了你这个主心骨呢，你忙，我定好后告诉你。不，一会儿下班后我接你。"王家瑞说完后觉得哪里不对劲，他想是不是自己昨天手机没信号章清溪生气了？想到昨天心里就有一丝的亏欠，但那只是一闪念，他想章清溪不是这样小肚鸡肠的人，一定是单位遇到什么不顺心的事了。他接着说："是不是单位有什么事？"

章清溪的眼泪就哗啦啦流下来了，她委屈地说："我们的贷款奖励下来了，你知道的，他们居然没有我的。"

王家瑞听到这些，心里顿时放松下来，笑着说："我以为什么大不了的呢，算了，我给你补，别跟他们一般见识，为这点小事气坏了自己不值得。"

章清溪说："你不知道情况。"于是就把贷款奖励的事情叙述了一遍。她最后说："我也想忍，可一分不给，我以后怎么带队伍，怎么工作，客户怎么看我，员工怎么看我。再说，明摆着人家欺负你，你认了，以后人家还不是想怎么欺负就怎么欺负。"

王家瑞听后也很生气："你做得对，既然找他们了，就找到底，开弓没有回头箭，我支持你。只是你别因为这个生气，别因为这个影响了我们的正常生活。"

章清溪心里舒服了很多，她反过来宽慰王家瑞："好的，你放心吧，有你支持我就没有什么后怕的。赶紧定个晚上的地儿，家宝的事别耽误了。"

　　就在章清溪跟王家瑞通话的时候，一个的电话就执着地插进来，滴个不停，章清溪看到那是何副行长的号码，何副行长说刚才在市政府开会，所以没接章清溪的电话；再有贾增行长找过他了，并且过问了贷款奖励的事情；他解释道贷款奖励是奖励给营销小组的，市行有个营销小组名单，名单里没有章清溪。最后他说大师姐确实也做工作了，可没在名单里，这次已经定了就算了，马上就要过年了，不要为这点小事生气。

　　章清溪想可不能就这么糊弄过去，她追问："没在名单，为什么开始给我 5 千，再说营业室也不会在名单里吧，是谁把我的去掉的？"

　　何副行长一改过去的才华横溢、伶牙俐齿，哼哼哈哈地说："那，那我再问问，5 千也不是大不了的事，不行让李利行长回头补给你，不过好像名单里真没你。"

　　章清溪固执地坚持："我不同意奖励分配，你们领导再研究研究。"

　　何副行长有些不高兴："好吧，奖励分配也是有依据的，你可以跟李利问问情况，但是这次去掉你的奖励不是贾行长的意思，贾行长也很关注，刚才已经批评我们没有做好解释工作。"

　　章清溪想什么时候有了一个营销小组呢，她把刘洋叫进来。刘洋说自己也不知道还有个小组，不过人家领导说有也可能就有吧，说不定就临时为了奖励成立一个呢。他劝章清溪，早就知道奖励，应当未雨绸缪，现在生米煮成熟饭了就算了吧，胳膊拧不过大腿。

六

章清溪来到酒店时，脚底下像坠了铅块似的步伐明显地拖沓，一天工夫，她就被烘烤成一颗风干的红枣，没有了刚下树时的圆润，她扯扯嘴角努力挤出一丝微笑。王家瑞正忙着打电话，王家宝把身边一位不知是秃头还是光头的男士从椅子上拉起来说："这就是我嫂子。"又对章清溪说："这是保安公司的副队长刘福财。"章清溪折腾了一天脑神经已经有些麻木，可见到家宝，确切地说是听到家宝的介绍后一下就清醒过来了。她扑哧一下就笑出了声。王家宝奇怪地望着章清溪说："你们认识，你们见过？"

章清溪心想哪里认识，她只不过被刘福财的名字和光头雷到了。她在心里暗笑家宝有些饥不择食了，那形象和她哥哥王家瑞是天壤之别，她也看得上。家宝天天跟哥哥在一起怎么审美还停留在原始水平上。她为了掩饰刚才的失态，微笑着说："面熟，面熟。"

刘福财赶紧说："我认识章行长，有一次章行长的车被警卫拦下了，还是我让进去的呢。"

章清溪心想这刘福财看起来还蛮有心计。因为这几年随着市行机关的车越来越多，车位就紧张，市行给各支行发了一个通行证，但大多时间通行证都放在李利的车上，她因为在市行待过，和底下的人就相对熟悉一些，有时也不用证件就进去了，但若是碰上不熟悉的或较真的保安，车就进不去。但她怎么也想不起来刘福财为自己开过绿灯，如若换了别人也许就误以为还真有这么回事，但章清溪的记忆力是出奇的好，她知道刘福财是故意示好或者说是为了显示自己，她也不好点破。但从刘福财的卖乖上她对他的第一印象并不好，她就很有涵养地微笑着，不再多言，任凭俩人自说自话。

王家宝一脸骄傲地说："那以后就不要拦我嫂子的车了。"

刘福财说："嫂子，没问题，你只要跟警卫提我的名字就好使。"

章清溪心想一个小保安，瞧把你能的，她调侃道："都说朝里有人好办事，你直接给我个通行证得了。"

刘福财说："你不用通行证，我明天就把你的车号告诉警卫室。"

章清溪笑了笑，心想通行证是办公室发的，你一个保安怎么能拿到，她就是故意杀杀他的锐气。这时看到王家瑞还站在窗前打电话，她便走向家瑞，王家瑞识趣地匆匆挂掉了电话。章清溪刚想问李大夫怎么还没有到，只听王家瑞的手机又响了起来，王家瑞看了一眼就迅速摁断了。挂断后王家瑞发现章清溪正盯着自己，他尴尬地一笑说："一个学生，要考我的博士。"

从来没有解释过的王家瑞今天那根神经搭错了，竟然一反常态地解释，章清溪第六感觉怪怪的，心里就不由得扫过一丝阴霾，章清溪半开玩笑地问："哪的学生？这么穷追不舍？"

王家瑞皱着眉头："石州师院的。"

就在这时李大夫一家就进来了，大家寒暄问候，感慨缘分，感慨舅舅的病，当然也对王家宝和刘福财给了更多的祝福，推杯换盏酒足饭饱后谈兴还丝毫没减，尤其是王家宝和刘福财一个兴奋一个微醺，大有一副不把心窝子的话讲完就不罢休的意思。章清溪知道自己不好提出散场，就溜出来给王家瑞发短信，王家瑞很快就领会了她的意思，等她回去时王家瑞正在做闭幕词，他说李大夫明天还要手术，别太晚了，等过年时大家再聚。

在路上，章清溪问王家瑞是不是真打算把王家宝嫁给刘福财，王家瑞说嫁不嫁是他们自己的事情，我们想管也管不了。章清溪说你没发现刘福财不老实，他根本就没跟我打过交道，还能把没影的事说得活灵活现，管中窥豹，我担心他把家宝卖了家宝还帮他数钱呢，再说那长相也太那个了。王家瑞说过日子长相能顶饭吃，两人为家宝的事说的也不太投机，王家瑞就有些不耐烦地做了结论："这种事你就不用太操心了，她都那么大了，一个二婚，能找个年龄相当的就不错了，现在你看看哪个二婚的女的找的不是比自己大很多的。前几天人家给我们李教授介绍了个女朋友，条件好得很，还是财政厅的副处长，他嫌人家岁数和他相当，硬是回绝了，李教授的硬性条件是要找小十岁以下的呢。"

章清溪瞪了一眼王家瑞："真是老流氓，你们男人都不是好东西。"

王家瑞马上换了一副笑脸："哎，不要打击一大片。不过男女确实有别，男方要比女方容易得多，像家宝找刘福财这样的已经是不错的了。"

章清溪想想也是，如果是诚诚搞这样的对象，她会坚决反对，但现在是王家宝，家宝毕竟不是诚诚，她很乐于赶紧把这个包袱甩出去。

第一次吃完饭后不用把王家宝送回家，更准确地说是不用把她先带回章清溪的家，然后再送回王家宝自己的家，章清溪想到这里心情就有些舒朗，她就心里对刘福财也滋生出一丝的好感，男欢女爱，你情我愿，包袱只要扔出去，就不用操心落到张三还是李四手里了。

章清溪和王家瑞有过约定，大家都不要把单位的烦心事带回家，可今天章清溪是憋不住了，她迫不及待地向王家瑞又唠叨了一遍。边唠叨边把自己的评论夹杂进去。

王家瑞拿出分析案例的口吻："如果按你说的那样，奖励分配是难以改变了，如果是单纯李利的决定，还有一丝希望，但现在看来是经过市行核准了的，不管是何行长还是贾增都不会自己否定自己，如果那样不成了自己打自己的脸，何况现在贾增在中间充当了什么角色或者说是说了什么话都未可知。"

章清溪一边点头一边说："我就是咽不下这口气，他们太过分了。明目张胆地欺负人。"

王家瑞进一步阐述："偷梁换柱要的就是这个结果，可既然已成事实，只能走一步看一步了，再说马上就过年了，你把它当个事就是个事，你把它不当事，它连个屁都不是。"

章清溪觉得自己不能把这事当成屁："人家不想给你，就找了个理由，他们居然弄个假小组名单来搪塞我，你说一个主管信贷的副行长居然不在信贷营销小组，哪里有这么荒唐的事情？我前天看到一个农民工为了讨薪爬到脚手架上，我也想明天扯个条幅挂到市行大门口。"

王家瑞摆出权威架势赶忙制止："你也就是想想，就是扯了条幅也没用，这就是人家的高明之处，领导吗，当然做什么事情都要找个合适的依据了。算了，退一步天高地阔，让三分心平气和。过年了，不要为了没有希望的事情给自己找烦恼了。"

章清溪也知道没有什么好办法，她还是那句话："我就是不甘心，可也没有办法，要知道是这样一个结果还不如当初就一声不吭呢，如今真是进也难，退也难。"

王家瑞半劝半哄："洗洗睡吧，改天我约上刘行长和他吃顿饭，顺便把你的事情提一提，换不换支行两说，最起码贾增和李利不会面上再为难你。"

章清溪实在想不出什么好办法，也只好如此。其实她明白得很，她要的不是那点奖励，她要的是个公平，然而如今哪里还有公平？如果你点背，还必须有哑巴吃黄连的耐力，人是斗不过命运的。道理章清溪也都明白，但是事情发生在自己身上，她的心就是平静不下来，那边王家瑞早已经发出了均匀的鼾声，她还躺在床上翻来覆去地烙饼，她越是闭上双眼，头脑就越是超级的活跃，她把白天的每一个和奖励有关的细节梳理了一遍，此时她的心头一亮，她忽然想到11月上旬有一个市行发的通报，当时他们的贷款还未发放，通报上对国华项目责任人李利和章清溪进行批评，并要求他们加快进度，必须在年底前将贷款发放到位。

此时的章清溪绝对有一种柳暗花明的兴奋，她恨不能现在就回办公室把那份文件调出来。营销名单是为了奖励编造的，而那份通报却是实实在在走的市行公文系统，并且抄报了省行，有了那份文件，那么他们编造的那个见不得光的营销小组就会自动消失。她似乎看到了胜利的曙光，她感慨上天也在帮她，不蒸馒头争口气。她睁开眼睛兴奋地畅想着明天的一切，黑暗中她确实看到了一丝亮光，那亮光是从王家瑞的手机屏幕发出的，她看到王家瑞的手机屏幕在黑夜里一直不停地闪着光亮，那光亮犹如此刻章清溪兴奋的心情，亢奋地一闪一闪，把光亮一直呼应到章清溪涟漪翻卷的心海上。

章清溪本想推醒王家瑞，因为这么多年来她和王家瑞之间从不互相翻看对方的手机，不是人为的约定，而是他们之间根本就没有秘密，她唯一可以欣慰的是夫妻之间的信任与尊重，王家瑞感慨道他们之间就是左手摸右手的关系，犹如两棵并立的树，根已紧紧缠绕在一起，血脉也融在一起。就如今夜，她无意去看那手机，可那手机像个倔强的孩子，就是不肯停歇下来，撒欢似的挑战着章清溪的神经。章清溪就翻身下床再绕到王家瑞那边的床头柜上，拿起了不停闪烁的手机，她来到客厅摁下了接听键，并轻声"喂"了一声。手机那边回应她的却是嘟嘟的挂断声。她看了一下号码，没有名字，显示的是石州区号。章清溪并没有探究的欲望，可是界面上 7 条同一个号码的短信让她想都没想就调出了短信。那短信犹如一声惊雷把她的脑子击成了一片空白。

"你为什么骗我，说好今天陪我的。昨天的一切难道是梦？"

等章清溪清醒下来她想是不是发错了，可一连 7 条外加锲而不舍的午夜电话，说是错了，除非你是傻子。章清溪联想到昨天王家瑞出差地就是石州，而且昨天王家瑞的电话一直处于无法接通状态，石州不是偏远山区，那么就一种可能，王家瑞不愿让人打扰。章清溪此时就像一个断案高手，努力地捕捉着最近王家瑞的足丝马迹，她推断出王家瑞在外面有了情况。

她不知未来的生活将如何进行下去，但是她想她和王家瑞25 年的缘分尽了，如同电脑里播放的电影，在某个节点就卡住了，画面和声音定格在一瞬间。她在客厅的沙发上呆呆地坐着，脑细胞却异常活跃，她想还真是应了那句古话：福无双至，祸不单行。

王家瑞第二天醒来时已是日照三竿，章清溪早就上班走了。章清溪和王家瑞都是夜猫子类型的，但章清溪就没有那么好的福气，她上班要卡点，而且到支行后家离单位较远，稍微晚一点，车就会像蜗牛一样在拥堵的路上慢慢爬，所以自从到了支行，她每天都早早出门，自觉避开上班高峰。王家瑞就不同了，他不用坐班，一般的讲座也安排在下午和晚上，章清溪羡慕他的生活从下午开始。

王家瑞和往常一样习惯性地伸手摸手机看时间，可怎么也摸不着。他又在床上伸个懒腰，然后才不情愿地离开床，他去自己的手提包里摸手机，还是没有，一种不好的感觉忽然袭来，他快速寻找，终于在客厅的茶几上发现了自己的手机，手机已经没电了。他疑惑自己昨天明明是把手机放到床边的，怎么飞到了茶几上，不由得就惊出一身冷汗，他抱有最后一丝幻想快速换上电池，可结果更加让他失望，他发现了谢嫒嫒的 7 条短信还有一个接听的电话。

那个在课堂上、电视上侃侃而谈的教授一下就呆若木鸡了，他不知道哪一计能换回自己平静而温馨的生活，他知道章清溪的脾气。

七

这一天注定是不顺利的一天。章清溪怀疑那天早晨自己碰到了乌鸦。早晨章清溪发动车时，"呱嗒"一摊鸟屎落在前挡风玻璃上，她抬头望去，车旁边光秃秃的杨树枝上有几只麻雀在叽叽喳喳。如今想来章清溪觉得那天树上落的是乌鸦屎而不是麻雀的。

一上班，章清溪在回办公室拿文件时就与李利打了个照面，楼道上李利冷着脸没有一句话，章清溪当然也懒得理他，回应似的甩给他一个灰脸。章清溪昨晚被王家瑞的事情搞得已经没有什么斗志了，单位的事与家里的事比起来总是小事，想来想去还是顾及一下情分，安稳地工作吧。如果李利当时晓之以情动之以理，也许她就放弃这一切，但那冷脸如同一张硬弓，把章清溪的箭牢牢镶嵌在弦上，那就没有不发的道理了。

当章清溪带着秘密武器"市行通报"来到市分行时，保安照例把她的车拦下来，保安说今天省行来人，没通行证的车一律不许进院。若是往常章清溪就会把车停到对面饭店的停车场上，但今天她心情不好，她需要一刻不能耽搁地见到贾增，到对面停车场来回要耽误十分钟。她说把你们刘福财队长叫来。保安说谁来也不行，并让章清溪赶快退回去，这时堵在后面的车就开始摁喇叭，保安就让章清溪到院里掉个头再出去。章清溪把车开进去发现院里车并不多，她就不肯再出来，保安就拦着章清溪不让她停，一来二去就争执起来。

直到争执声惊动了刘福财，章清溪才把车停到了靠墙的角落里。刘福财训斥保安怎么连章行长的车也不认识，他说以后章行的车号就是通行证。

章清溪来到贾增的办公室门前，里面有一个处长等着汇报工作，外面还排着两位处长，不知是礼貌还是知道前面的正在里面挨批评，他们都把机会让给了章清溪。章清溪进去后，贾增严肃的脸上挤出一丝微笑："省行马上来调研，是否改天？"

章清溪固执地说："就占用您 5 分钟。"

贾增脸上掠过一丝不悦："那你抓紧时间。"

章清溪点点头："贷款的奖励我觉得对我不公，李利给我 5 千我觉得委屈，考虑到班子团结，就忍了。可是现在连 5 千都砍掉了，我不知道领导为什么要这样对我。"

贾增抬头看了一眼清溪："是你们行自己定的，信贷对此项目成立了一个营销小组，据说你不在里面。"

章清溪快速地回了一句："我问过李利，他说是市行把我的奖励砍掉的。"

章清溪盯着贾增，她发现贾增正拿文件的手停了一下。见贾增没有说话她继续说："我这里有个两个月前的通报，不知能说明什么否？"说完把通报放到贾增面前。

贾增看了看，语气和蔼地说："你是不是和李利有矛盾，我们也觉得给你的太少，已经责成信贷处返回支行，让支行重新分配了。你最好和李利再沟通一下。毕竟是你们自己支行的事情。"说完贾增抬头看了看墙上的钟表。

章清溪知道贾增是下逐客令了，再说自己的目的基本达到了，重新分配，李利就不会不考虑自己的奖励，她对贾增说了声："谢谢领导的理解。"

章清溪从贾增房间出来，就来到信贷处。信贷处的人们不像往常那样热情，大家不咸不淡地说着别的事情，章清溪本想和处长说说通报的事情，可此时觉得没有必要了，她想她在项目中起什么作用处长应当是很清楚的，既然大家都回避奖励的事情，自己就没必要再在这里浪费时间了。

章清溪呆呆地坐在车上，她把左手的大拇指摁在左太阳穴上，她左边的半拉头疼得要命，左边太阳穴上突突一跳一跳的，单位不想回，家也不再是那个温馨的港湾，她不知要去哪里，孤独与无助向她袭来，她觉得自己就像秋天的落叶在天空中漫无目的地随风飘零。她不知在腊月的寒气里自虐了多久，直到她的手机响了起来，她看了看是张雨浓的号码，她不想接，但也不想摁断，任凭那铃声隔几分钟就响一阵。铃声停止了一会儿，就滴的一声，张雨浓的一条短信飞进来：

> 我给你的话不是太多
> 只是让你知道
> 在苍白如雪的日子里
> 有一腔温热的血
> 为你流动
> 还有一双坚实的臂膀
> 分担着无奈与烦恼
> 不如意的时候
> 请放慢脚步
> 让我和时间为你疗伤

　　诗歌曾经是章清溪和张雨浓年少时最高的精神支柱。张雨浓知道只有诗歌可以打动章清溪，也只有诗歌可以让章清溪减缓胸中的愤懑。

　　刘洋上班后去拜访张雨浓，把奖励的事情含糊地说了一下。刘洋觉得张雨浓或许能做通章清溪的工作。此时刘洋被夹在尴尬的境地。上午市行把奖励名单返回来，让各行重新报送，并要求必须各行一把手签字。刘洋拿着名单找到李利时，李利正在和吴行长说话。李利说咱们行尊重市行的意见，还是按上次市行核准的报。

刘洋是比猴子还聪明的人，他知道李利或许是受了领导的旨意或许是自己不愿服输。但他也知道了章清溪手里的通报，他想既然自己知道李利肯定也会知道，这个重新分配就是章清溪到市行找的结果。他疑惑地看着李利有些提醒的味道："章行长那里还拧着劲呢，不会有什么问题吧。"

李利一边签字一边说："能有什么问题，项目是她参与了，但这次就是奖励营销人员的，你给她解释一下，或者我们从别的奖励补，或者直接给她5千，名单就不动了。"

刘洋当然知道李利一贯强硬的工作作风，如果李利不肯改变，就只好做章清溪的工作。他想到了张雨浓。

他对张雨浓说："其实大家都知道错了，只是哪个层面上都不愿承认自己的错误，李行长也答应再私下多给一些，这样对大家都好。"

张雨浓是在场面上混的人，哪能拎不清事情的轻重，他听出了章清溪如今在行里是四面楚歌，他要用智慧和爱带师妹冲出重围。诗歌发出去了，爱的号角吹响了，但师妹那边却没有反应。

章清溪看完诗歌，不由自主地苦笑了一下，她想张雨浓一定知道了她的情况，她不愿把张雨浓牵扯进来，也不愿把自己的脆弱呈现给他，尤其是现在这个时候。想到自己目前的处境，她觉得应当回去和李利谈一次了，开诚布公地谈一次。

她没来及谈，李利的邀请就先到了，晚上小范围聚餐。吃饭应当是个好兆头，好多问题也许就在吃饭中解决了。可章清溪怕吃饭，她潜意识里觉得吃饭于她也许就是鸿门宴，当然她没有那样的身份，只是以此比喻罢了。章清溪记得张雨浓和自己分手时说过一句话，那天张雨浓约章清溪吃了一顿大餐，张雨浓这人对谁好，就请谁吃饭，我倾己所有准备这餐，就是让你记着我的好，无论我将来做了什么。餐后不久，张雨浓就消失了，留下伤心欲绝的她。

李利请的人很少，只有章清溪、吴行长、刘洋，大家都心知肚明这顿饭是为摆平贷款奖励的事情。李利热情地招呼大家："先喝酒，三杯过后咱们再谈工作。"

三杯过后，李利看了一眼章清溪，像是不经意地冒出一句："上午市行让重新报奖励。"说完就沉吟了一下，用手把玩着酒杯。

章清溪知道他又在玩心理战，她玩不过他，也不想玩。她也想缓和一下或改一改说话的语气，但话一出口，自己都觉得有些冷冰冰："那岂不是正好，给我们一次修正的机会。"她特意把改正换做了较为温和的修正。

李利有些意味深长地放慢了语速："哪有那么简单，你想想如果我们改了，市行领导会高兴吗？我一直强调，不给你不对，但给多了也不行。我和吴行商量过了，我们私下里补你5千，不跟工资发，省1千元的税呢。"

章清溪想都没想话就脱口而出："我不同意，如果你觉得为难，我找市行领导，私下里拿算什么？"

李利依然悠悠地说:"你同意不同意不要紧,我们班子定了,今天下午已经报上去了。但是我说的5千不能少你的,也不会少你的。"说完示意刘洋把钱递给章清溪。

章清溪把钱推回去:"我和你共事这一年多,你应当知道我应该拿多少,我就是想要一个说法。"

不知是冷笑还是苦笑,李利嘴角习惯地往上撇了撇,把一副大写意的不屑展现给清溪:"说法有什么用,你还是在市行的领导下,难道让领导给你认错?"

章清溪脸涨得通红,就像一只迷路的羔羊,没有章法地乱撞:"反正我不同意,我明人不说暗话,你如果为难,我明天就去找贾增行长。"

这时吴行像一个指示牌恰到好处地亮了出来。她端起茶壶给章清溪续水,氤氲中声音愈发绵柔:"我说句不该说的话,李行也有难处,再说我们班子这样,还不是让外人笑话,李行也说了,以后奖励给你多补点,大过年的,就不要找不痛快了,我们高高兴兴过年比什么都强。"

大家的目光都聚在章清溪身上,她忽然觉得自己就像一个牺牲自己、博得掌声的小丑,她要尽快挽回颜面,高几倍的声音让大家一下静了下来:"这不是恶心人吗?我要求不高,哪怕1千,只要名单有我就行了。"

李利的脸霎时就沉下来:"不可能。私下里给多少都行,名单就是不能有你。"

章清溪用手擦了擦一瞬间涌出的眼泪,冲着恼羞成怒的李利喊道："那我不同意，坚决不同意。"

晚餐就不欢而散了，刘洋送章清溪回家时，张雨浓打来电话约刘洋和章清溪去喝咖啡。刘洋极力撺掇章清溪去，章清溪犹豫时，王家宝打来电话，说王家瑞被烫伤了。

章清溪急忙赶回家。王家瑞的右手上泛着锃亮的水泡，厨房的地上散落着砂锅碎片、黄豆和猪蹄。王家宝埋怨说："嫂子，你整天在外面忙，让一个厅级领导服侍你，把手烫成这样，还怎么过年，幸好是冬天，若是夏天直接洒到腿上、脚上还不要了老命了。"

章清溪知道王家瑞是为了哄自己高兴，做自己最喜欢的砂锅黄豆煨猪蹄。章清溪总说女孩子千万别嘴馋，她经常开玩笑说自己是因为王家瑞的猪蹄绝活而嫁给了他。其实从王家瑞这几年名气大起来后，章清溪就没有再吃过他煨的了，一是王家瑞没时间，二是现在条件好了，想吃就去饭店，现成得很。

今天王家瑞的猪蹄是别有用心的，可是太久不做，业务生疏了，居然没带手套直接用手把砂锅从火上端下来，导致后果是手太烫扔下一锅香蹄。就像王家宝说的如果是夏天后果不堪设想，就是现在，王家瑞的脚面也隔着袜子生生烫出了几个燎泡，就更别提手了。

王家瑞今天倒是识趣，他对王家宝说："哪那么多事，夫妻间谁有时间谁就多做些，你嫂子这一段太累了。你把厨房收拾一下回家吧。"

章清溪没有心情也没有气力和他们争执，她问："去医院了没有？"

王家宝说："没呢，我哥怕打扰你工作，连电话都不让给你打，就抹了点京万红，咱们现在去吧。"

王家瑞赶忙打断家宝："不用了，晚上不是要死的病，人家大夫哪会认真看，明天再说吧。"

王家宝有些不放心地嘱咐章清溪："嫂子，你明天别去上班了，我哥一个人不方便。"

章清溪没有吭声，王家瑞忙说："天太晚了，你赶紧回家吧。"

王家宝走后，王家瑞挎着烫伤的胳膊，一拐一瘸地跟在章清溪身后，讪讪地说："对不起。你听我解释。"

章清溪摆摆手："等过完年，等你伤好了，咱们再说。"说完给王家瑞铺好床，自己去诚诚房间了。

王家瑞在那边"哎呦"一声，章清溪不知道他是真的碰到伤处了还是故意吸引她的注意。包括今天这一出她也不知道是不是王家瑞的苦肉计，这么复杂的问题她不想去想。她喜欢简单，但生活总是跟她作对，天天变戏法地生出许多事端，复杂得让她没有力气去接。

八

年前的每一天对章清溪都是一种煎熬，短信和奖励就像电饼铛的两个面板，轮番烘烤着她，她神经质地闻到自己从头到脚都是焦灼的味道。

一回到家她就想起王家瑞的短信。章清溪也知道如今有个情人在别人看来也不是什么大事，尤其是像王家瑞这样的成功人士，但对自己就是天大的事，这也是章清溪的底线，她和王家瑞25年的缘分轻易地被底线击穿了，她没得选，底线无法修复，她也不会修复。但如今王家瑞行动不方便，而且马上又要过年了，还有诚诚的研究生成绩出来之前，她只能暂且煎熬着，等年后再处理一切。

不知是不是心理作用，章清溪感到单位里气氛很是压抑，员工见了她不像以往那么热情，她办公室里一天也没有几个人，连刘洋也来得少了。

章清溪知道这是李利在给她施加压力，我们这边叽叽喳喳热热闹闹，无形中就把你章清溪边缘化了。章清溪想你越是边缘化，我就越是不妥协。李利重新上报奖励方案后，她再次向贾增反映了自己的意见。这次贾增很简短地就把她打发出来，贾增说："我看到分配结果了，你们李行长确实分的有问题，不过我一个行长也不能武断地否定了吧，还是你们自己沟通沟通，我会责成信贷还有人力资源等相关部门核实情况的。"

章清溪说了声谢谢就出来了，话虽简短，但领导已经安排了，她也就没必要再画蛇添足了。讨了贾增的话，章清溪心里舒服了很多，她觉得这次纠正过来应当是没有问题了。

她每天除了走访客户就是跑医院，王家瑞有问题，但家宝和舅舅的事情又不能不管，这么多年来家宝已融入到章清溪的生活中，只是她在手术的问题上让他们自己拿主意。舅舅是何等聪明，他从周围的病友身上早就知道了自己的病情，章清溪觉得舅舅这次做了一个最正确的选择。舅舅说，这种病三分之一是吓死的；三分之一是手术死的，这个疗程的化疗后他就回老家，好好过个年，该吃吃该喝喝，兴许还能多活一阵子。

张雨浓几次电话约章清溪见面都被章清溪拒绝了，她说感谢他的帮助，不过一切都很好，一切也正向好的方面转化，其实想开了没什么。张雨浓见她情绪稳定也就不再烦她，毕竟到年根了，大家都忙得很。

章清溪却没有什么可忙的。舅舅走了，诚诚没回来，单位里大家都忙着准备过年，她自己躲在办公室里一会儿想奖励的事情，一会儿想王家瑞的问题，她想不通生活什么时候就拐了个弯，把自己放到了旮旯角上。

腊月二十三这天，张雨浓发了一条短信邀请她和几个同学一同过小年，她没有丝毫犹豫就拒绝了，她没有心情欣赏成功人士的盛宴。张雨浓穷追不舍地就又发来一条短信：

生活有缤纷四季

冬天同样是生活的给予

相信上帝

它只是暂时打个盹儿

你不要为上帝的疏忽

寒彻心底

如果你心温暖

如果你心快乐

上帝就会给予你奇迹

　　章清溪苦笑了一下，真是饱汉子不知饿汉子饥，站着说话不腰疼。

　　王家瑞电话说在家包了饺子，让她回家吃饺子。章清溪的心被小感动了一下，她不知他拖着病胳膊怎么做到的，然而这小感动只是昙花一现，她还是冷冰冰地回绝了他。章清溪说单位还有事，其实单位并没有事情，只是她不愿回去面对王家瑞。

　　她百无聊赖地盯着电脑，习惯性地刷新着办公系统，办公网上关于全行贷款奖励的公示格外醒目地挂在头条，公示里依然没有她的名字。章清溪没有想到绕了一圈后，还是外甥打灯笼，照旧，而且这次是全行公示。谁都知道如今一旦到了公示阶段就是板上钉钉了，谁会冒天下之大不韪和领导的决策叫板。

　　她呆若木鸡坐在电脑前，把奖励的事情捋了一遍又一遍。很简单的奖励，为什么就独独把自己排除在外呢？是李利？还是贾增？还是？是他们的疏忽还是有意为之？如果是疏忽这么多纠正的机会为什么就一次次不肯改正呢？

　　如果继续找下去，会是什么结果呢？她不敢想下去，但就这样偃旗息鼓，自己的内心又是一百个不情愿。如果是过去，还有王家瑞商量，如今这种情况，她是半句话也不想和他说。

　　这时刘洋进来了，他表情有些不自然地说："李行长让我通知你晚上和中层聚餐。"见章清溪没反应他又继续说："你看到公示了吧？李行让我给你取了 1 万元，也算委婉道歉了，你就别再和他较劲了，毕竟还要一起共事。"

章清溪盯着刘洋，直到刘洋把目光闪烁到他处："你也当起说客了，别人不清楚，你还不清楚我的委屈。事情不是这么个办法，还是那句话，奖励名单里给 1 千不嫌少，私下里给 1 万我不要，还有晚上的聚餐我不去了，我心情不好。"

刘洋有些急："你千万不要再找了，你若是再找，不仅是我们支行，整个分行的奖励都受影响，那动静可就大了。"

章清溪气愤地问："连你都清楚这些，领导不会不知道吧，既然如此，为什么非要固执地把我排除在外？"

刘洋搓搓手，慢慢劝慰："你想想，领导怎愿意承认自己错了，现在不是给你多少奖励的问题，现在是领导权威不容撼动的问题。还是那句话，胳膊拧不过大腿。你退一步，皆大欢喜。"

章清溪哼了一声："是他们欢喜，我不欢喜，我这小细胳膊就是要拧一拧领导的大粗腿。"

刘洋近乎哀求地说："你千万要冷静，再找也不会有什么改变，搞不好会打不着狐狸惹一身骚。"

刘洋走后，章清溪把自己关在办公室，她不愿再像祥林嫂一样一次次重复自己的委屈，阐述自己的理由，她在电脑上开始敲打，写出了一份《关于贷款奖励分配的再次申诉》。写完后刚刚晚上八点钟，冬天的夜晚来得早，此时已是万家灯火，街上匆匆的行人车辆丝毫没有减少，路边的叫卖声吆喝声异常高亢，偶尔还有几声鞭炮迫不及待地来凑热闹，把年味弥漫到你的身边。

她怀揣着申诉在街上游荡，她知道这份申诉和年前这热闹的气氛是那样的格格不入，也不知道明天还有没有人会接她的申诉，心里想着"热闹是别人的，我什么也没有"，脚步就愈发的缓慢，一辆车停在她身后滴了两声，她往路边闪了闪，这时张雨浓从车上走下来拍了拍她的肩膀。章清溪下意识地捂住自己的挎包。张雨浓有些夸张地说："哎，还说有事，自己一个人溜达什么呢？真够财迷的，不是想着躲开车，先想着护财。"

章清溪一脸惊奇："你不会跟踪我吧？"

张雨浓哈哈大笑："想呢，只是今天太忙，上车吧，我们去喝杯咖啡。"

章清溪似乎被笑声感染："好呀。"

张雨浓带着章清溪来到远航大厦附近的"蓝屋咖啡"。章清溪的心忽然间就变得柔软起来，眼睛也模糊起来。她想这"蓝屋"一定是张雨浓的，不知他何时搞了一个蓝屋咖啡。

张雨浓笑着说："这几天试营业，本来想正式开业时给你个惊喜，正好你今天来提提意见，看看跟我们当年的蓝屋有什么不同。我只是想给诗人们提供一个活动的场所，顺便缅怀我们与诗歌和梦相伴的青春。"

今日的蓝屋和当年的蓝屋除了名字相同外，已经没有丝毫当年的影子了。当年的蓝屋是张雨浓和章清溪他们勤工俭学办的简易咖啡厅，每周都有诗歌朗诵会，那里曾是校园里最红火最热闹的一角。毕业后蓝屋交给了师弟师妹们，再后来由于经营不好就被学校收回了，如今想来张雨浓从那时起就显现了他商人的一面。

但蓝屋就是蓝屋，墙壁上有章清溪都没有的当年蓝屋活动的老照片，一个个主题照片把章清溪带回当年美好的回忆。

章清溪感慨万千："难得你还有诗情，还有闲情逸致，标准的成功人士，不像我们自己的工作生活一团糟，诗情也被湮灭了。"

张雨浓止住笑："刘洋说奖励的事情定下来了，你下一步怎么办？不如利用贾增在奖励的问题上欠你的人情，借此机会回市行机关算了。"

章清溪淡淡地说："我就这么回去，心里憋屈得慌。我想明天我把申诉递交给贾增，如果他仍不理会，我就找省行，总行，我不信就真没讲理的地方了。"

张雨浓点点头："那好吧，我支持你，人活着就是一口心气。"说完张雨浓望着章清溪充满激情地朗诵道：

有铺满鲜花的路

为什么偏要

走小道羊肠

有清凉的绿荫

为什么偏要去

酷暑难当

有顺风的航程

为什么偏要

搏击风浪

章清溪不由自主地加入了朗诵：

因为我们的热血在偾张

因为我们的心气在荡漾

那流淌在心口的

是生命里

最夺目的篇章

　　章清溪第二天去市行时，被保安稳稳地拦在外面，她说找你们刘福财刘队长说话。对方说就是刘队长的指令，快过年了，没证的车一律不许进院。

　　章清溪把车安顿在机关门前的便道上，就直奔贾增的办公室。贾增门前永远是一堆等候的人，她也耐着性子加入排队的行列。她进去时贾增正看手中的文件，看到章清溪时愣了一下，脸色明显不悦。章清溪当然不会理会这些，她把申诉递给贾增："昨天公示下来，我一夜没合眼，不知到底是哪里出了问题。"

　　贾增不耐烦地说："是你们自己行报的名单，征求过支行意见了，有领导签字，有员工签字。"

章清溪不理会这些，她固执地说："我没签，我不同意这种分法。"

贾增收回了严肃的面孔，一副关心的口吻："你是不是和李利有什么问题，他几次说你不配合工作，奖励跟这些有关系吧。"

章清溪急忙抢过话茬："他可是当着我的面说我工作很卖力，扣我的钱是市行的问题，事实上也是市行卡下来的。不然把他叫来，大家对质一下。"

贾增就有些阴沉，皱着眉头下了逐客令："你如果有意见去找找人力资源，我这还有一堆事情呢。"

章清溪想自己怎么老把握不好说话的分寸呢，一个行长即便是没说也不会去对质的，自己的脑子看来是进水了。出来后她直接去了人力资源，她说："问题我反映了，你们为难，不好解决我就找省行，找总行。"

九

年前的时光对章清溪而言就像把钝刀子，慢慢地锉着章清溪郁闷的心。

"放下一切，好好过年吧"是章清溪听到最多的话。

何行长给章清溪打电话劝她，下次一定补上，不要再找了，贾行为这事批评他们了，放下一切，好好过年吧。

王家宝更是直接就把刘福财带到她办公室了，王家宝对章清溪说："嫂子，快过年了，你怎么这么糊涂呢，人家行长都答应以后补上，你怎么能揪着不放呢。"说着让刘福财把一万元递给章清溪。

章清溪生气地瞪了家宝一眼："怎么跟刘福财扯上了呢，保安和我们不是一个体制。我工作的事情，你们不要掺和。"

王家宝急忙解释："人家人力资源的黄总也是好心，知道福财和咱们的关系，这不人家跟保安公司说了，过了年就让福财当正的大队长。"

章清溪就有些生气："为了一个保安破队长你就出卖你嫂子，我要是这样早就是正行长了。"

王家宝拿出以往不依不饶的架势穷追不舍："所以你当不了，你有我哥，你不缺钱和地位。问题是你这么闹下去我和福财怎么办？"

章清溪赌气地说："我管不了那么多了，你告诉他们，我过了年三十就去南京，我要到陈行长家去反映情况。"

不知是不是刘福财把气话传到了市行，反正家宝他们走后，乌泱泱一波一波的人络绎不绝地找章清溪，反反复复就一句话："放下一切，好好过年吧。"刘洋更是受李利之托，全天候在章清溪办公室里劝说。

章清溪说："你的好心我领了，你让李行也换位思考一下，我以后如何工作，全行该给的就差我一个。"

刘洋也许是看到了一丝曙光，也许是被两头夹晕了，在情急之下第一次没了分寸，他说："不是答应私下给你了？吴行不是也没有在名单上公开拿吗？有什么呀，只要不少你的就行了。"

章清溪瞪大了眼睛问："你的意思是她私下里拿了？"

刘洋自觉失言，他有些慌乱，也有些恼怒："章行长，我什么也没说，我就是为你好，真心为你好。"

章清溪一直觉得不给吴行长不合情理，原来是明修栈道暗渡陈仓，自己早应该想到连自己带回的奖励都三人平分，怎么这么一笔大的奖励会不给吴行呢。不在名单上明着给一是避嫌，二是用吴行长的"没有"压低自己的期望值。

她觉得自己简直就是蠢到家了，这么浅显的事情都看不明白，想到这里章清溪就越加气愤，她对刘洋说："谁劝也没用，市行不管我找省行，省行不管我找总行，我就不信没讲理的地方了。春节前没答复，我初一就去陈行长家。"

其实章清溪并没有真去省行一把手陈行长家的意思，她只是一时的气话，省行陈行长是江苏交流过来的干部，难得回家，谁会大过年给人家添堵呢。可事情僵到这里，春节前没人再提奖励的事情，她就觉得有去的必要了。

她向张雨浓讨主意。张雨浓说："去呀，我跟南京的朋友问好地址，大年初一我们坐早班航班去拜年，顺便把事情反映一下。"

三十这天下午，诚诚回来了，章清溪就不好再躲出去。年货根本不用备，单位分的，还有王家瑞那帮新老学生们送的一应俱全。往年她都是把家宝叫来一起过，再分出些给家宝。但自从那天家宝从自己办公室摔门走后就再没来。王家瑞当然知道这些情况，只是如今自己的事情还没解释清楚，他就无法再顾及家宝。

诚诚回来前，章清溪跟王家瑞做了简短的谈话，内容大致是不在孩子面前彼此伤害，分房睡是利于王家瑞养伤，至于他们的事情，年后再说；同时对于章清溪单位的事情，尽量也不要告诉诚诚。

王家瑞同意章清溪的安排，他不时投其所好地说支持章清溪，如果不是烫伤，他就亲自陪她去南京。同时他也趁机表白自己真的没做什么，改天让学生前来解释。

章清溪说："这种事情有没有，你自己清楚，解释不是此地无银吗，我成全你们就行了。只是你要耐心等诚诚的事情有结果了。"

三十晚上，诚诚问为什么姑姑没来，章清溪说姑姑有男朋友了，等将来你结婚了也就不能跟父母一起过年了。诚诚说："我才不呢，我跟你们过，让他跟他父母过。"

章清溪问："诚诚你有男朋友了？"

诚诚大大咧咧地说："也不算，是考研辅导班认识的，广州人，和我爸有些像。不过人家过完年就出国了。"

章清溪皱了皱眉头："我不喜欢南蛮子。"

王家瑞赶忙出来圆场："喜欢不喜欢也不是我们谈，让孩子自己做主吧。再说你非让她考研。我早跟你说过，环境很重要，如今为什么好多想嫁好老公的都去商学院，就是这个道理。"王家瑞自觉说错了话，他见章清溪的脸色忽然阴沉下来，可话一出口已经收不回来了。

诚诚哪里知道这其中的奥妙，她被逗笑了："王石的故事还是很激励的吗？哈哈。"

看春晚，包饺子，发短信，年倒也很热闹。晚上章清溪对诚诚说："明天妈妈去南京给领导拜年，你和爸爸在家待着，我后天就回来了。"

诚诚夸张地说："老妈也会拍马屁了。物化弄人呀。"

王家瑞也献殷勤："你就放心去吧，开心最重要。"说完还给了一个胜利的手势。

章清溪笑笑，她想如果没有女学生的短信，这是多么幸福的一家人呀。

第二天早晨5点张雨浓的7系宝马就停在章清溪家楼前。当时诚诚还在睡觉，王家瑞已经端坐在客厅里了，他的视线正好透过大飘窗落到宝马身上。章清溪顺着视线看去，心里不由得打个寒战，忽然间她好像看到了王家瑞二十五年前的眼神。那时她是那样狂热地爱着张雨浓而忽视了哲学系的王家瑞。她不由得心里划过一丝爱怜，那爱怜一瞬间动摇了她南京之行的想法，但也就是一瞬，她到底还是无法抗拒楼下宝马那两盏明亮的大眼睛。

王家瑞嗫嚅道："今天的雾好大，飞机能起飞吗？"

章清溪淡淡地说："能不能要去了才知道，好事多磨吧。"

飞机因为大雾晚点。原本早上6点的航班直到上午10点才起飞。大年初一的航班上，稀稀拉拉的就十几个人，张雨浓和章清溪坐下后，双方有些疲惫也有些尴尬，章清溪说辛苦你了，折腾了六个多小时才上飞机，休息会儿吧。然后闭上眼睛假寐，可脑袋里却异常的活跃，年前的一幕幕像电影般展现在眼前，她在心里一遍遍叩问自己："值吗？"

飞行不久，飞机就像得了癫痫一样上升下沉颠簸得厉害，旁边的小女孩吓得尖叫起来。空姐说飞机遇到了空中气流，让大家不要惊慌。但大家怎么能不惊慌，大家从空姐的脸上看到危险已然存在了。

旁边的小女孩已经嘤嘤哭泣起来，后排的小夫妻开始吵架，女的说非要大年初一赶回去，这下可好。男的说，那你为什么不三十回我家。

章清溪此时才觉得自己做了一件多么愚蠢的事情，偷鸡不成蚀把米没什么，可搭上性命就太冤了。此时张雨浓紧紧抓住了章清溪的手，章清溪没有将手抽出来，她含着眼泪轻声说了句："对不起，不该把你牵进来。"

张雨浓安慰清溪："能和你一起到天堂里做伴，人生没有遗憾了。"说完顺势把章清溪拥在怀中。

章清溪没有挣扎，隔着厚厚的冬装，依然能感觉到彼此的心跳，但她此刻心里想的是诚诚和王家瑞，她想会不会是自己真的冤枉了家瑞呢。她不是对死有多恐惧，只是不甘心。她暗中祈祷：如果能平安回来，她就不再纠结奖励的事情，也不再和王家瑞较真了，一家人在一起平平安安比什么都重要。

不知挨了多久，飞机终于平稳地降落了。事后章清溪问张雨浓你不害怕吗？张雨浓说怎能不害怕，严重的颠簸可使机翼负荷加大而变形甚至折断，这一次也是我遇到的最严重的飞机颠簸。到了这种时候，害怕没有一点用处，只能听天由命。

张雨浓的朋友为他们安排下午四点到陈家拜年，太早了怕影响陈行长休息，三十熬了一宿，午休就会长一些，太晚了怕打扰了晚饭。章清溪笑着说："还是不去了吧。"

朋友以为哪里安排的不妥，疑惑地望着章清溪和张雨浓。张雨浓稍愣一下就反应过来了，他知道九头牛也拉不回的章清溪被气流唤回来了。他说也好，我们今天好好游游秦淮河。

游览中章清溪接到了国华公司王睿智的电话，在相互的新年好后，王睿智莫名地说："你方便时还是尽快把集资款取走吧。"

章清溪当时以为王睿智和大多数国人一样过年清账呢，她笑着说："没事，不着急，又不跟你要利息。你放心，我上班后就去。"

晚上，张雨浓让酒店往房里送了一桌菜，他订的是总统套房。刚开始章清溪还要另开房间，张雨浓说这么多房间不住不是浪费了，清溪也不好再推辞，就按着他意思自己住进了临河的房间。她暗自嘱咐自己千万不要喝酒，吃完晚饭就回房休息。

可有些事情做起来并不是那么简单。在这样一个场合，这样的一个特殊时间，人家张雨浓舍下妻儿老小陪你，你总不好拂了人家美意。她说："总量控制，就一瓶。"张雨浓说："好，就一瓶。"

她和张雨浓的烛光晚餐在秦淮河边上就开始了。前几杯是客套，三杯过后，张雨浓眼圈就红了，他给章清溪讲他的故事，他在深圳发家，他在海南被套，他因被骗走私入狱，他再到阿拉伯国家生死线上跑运输，再回海南，没想到当年的烂尾楼有了生机，就像做梦似的，房价开始飙升，他挣了个盆满钵满。他说："你知道吗？唯一支撑我的就是你，我总想有一天让你过上好的生活，你在我梦中总是那个身着旗袍，拨弄古筝，唱千古绝唱的那个女子……"

当年他们一起唱"山无陵，天地合……"可生活开了个玩笑，师哥大学毕业就与师妹决绝了，师妹一年后就嫁给了王家瑞。

张雨浓把章清溪说得泪眼婆娑，章清溪想到自己目前处境，她便把这些年工作的烦恼和生活的无奈也一股脑地倾诉起来，烛光的跳动，红酒的偾张，感情的宣泄，人生的遗憾，让章清溪的心在这美好的夜里跟随着秦淮河的暧昧与多情荡漾，她任凭张雨浓把她抱到那宽大的席梦思床上，她闭着眼睛享受着他的亲吻，他的抚摸，什么道德，什么底线，统统一边去吧，她要和张雨浓酣畅淋漓地享受这一刻。是呀，他们大学相恋 3 年，连个像样的吻都没有，更别说肉体的接触了，她把处女之身留给了王家瑞，可王家瑞回报她的是什么呢？

如果当时她不是那么传统，如果当时自己和张雨浓越过了那一步，他还会弃她而去吗？她收回游曳的思绪，她要享受人生的美好。这时她的手机铃声刺耳地响起，她不想接，可那铃声一直倔强地响着，如一个坚硬而壮观的堤坝，阻挡了洪水的泛滥。

她来到客厅拿起手机，是王睿智打来的，他说他爱人和女儿今天去石州娘家了，晚饭后8点往回返的，可现在还没到家，娘俩的手机都无法接通，他记得王教授带过一个交通系统的EMBA，能否让交通部门的人给查查，他担心路上有问题。章清溪说不会有问题吧，可看看此时已经快夜里11点了，金城到石州也就1个半小时的路程，就是开得再慢，10点前也应该到了，莫非……她知道王睿智一般是不求人的，她有种不好的预感，她赶紧安慰："你放心，我马上让王家瑞给找熟人问一问，让他们沿路查一查。"

王家瑞同霍局长关系很好，可这么晚了，而且是大过年的，他也不好打扰霍局。可既然清溪让帮忙，他还是晓得利害的，何况清溪说是受国华的财务处长所托。

王家瑞在接电话时想这个年整个让国华公司给搅和了，没有国华的贷款，就没有奖励，没有奖励就不会生出这许多事情。行里连奖励都没你的，你还这么热心地帮人家客户，搞得从未求过人的自己也要大年初一求人。

章清溪好像看到了王家瑞的心里，她强调："如果平时高速有人收费，有人值班，人家也不会麻烦咱们，这不是打哪的电话都打不通吗。"王家瑞赶紧应诺："好，好，我马上联系。"

一刻钟后，王家瑞给章清溪回电话，他有些激动地说："出大事了，在金石高速90公里下坡处一辆拉煤的大货车把一个马六压扁了，里面有两名女性，应该是她们。你先问问开的什么车。如果是，我马上让家宝开车过来，接上王处一同去现场，霍局也亲自去现场。"

章清溪赶快给王睿智打电话，只响了一声就接通了，章清溪得知他家的车就是马六后，她按住快要跳出喉咙的心定了定神说："你在家等着，我家教授接上你去看看，好像有个车祸。确认一下是不是咱们。"

王睿智忙问："严重吗？"

章清溪缓缓地说："应当不严重吧。已经有救护人员和交警到现场了。"

放下电话，章清溪发现张雨浓也来到客厅，静静地坐在她的对面。此时红烛已燃尽，蜡烛的眼泪覆盖住了烛台滴到了桌子上，在灯光下犹如两块鲜红的伤疤。章清溪想这就是天意吧，她那缠绵的情丝已随红烛逝去再也不回返了，他们知道就是再燃起新的蜡烛也不可能再发生什么了，过去的终将过去了。

第二天回航的飞机没有晚点，章清溪回到家时刚上午9点。诚诚还在泡床，王家瑞在客厅里看新闻，王家宝在厨房里准备早餐。章清溪看到王家瑞，心里有一丝的不安，她不自觉地躲闪着王家瑞的目光。王家瑞问章清溪事情办得怎么样，章清溪说不怎么样，不想办了。说完又对家宝说："你告诉刘福财，我准备放弃，让他好复命去吧。"

王家宝冷淡地说："我和刘福财已经没有关系了。"说完不再搭理章清溪，继续闷头准备早餐。

章清溪以为家宝耍脾气，就没搭理她，转身回房去看诚诚，诚诚一脸严肃地说："妈妈，姑姑和男朋友吹了，年前就吹了。好像是因为你和你们领导。你猜爸爸怎么说，爸爸说吹就吹吧，像刘福财这样的穷矮矬有什么好，心术还不正，怎能配得上美若天仙的姑姑。"

王家瑞在餐厅喊她们娘俩快点出来吃饭，他对清溪说："一会让家宝带你去趟王睿智家吧。太惨了！那娘俩都快成肉泥了。"

章清溪的心抽搐一下，头皮发紧，浑身起了一层鸡皮疙瘩，她问："有那么夸张？"

王家瑞放下手中的碗筷，一边比画一边说："那辆拉煤的大车过年赶活，连轴转，司机刚吃过饭有些疲劳，又是下坡路，刹车坏了直直地就冲小轿车碾过去了。"

半拉馒头就生生卡在嘴边，章清溪咽不下去了，她打断家瑞："那我自己去吧，家宝跟着累了大半宿，在家好好休息吧。"

王家瑞说："你让她去吧，我行动不方便，她一直跟着处理后事，还帮着和事故科联系，她拿着霍局的尚方宝剑，办事方便些，既然帮忙就帮到底吧。"

章清溪知道小姑子别看平时咋咋呼呼，心肠还是蛮软的，昨天跟着王家瑞见识了大场面，就自告奋勇地冲上去了，毕竟是她和王睿智一起到现场的。

章清溪觉得有些过意不去，她礼貌地问一句："你的伤没感染吧，让你和家宝跟着受累了。"

王家瑞愣了一下，笑笑："一家人就不用客气了，不是行动不方便，我就自己去了。"

家宝告诉清溪，到现在，王睿智还没有告诉双方的老人。初一王睿智在单位值班，他爱人原本想等初二王睿智回去后一同回来的，可他女儿初二晚上有个演出，就提前回来了，他那女儿一米七的个头，是省艺校舞蹈班的，年前在省电视台的舞蹈比赛中进了前十呢，可惜了。

章清溪和王睿智工作上联系的非常多，但对他家的事情知道的并不多，还不如家宝一晚上了解的清楚。王家宝告诉她王睿智的父母远在山东沂蒙山区，他们说过完年就来看孙女的。

章清溪到王睿智家时，家里帮忙的人并不少，仅国华公司的和银行的人就不下二十几个，她对着遗像三鞠躬后，万般惋惜，万千感慨，只是恍惚中觉得照片中的女儿和家宝哪里有些像。

她再看看自己的小姑子，高挑的个，直直的长发，如果不是一身俗气，倒也是个美人坯子，这当然是得益于王家的基因。章清溪一直忽视小姑子的容貌，因为她不喜欢王家宝的性格，从心里还看不起她不读书不看报，在清溪看来家宝所有的经验和知识都是从电视剧里学来的。没想到她处理起来这些俗事还挺得心应手，帮着续续香，烧烧纸，摆摆贡品什么的，自己这方面就显然差多了。

几天不见，王睿智一下就苍老了许多，就像变了个人。那么精明的一个人转眼间就变成眼神呆滞、举止木讷的人偶，灰头土脸像刚从土里刨出来一样。家宝像哄孩子般把一杯热红糖水递给王睿智："你不挺住，双方的老人怎么办？"然后又说："霍局说先处理后事，事故的事情他会处理好的。"

李利和刘洋都看到了这一幕，李利问清溪："你们沾亲？"

章清溪反问："你说呢？"

十

初六上班后，大家都喜兴地问候着"过年好"。章清溪和李利吴行一同参加了团拜。因为市里禁放鞭炮，今年的团拜很简单，李利简短地讲了几句关于淡化年味、尽早进入工作状态的话后，就各自奔赴自己的岗位了。

往年上班第一天是串客户上门拜年的，可今年还有几个大户需要走呢，国华自然不用去了，远航也不好再去，怎么会这样呢？这个年真是有些不同寻常。这时市行纪检监察的干事吕品通知她去市行谈话。

谁都知道人事干部找你谈话十有八九是升迁，纪检干部找你肯定没好事，章清溪想我一个副职想贪污受贿也没机会呀。她坦然地来到市行，当然车是要继续停在路边了。吕品跟她的谈话倒也简单，就是让她详细说一下国华集资的事情。

章清溪有些不悦，口气就有些生硬："集资款事情应当问李利行长，当时放集资款也是为了营销企业帮助企业，而且还是个人的钱。再说了这也是李利行长的主意。"

吕品摆出一副纪检干部的派头，用审视的语气说："可是我们根据调查，员工说是你牵的头，也是你放的最多。目前别人都退了，只有你的还没有退。"

章清溪想这点事太简单了，她缓和了一下语气，尽量把事情的原委说清楚："这事是班子定的，我分管客户，李行让我负责协调。还有就是我的也退了，就是没来及取走。"

吕品没有丝毫的改变，反而更加严肃："你知道咱们有制度，不允许和客户有资金往来，更不允许利用职务便利谋取私利，你已经越线了。"

章清溪经过了初期的发蒙到释然再到愤怒，她毫不客气地反击："你们是故意找茬。我也不想把自己家的钱借给客户，更没想谋取高利，那也算不上高利。咱们的私人银行产品都到了9%，我干嘛要损失1个点，还要冒着风险，还不是为了客户的燃眉之急，是谁要陷害我吧？"

吕品一张白脸涨得通红："你别激动，行里还没下结论，只是调查。你可以向省行领导反映，明天陈行长就从南京回来了。"

章清溪忽然明白集资本没有问题，但有些人拿它做文章就不是一般问题了。这就像是打一副牌，集资是他们手中的一张王牌，是让自己屈服的一张王牌，自己的南京之行如同"小王"触动了贾增他们，那么他们就拿"大王"来截住她。"大王"是她的死穴，除非她有难得一碰的"轰、炸"。

想到这里她笑了。她傲慢地说："你们尽快下结论好了，银行的意见是一方面，企业的意见也是一方面，你不妨到企业去查查。"

吕品说："组织上会的，你放心好了。"

等章清溪要出门时，吕品忽然态度又变好起来，她欲言又止地说："其实我们也不想为难你，只是领导有批示，让尽快落实。你最好注意点，别和领导闹得太僵，这样对谁都不好。"

章清溪轻轻哼了一声，一字一句地说："职责所在，我不怪你。你方便时也转告领导，如果拿这事黑我他赢不了。还有就是即便有人黑了我，我还是不想黑他。"

此后吕品没有找过章清溪，章清溪想拿合同取回钱和利息，但考虑到王睿智目前的状况，还是决定再等等，尽管那笔钱存在那里已经没了利息。

奖励的事情也没人再提过，章清溪也就懒得提，怎么说也不是什么光彩的事，她总觉得这事对她对李利都不好，毁人一万自损八千。

行里的工作和以前一样并没有什么变化，只是她和李利、吴行相处表面客气，心里总归不像以前那样敞亮了。

上班后她还没有再见过张雨浓，张雨浓那边也是连个短信也没有了，她知道有了那一晚以后她和张雨浓都觉得尴尬起来，爱情是他们二十多年前青葱年少的美好感觉，但这个留存多年的感觉一下就被庸俗化了，其实张雨浓和她一样都更愿意保存那份美好的感觉，可是感觉一旦消失就再也无法找回了。

正月十五快要下班时，张雨浓发来短信，明天蓝屋咖啡正式开门营业，问清溪今晚能否到蓝屋一聚，章清溪当即就答应了。

章清溪来到蓝屋后，发现风格与年前大不相同，除了原有的诗歌厅外，又增加了书画厅，古玩鉴赏厅。他说如果只是诗人雅聚的场所，可能还火不起来，如今还有多少纯粹的诗人呢。把书画和古玩融合进来，可以开展览，办沙龙，诗书画三位一体再加上古玩鉴赏，人气旺，财源自然就旺，不用我贴钱，反而能挣钱。

章清溪赞叹有加："你真是个经商的天才，当年的蓝屋就红红火火，如今应当是省会第一家雅聚之处，文人墨客们有了好去处了。你是不是再联系电视台包个栏目，以古玩、书画、诗歌普及为内容，肯定会更火的。"

张雨浓依然意气风发的样子："是受你家王家瑞的启发吧，不过还真是个好主意。你把向文化产业进军的号角吹响了，我马上就发起冲锋。"

两人在诗歌厅坐下，服务员端来两杯咖啡，张雨浓煞有介事地说："今天不喝酒了，喝完酒都是酒话，今天你尝尝我调制的咖啡，咖啡让人清醒，让人充满激情。"

章清溪喝了一口，味道比拿铁醇香，而且口感更加丝滑。她问："你什么时候研究起咖啡来了，我印象里你爱喝茶。"

张雨浓一脸深沉："在学校时穷，就只好用碎茶末提神，那时咖啡对我们穷学生来说是多么奢侈呀。在国外那几年跟人家打过工，就慢慢学习，勾兑，我们东方人的口感和他们西方人不一样，我是用诗一样的心情勾兑的，我知道你喜欢喝咖啡，总想有一天给你调制一杯世界上最好喝的咖啡，弥补当年对你的伤害。"

章清溪眼中噙满了泪水。

张雨浓继续说："我不想伤害你，可是那天我喝完酒就有些激动，其实我是无心亵渎我们那份美好感情的。以我当年在学校的认识，我一直觉得王家瑞和你过得并不幸福，那天晚上看到你们通话的神情，听到你们通话的语气，我知道我错了，我也知道我不应该再扰乱你平静而幸福的生活了。"

章清溪一往深情地点点头："谢谢。"

张雨浓苦笑了一下："只是卸下了这份情债，不知还能不能写出诗来。"

章清溪鼻翼翕动如痴如醉地吸吮着咖啡的香气，然后长长地舒了一口气："会的，生活诗会更加美好，我永远都是你的粉丝，就像当年你身后的那个小小跟班。"灿烂的笑容盛开在她的脸上，她情不自禁地朗诵道：

往事是我心底的咖啡
苦涩中有甜美的回味
那种醇香日久弥新
在我心头开出
不败的花蕾
虽然不能为你绽放
但我会为你鼓掌
用我深情的目光
为你的征途送去馨香

张雨浓也被感染，他用那磁性的嗓音朗诵：

所有的篇章

都是爱的诗行

所有的诗行

都是我们青春的向往

年少莽撞的我却把诗断行

我不求原谅

只希望在你平静的目光里

重新扬帆

让生命的篇章

另起一行

章清溪挥动着手臂："翻篇，这一篇翻过去了。"

张雨浓也挥动手臂："翻篇，这一篇翻过去，另起一行。"

章清溪回到家时，烟花漫天。王家瑞在书房看一本太极拳方面的书，双方点点头算是打过招呼了。王睿智的事情过后，章清溪和王家瑞的关系缓和了不少，但还是依旧分房。

章清溪本想劝女儿在家多待一阵，可诚诚说还是想回去一边做辅导，一边再选几个美国春季招生的学校。章清溪帮着诚诚收拾好要带的东西后，诚诚来到章清溪的卧房，她说要和章清溪谈一谈。

章清溪以为诚诚要说自己的事情以后不用她再操心，让她多给自己一些自由等，但诚诚要说的并不是这些。她问清溪是不是和王家瑞闹离婚，是不是因为张雨浓叔叔。章清溪说和爸爸是有一些不愉快，但和张雨浓叔叔无关。诚诚说："大年初一你不在，爸爸的学生谢媛媛来了，和爸爸谈了好久，爸爸说不能让她读他的博士，爸爸给她推荐到京大，谢媛媛说如果不读爸爸的博士，她就考虑去美国的孔子学院了，看得出来，她很喜欢，甚至是很爱爸爸。可爸爸还是拒绝了她。妈妈你应当珍惜爸爸，当然如果你有其他选择，我也会尊重，只是不愿看着爸爸每天那么痛苦。"

章清溪问："是那个石州的谢媛媛？读大学时给你辅导过英语的谢媛媛？"

诚诚一脸真诚地说："是她，她当时就特别崇拜爸爸。妈妈，你多幸运呀，像老爸这样的这年头简直就是典型的高富帅，更重要的是对你好。人家谢媛媛年轻漂亮，肯定也有一大堆的人追，可爸爸就是不为所惑。"

章清溪心想：怎么不为所惑呢，那个短信不是很清楚吗？腊月十八那天他去石州讲座，手机无法接通，鬼知道是怎么回事？可她不愿破坏王家瑞在诚诚心中的形象。她说："我是很幸运，有你爸爸，还有你。还记得妈妈初一去南京的事吗？妈妈不是去给领导拜年拍马屁，妈妈是为了反映自己的问题。"她见诚诚吃惊的样子就连忙解释："不是我犯了错误，是想反映对我的不公正。那天飞机差一点出事，当时我想如果能平安回来，我们全家就永远不分开。"

过完十五，年的味道就慢慢地散去了，大家又开始了正常的工作和生活，诚诚也回学校了，家中就剩下了章清溪和王家瑞。王家瑞依旧每天研究他的太极拳，其实章清溪几次想开口问问谢媛媛的事情，可终归开不了口，想到此，心里就如塞了一团棉花。

一眨眼就出正月了，这天张雨浓打来电话说想请王家瑞到蓝屋咖啡开个沙龙，章清溪好奇地问是让王家瑞讲《管理学中的孙子兵法》？张雨浓说不是，是讲王教授最新的研究成果《管理太极》。时间定在二月二的晚上。

二月二是个重要的日子，在民间有着二月二龙抬头的说法，二月二过后，年也就彻底过完了。

二月二对章清溪来说也是个重要的日子。这天上午，她看到了奖励公示，虽然不多，但给她5千元的奖励清清楚楚地写在上面。刘洋说："章行，恭喜，你终于打赢这一仗了。"

章清溪淡淡一笑："其实已经不重要了，再说我根本没把它当成一仗，只是当时有些犯病了。"

她和刘洋说话时，家宝来电话说让章清溪尽快带着合同把王睿智公司的集资款取回来。刘洋惯有的包打听毛病又犯了，他神秘地问："章行，你小姑子是不是和王睿智搞对象呢？"

章清溪愣了一下，疑惑地说："不会吧，他们相差10多岁呢，再说人家刚失去亲人。"但她心里也是觉得有些情况，王家宝近来脾气好多了，而且也知道打扮，来家时也不只是看电视了，偶尔也翻翻报纸杂志。

她中午约家宝吃饭，席间她问家宝是不是有情况。家宝说："我只是帮他的忙，人家还尸骨未寒，就他愿意我也不能呀。"

章清溪心里有谱了："王处那人还是很不错的，只是命苦了

凌乱年 | 163

点，心里也很苦，你们既然能说上话，就多帮帮。我看他还是很依赖你的。"

王家宝一改大大咧咧，一抹微红飘上脸颊："以后再说吧，目前只是帮忙，明天他父母来，我还要帮着接待照顾，他一个人怎么能应酬得过来呀，每次说到妻女，他都疼得死过去一回。"

章清溪知道家宝说的都是真心话，她忽然觉得自己很佩服小姑子。她在心里默默地祝福着他们，都是苦命的人，没准苦加苦就能变甜呢。

章清溪和家宝感慨人生的福祸无常，家宝说舅舅回家后气色好多了，并再次传话说舅舅在家总是夸奖清溪，说这个外甥媳妇是刀子嘴、豆腐心，有清溪的帮忙，自己的治疗少走了弯路。娶这样的媳妇他们家修来的福分，章清溪嘴上客气着，心里还是很受用，她知道王家宝是借舅舅的口为王家瑞求情了，心里不觉就释然了很多。

晚上章清溪陪王家瑞一同到蓝屋参加沙龙，她第一次认真听王家瑞的讲座，这次讲的是《管理太极》，她发现王家瑞简直把太极研究得太透彻了，她觉得自己也成了他的粉丝了。

回家后，她想让王家瑞回房，但总归是碍于自尊，就变着法地给王家瑞抛橄榄枝，可王家瑞不知是不解风情还是心有余悸，总是不能心领神会章清溪的意思。章清溪先是让王家瑞递了一杯水，王家瑞放下水就出去了。不一会儿，她又说QQ上不去了，王家瑞过来帮她找回了账号，然后又回书房了，正当章清溪生气时，突然QQ上晃出女儿的大脑袋："妈咪，出分了，我考了 396 分。嘻嘻嘻嘻。"

章清溪尖叫一声，王家瑞光着脚丫就窜过来了。章清溪指着电脑说："看，快看，诚诚过线了。"

王家瑞把头探到她胸前的电脑上，那熟悉的气息如催泪弹让章清溪泪水夺眶而出，落在王家瑞的头顶上，王家瑞回过头愣了一下，就张开双臂把章清溪紧紧拥到了怀里……

日子依旧在光阴里徐徐前行，章清溪还是一如既往的平淡而又紧张地做着她的工作，2 个月后，李利交流到其他支行了，半年后贾增上调到省行后勤中心当总经理去了。

有一天她到市行信贷处继续批贷款，一位关系不错的副处长说："到底是怎么回事？你看因为你，全行的贷款奖励都没能在年前发到手。"

章清溪淡淡地说："我还要问你怎么回事呢？怎么当时偏偏就把我排除在外了？"

副处神秘地说："我也不清楚，只是现在行里流行三个版本。"

章清溪笑着说："三个版本，你说说，我好告诉你哪个更接近真相。"

副处想了想说："第一个版本是贷款奖励下来了，李拿了 16 万，给你 5 千，你嫌少，就找了贾行，贾行批评了何行，让你们整改，可何行和李利觉得改多没面子呀，以后还不是谁不同意就找，这样一来，队伍就不好带了。此风不可长，所以就不同意。没想到你就把事闹大了。"

章清溪说："我是觉得给我的不多，不过当时还是忍住了，但后来连 5 千也砍没了，我才找了领导。第二个版本呢？"

"第二个版本是贷款奖励下来了，李给自己分了 16 万，给你 5 千。本来这 5 千也是面子事，因为贾总暗示过，不想给你，所以李利就不敢多给。但没想到李利办事不力，把事情办砸了，最后还是贾总用集资款的事情把你摆平。"

章清溪说："想不想给，他们知道，反正李利和贾增都是当事人，只要一个同意并支持给，也不会出现这种局面，谁让他们盲目挑战我的底线。我不是对集资款事情服软，只是我觉得讨个说法又能怎样？所以我放弃，不和他们计较了。"

副处说："可能还真是冤枉李利和贾增了。第三个版本是，贷款奖励下来了，李给自己分了 16 万，给你 5 千。处长看不过去，正好他和李利有矛盾，就故意砍掉你的奖励，激怒你，他好坐山观虎斗，没想到一不留神，就惹出一堆的事情来，他自己也无法控制局面了。"

章清溪说："也有这种可能，那天我找贾增时，贾增刚出差回来，好像还真没过问过奖励的事情。"

副处轻声问："人家都说你过年去陈行长家告状去了，陈行上班后不提奖励的事情，只是以市行的工作开展不力为由头批评贾增，贾增春节后挨了好几次批，天天黑着脸呢。"

章清溪摇摇头："他挨批评是因为工作没进度，跟我没有半毛钱关系，我是去南京了，可我临时决定不提奖励了，新年伊始讨个吉利，与人方便与己方便，学会放下，真的轻松了许多呢！"

副处有些羡慕地说："是呀，你家教授就研究那些东西，你还不是近水楼台。以后还要多学习呀。"

章清溪依然淡淡地说："其实本没有输赢，输赢只不过是每个人不同标准的感受罢了。"

她心里想："生活很宽厚，何必计较一时的得失呢。贾增只不过是当领导强势惯了。"

但她没有说出来，因为她觉得她和贾增的那一篇也翻过去了，她和李利的那一篇也翻过去了，她和他们的生活都将另起一行。

她期盼那新的生活清新而又美好。

朋友圈的硝烟

一

米兰从浴室出来时，床头柜上的手机嘀了一声，这一声让米兰摁着包头毛巾的手不自觉地滑落下来，一起滑落的还有雪白的毛巾和滴水的长发。等她把头发重新包好，浴巾又开始滑落，虽然房间的暖气很充足，但毕竟是三九天，她还是打了个寒战，本来进浴室前米兰的心里就有些不畅，那条莫名其妙的微信像一团棉花柔软而又坚韧地挤进了心脏，丝丝缕缕地侵占着撩拨着她平静的心。此时手机的嘀声对于米兰就是一个沾了火星的鞭炮捻儿，嗞嗞啦啦间就把膨胀在米兰心里的棉花点燃了，火气从最快最有效的喉咙瞬间蹿出来："把你的臭袜子拿走。"

靠在床头怡然自得摆弄手机的金默并没有察觉自己身边已蔓延了可以燎原的星星之火，他一边挪动肥胖的身躯，一边谄媚地干笑着："我正给夫人捧臭脚呢。"金默边说边去解裹在米兰身上的浴巾，周六洗完澡后是他们的活动时间，金默知道夫妻生活是最好的柔顺剂，三十如狼，四十如虎，四十出头的他们就犹如日头刚过正午，余温犹在，米兰每每都是嘴里声声说着讨厌，行动上还是会半推半就地迎合。然而今天诸多的试探之后，米兰还是不为所动，眼睛始终不离开手机屏幕，表情随着手指在朋友圈和私信间行走。毕竟不是毛头小伙，金默的情绪也就低落下来，他侧过身自顾自地躺下并顺手关了自己床头的灯光。

金默绝没想到今天米兰的情绪是有来由的，而且这来由源自米兰看到的一条朋友圈："金城市金玫瑰影城 2 号厅 6 排 5 座穿咖色大衣的长发美女，你在进了卫生间之后，你的男友亲了你的闺密，他们笑得很开心。希望你能看见，随手转发正能量。别问我是谁？我是你后排一名观众。"

米兰是在去浴室前看到的，一开始还觉得好笑，如果金默此时不是在洗澡，她一定会把手机举到金默面前分享的。米兰一个人笑着笑着就僵在那里。自己不就是刚和金默从金玫瑰影城回来的吗，自己是 6 排 5 座还是 6 座记不清了，当时影城 2 号厅人很少，他们就选了 6 排靠中间的位置，她在中间，金默在左，许玫在右。而且中间自己确实去过一次卫生间，自己不再年轻，但从大学时代就留下的一头柔顺的长发没有烫过，没有染过，饱满地，灵动地如瀑般飘逸着，从后影看绝对是不折不扣的美女。

微信是红鬃马发到朋友圈的。米兰并不认识红鬃马，她的微信圈里大都是熟人朋友，前几天许玫跑到她办公室聊天，聊着聊着就顺便教她微信的一些技巧，譬如这个摇一摇加上的好友红鬃马。

这怎么可能？这怎么又不可能？红鬃马的微信让从未慌张的米兰恍惚起来，她不小心碰翻了茶几上的玻璃水杯。收拾完残局后，米兰在朋友圈里发了一条被儿子归为鸡汤的微信："不小心打碎一个杯子，两点感悟与大家分享：打碎的杯子不能复原，如果打碎的是一颗心呢？"

微信发出去后，米兰等着金默、许玫的反应。

许玫是米兰闺密，她们从小县城一同考入金城大学，一同分到金城的同一家单位。不同的是许玫像她的名字一样绽放着玫瑰的热情开朗，不管什么场合，什么事情她都能用诙谐幽默的语言恰到好处地化解或逢迎，许玫出现在哪里，哪里就有笑声。米兰虽然沉静寡言，但她的恬静同样让大家很受用，一湖轻泛涟漪的水，波光粼粼间发出曼妙的曲调，让人着实舒爽。多年下来这一对姊妹花依然平分秋色，一同职称晋升，一同提到科长位置，就连结婚生子也都是前后脚的事情。

除了同学同事闺密之外，许玫还有一个身份，她还是米兰和金默的介绍人。当年许玫的领导把金默介绍给许玫，许玫说米兰是姐姐，姐姐还没有对象，自己可以再等一等，大家都感叹许玫的义气。其实许玫是对金默不满意，金默有学历，有人品，有好的单位，但金默没有一个好的身材，金默是矮个子，矮在她的概念里属于一票否决。玲珑的许玫又不愿拂了领导的美意，就顺水人情把米兰推了出去。许玫喜欢的是长腿的白马王子。

若干年后许玫想起这事肠子都悔青了，短腿的金默带给米兰的是安稳、富足、幸福的生活，如果不是金默，米兰能优雅平和得起来吗，不用说穿戴用度，单看神态就能知道米兰过的是什么日子了，大气的背后需要的是底气。可自己的长腿王子呢，是许玫扶了半辈子也扶不起的阿斗，只能是一声叹息。好在许玫的精力是如此的旺盛充沛，这点从许玫朋友圈的活跃程度就能看出来，许玫微信名字是玫瑰，玫瑰日日更新，那富有哲理的文字和精美的图片用她自己的话说是赢得了众多捧臭脚的。

玫瑰在日日绽放的同时也没忘了把米兰拉进来，起先米兰是说什么也不愿凑这个热闹，后来同学聚会，大家互加微信，又建了一个又一个同学群，看着大家不亦乐乎地在群里聊天、发言、抢红包，米兰终究是抵不住诱惑开通了微信，在玫瑰的引导下眼界大开，开始游走于微信朋友圈和各种群。

今晚红鬃马把她带入一个她做梦也没有想到的虚幻世界中，清晰的是身边金默舒适的鼾声，模糊的是那个亲吻的画面，她把手机扔得远远的，双手摁住太阳穴，以此阻挡此起彼伏刺向她耳膜、聒噪她神经的声音。多少人说过让她注意防范，她都自信而又不屑地笑笑。这自信不是源于自己的美貌，更重要的是她对金默的了解。一直以来她都认为金默是个谨慎的人，因为个子矮，学习工作就格外努力，对仕途有影响或有潜在隐患的事情他绝不涉足。

那么红鬃马的微信是无中生有，还是开玩笑，还是？自己的丈夫和自己的闺密到底是什么情况呢？

二

米兰觉得微信真是个好东西，如果不是微信，自己可能一生都会被蒙在鼓里，既然微信能让自己发现秘密，那么何不利用微信去求证，去反击呢。

这一留心还真看出了问题。许玫在朋友圈发了一段小资情调的文字和图片，"很多时候，美好就在那里，无论别人看到看不到，美依旧存在，依然有它的价值。"配图是一幅让人浮想联翩的九十九朵玫瑰。米兰微信在前，许玫微信在后，同一天晚上相隔两个小时，许玫不可能看不到米兰的微信，许玫是点赞族，有时你的微信刚发出去，她还没读就随手一个赞，如果是感兴趣或她在乎的人还要评论互动一番。但今天别说评论互动，就是普通的赞也没有，这让米兰一夜之间就敏感焦躁起来，只要稍有空闲，米兰就不断地刷屏，屏幕成了米兰通向外界的第三只眼睛。

米兰准确捕捉到金默在第二天早餐时间给许玫送了一枝红

玫瑰，像约好一样，许玫瞬间回复了一个握手的表情。要说正常吧，也很正常，都是发在朋友圈的，在常规的道德标准内。如果说不正常吧，确实有一些耐人寻味，金默是很少发玫瑰表情的，通常是例行公事的一个普通赞，今天的玫瑰在米兰的眼里就生出许多意味深长的刺，一簇簇扎在米兰突突乱跳的神经上。

许玫像识破米兰的心思一样破天荒地没有呼唤米兰，没有许玫出没的朋友圈安静得如同午后晒太阳的老人，眯着眼睛安静地挨着光阴，米兰第一次被这度日如年的安静闹得心神不宁。

好不容易挨到了晚上吃饭时间，米兰依然像摆弄工艺品一样把饭菜放到餐桌上，往常这个时候，米兰会温柔地喊一声开饭了，声音不急不缓不高亢也不妖娆，就像一缕清风自然而又散漫地飘到金默耳边，金默就会嬉皮笑脸地自动挪着鸭子步晃过来，等着米兰把筷子递到手边。今天米兰望了一眼埋在沙发里低头玩手机的金默，张了张嘴但终究还是把声音又咽了回去，她把怨气发泄在手中的筷子和眼前的盘子、碗上，一筷筷地戳出去，噼里啪啦的响声带着火药味在家中蔓延。金默先是愣了一下神，把头从手机里拔出来，然后就"呵呵"干笑了两声，挪着鸭子步晃着大脑袋慢悠悠地坐到餐桌前，一边伸手夹菜一边讨好米兰："辛苦了。"米兰嘴角微微向上一扯，旋即向下一拉，一丝冷笑僵持在脸上："我又不用捧别人的臭脚，也不用送玫瑰，有啥辛苦的。"

金默多聪明的人呀，一下就明白米兰是挖苦他给许玫送的那个玫瑰。他立马拿出惯用的伎俩，先是堆起一脸谄媚的笑，再用无辜的语气洗白："许玫可是你形影不离的闺密，我捧她臭脚还不是为了你好，怎么，夫人吃醋了？"米兰不屑地说："我吃醋，就你那大肚子，谁稀罕？"本来米兰是想说你个矮胖子，但她知道金默忌讳别人提矮字，心里掂量一下，把"矮胖子"三个字生生又咽了回去。

金默依然嘿嘿笑着："是呀，没有机会把别人的肚子搞大，只好把自己的搞大了。"米兰幽幽地问道："你想把谁的肚子搞大？"金默看着米兰剑拔弩张的样子，自然也没了调侃的心情，他不由得皱皱眉："嗯，你的情绪不对吧，有什么事吗？"

米兰依然幽幽地说："什么事情也没有，只是今天看到微信上有个经典语录：防火、防盗、防闺密。"

金默"哦"了一声，嘴角牵扯出一丝轻蔑，然后拿出领导的腔调总结说："微信上的东西就是折腾人类的日常事务，折腾人类的日常生活，折腾人类的精神世界，哈哈一笑可以，千万不要当真。"见米兰没有说话他就继续说道："微信真是个麻烦制造者，今天上午开会时，小王局当着班子成员和大王局的面调侃我看电影，说我还是挺浪漫潇洒的呀，其实他哪里是羡慕我，他是故意暴露我的私生活，就差说我奢靡之风了。你说我若是小青年也就算了，到了这把年纪，我看以后还是少去影院。况且大王局一再强调现在反四风，还是注意点好。"

米兰心想你若心里没鬼怕人家说什么，影院又不是歌厅酒吧，是不是也有知情人看到了什么，想到这里，她有些幸灾乐祸，用半嘲讽的口吻问道："小王局怎么知道你看电影了，难道他也去了不成？"

金默说："都是微信招惹的。许玫在朋友圈晒了一张看电影的图片，小王局问何时何地何人，许玫回复昨晚影城和你我。"

这倒出乎米兰意料，她的胃口被吊起来："许玫和小王局怎么就是好友了？"

金默皱了皱眉头："还不是上次为许玫弟弟推销红枣的事情。许玫那个人精似的交际花，还能放过小王局？小王局总问我是不是和许玫有什么呀，不然咋老回避呀。小王局的理论是，不点赞不评论的要么关系不好，要么就是太好故意避嫌。你说一起看电影的事都被许玫晒出去了，我要是不送一次玫瑰，反而让他觉得我们有什么，又拿我开玩笑。微信的朋友圈微妙得很，真真假假，虚虚实实，你不能太当真，也不能不当真。"

米兰没有吭声，她一时就糊涂起来，本来是自己要说一说金默和许玫的问题，现在反倒成了自己交友不慎给金默添了麻烦。米兰和许玫两人的友谊真像外人说的亲如姐妹也未必，但至少米兰和许玫在一起已经彼此适应习惯了，米兰习惯了被羡慕，被依赖，许玫习惯了被同情，被帮助。平时姐俩总在一起唠家常，许玫有什么烦心事比如女儿搞对象啦，旷课啦，弟弟做买卖赔啦赚啦，老家来人看病啦借钱啦等等都要和米兰倾诉一番。许玫总是说自己的日子和米兰没法比，许玫的羡慕也总是让米兰产生极大的满足，伴随而来的是米兰把许多礼品送给许玫或是帮许玫办一些事情。春节前许玫说弟弟从新疆进了一批大枣，本来是联系好了几家单位发福利用，谁知反四风就把这些红枣反掉了。米兰就让金默给想想办法，金默就牵线分管后勤的小王局，本意是让食堂少买一些，意思一下就算了。谁知小王局后来把许玫弟弟的上万斤枣都买下了，小王局组织了一场全员长跑健身活动，红枣就自然地用员工参与奖解决了。

春节前许玫为这事还特意请米兰、金默还有小王局一起吃了一顿饭。饭后金默有些不悦地提醒米兰，许玫太能折腾让她以后少管许玫的闲事。米兰当然知道许玫是什么人，许玫爱交往，见面熟，场面上总是用一脸少女的天真热情把气氛调动得恰到好处。但米兰喜欢看许玫的折腾，只有看到许玫的折腾她才真切感到自己的安逸，这是米兰心底的秘密，因为她知道许玫也是一直跟她比来着，工作、学习、对象、结婚，只是哪样她都把许玫落在后面。就拿看电影的事情来说吧，米兰和许玫都爱看电影，都喜欢电影院的感觉，本来俩闺密做伴看就可以了，但米兰总是硬拽上金默。她愿意听许玫说金局长真是模范，我们家那位小科员别说看电影了，一起散步都不陪你。

许玫和小科员的日子过着过着就过成了将就，许玫要强，小科员的安逸平庸在许玫眼里就变成了窝囊，两人便愈加拢不到一起了。后来许玫无意中把小科员和女儿的家教老师堵了个正着，直接导致婚姻解体。当许玫气愤地向米兰和金默哭诉时，米兰还叮嘱金默有合适的给许玫介绍一个，一定要高过小科员。她清楚地记着许玫当时误解了她"高"的意思，许玫说："个子高低真不重要，这么多年过来，咱们还没体会，人好，事业有成最重要。我当年……"当时许玫也知道说漏了嘴，就没有再说下去，其实三个人心里都明白许玫下半句的意思是"我当年只顾追求长相身材，不然也不会错过金默"。

许玫走后米兰曾半开玩笑地问过金默，"如果当年让你选择我俩，你会选谁？"金默一脸不屑地说："没有如果。"然后又补充道："那你就别把她老往家里领了，省得我近水楼台。"

米兰当时并没往心里去，她做梦也想不到许玫和金默两人吃起了窝边草。她想起前些天许玫的微信："人生的舞台上，每一分钟都是现场直播。"当时自己还傻乎乎地赞道"你是最好的主角"。她清楚地记得许玫的回复："我愿是你那样的主角"。这样想来许玫觊觎自己的生活已经许久了，只不过许玫和金默这场戏演得太好了。一个是共同生活多年的丈夫，一个是如影相随的闺密，米兰想着想着就惊出一身的汗，许玫可以和小王局这么快就发展成好友，那么许玫和金默认识这么多年会到了什么样的程度？

米兰想和金默谈一谈，可自己并没有什么真凭实据，唯一的线索就是微信。她后悔自己做了打草惊蛇的傻事，怎么那么快就对金默给许玫点个玫瑰提出质疑呢？看来自己还是有些操之过急了，以金默的智商恐怕是抓不到什么马脚了。可许玫就不一样了，许玫喜欢张扬，喜欢晒心情晒生活，言多必失。想到这里，米兰决定和金默、许玫把这场戏演下去，尽管她还没有想好结局。

三

聪明一世的金默没能从米兰的反常看出端倪，更没有像在单位一样把细小的问题上升到和同事或下属谈一谈的高度。他认为米兰最近正着迷微信，自己给许玫送了朵礼节性的玫瑰，米兰就吃醋了，心想小女人就是这个样子，以后自己注意，杜绝送玫瑰，点赞也是能省就省了。微信对于金默只是生活闲暇的点缀，他的生活里比微信重要的事情多了。目前正是他的关键时期，四十多岁对女人是个尴尬的年龄，对男人来讲却是魅力四射的好季节，更不用说是事业成功和仕途得意的男人了。

大王局再有两个月就退居二线了，金默和小王局都是后备干部，总部征求大王局意见后决定不再空降局长，考核后直接从两位人选中递补一位。金默知道自己的胜算比较大，一是自己是业务干部；二是大王局对自己比较支持；三是自己后备时间长；四是自己城市立体交通设计科研成果已上报总部，自己要不动声色地把加分项目做足。当然也不能忽视小王局，小王局虽然非业务出身，但人事后勤起家的干部哪个肚子里不盘着几道弯弯，同样的话从他嘴里出来永远让你挑不出毛病，八面玲珑更是自不待说。前几天小王局找到他明确表示，自己不考虑局长位置是假，但自己还真是希望金默能上位，金默上位是双赢。因为金默业务好，指标上去了，位置坐稳了就可以把他推荐到其他正职位置上，比如说书记明年也就到站了，再者自己比金默小两岁，还是等得起的。金默用他惯有的微笑和点头表示达成共识，他是不会像小王局那样说那么直白，他当然知道小王局虚虚实实、真真假假的演技，越真诚，他就心里越没底。在官场久了，他知道什么是如履薄冰，更知道话到嘴边留半句，不可全抛一片心，尤其是在虎视眈眈的对手面前。当然小王局说的合乎逻辑，也比较好操作，可是谁知道下一秒会出现什么状况呢，金默想只要小王局在自己的问题上投之以桃，自己就会报之以李的。

金默的心思全用在局长的竞争中，对每一个人、每一项工作、每一件事情都谨慎之至，不敢有半点瑕疵纰漏，但他唯独忽略了一个人，忽略了与他朝夕相处的米兰的情绪变化。

金默习惯了米兰如湖水那样平静、简单，习惯了大丈夫顶天立地扛起家里的一切，他不愿将自己的压力告诉米兰。殊不知此刻的米兰正像一条警犬调动着自己的神经系统，机警地嗅着鼻子、瞪着眼睛、竖着耳朵捕捉着分析着过滤着金默和许玫当下的生活。

米兰像过筛子一样把金默在家的时间筛了个遍，却没有哑摸到一点令她惊恐又期望的斑驳碎片。她为自己的笨拙恼怒，也为金默的城府恼怒，明明是雁过了，自己却找不到留下的痕迹。

金默除了在微信点赞外，一如既往地吃饭睡觉斗地主看微信，偶尔接几个寒暄的电话，还是和以往一样堆起一脸憨笑温和地接听，认真地应承。过去米兰总是认为金默就是那样一个老好人，对谁都是和颜悦色，一只助人之手总是那样温暖宽厚而又热情地挥舞着。但如今米兰仿佛是透视出了背后的虚情假意，她试探地问金默是谁的电话呀，你真的要帮助他吗？金默果然是没有表情地说是某某，一脸不屑的样子，把他的表里不一在米兰面前毫无掩饰地暴露个真真切切。金默说过，都是老夫老妻啦，不用再绷着神经戴个假面具生活，什么鲜花玫瑰绅士都是包装给外人看的，婚后的爱情就是屎尿屁，就是两个人变成一个人，连长相习性也日趋同化，家是彼此的港湾，相互依偎相互取暖。可如今这温暖对于米兰没有了心灵的温润，如一个冬日的暖风空调，燥得嘴唇发干，鼻孔出血。

女人就是女人，到底没有男人的缜密，尤其是心里有事的女人。米兰接到红鬃马的微信是她自己的秘密，她不想惊动许玫，可秘密就像是一粒种子在她心里生根发芽，像春天无法遮掩的"嫩绿"，让人忍不住眺望的目光。米兰觉得自己和许玫的关系一夜之间就尴尬了许多，尴尬到她不知如何面对。许玫也像是和红鬃马的微信有了某种默契，一连几天也没露面，就连电话也没有，这在以往是绝无仅有的。往常只要有时间许玫就会跑到米兰的办公室聊天喝茶，为此米兰还给许玫准备了一个天青色汝窑专用茶杯，如今想想从杯子开始就有迹象了，只是自己太大意了。

米兰爱喝茶，尤爱喝普洱，她觉得普洱那棕红色的汤汁养颜养心更养人，如她和金默的生活，厚重而不张扬。好茶就要有好杯，金默曾经送给她一只薄胎断代天青色汝窑茶杯，器型开片都恰到好处，美中不足的是杯子是卖家养过的，用金默的话说不再是处女杯，当时金默坏坏地说"开苞"费很贵的，但大多数人自己养不好开片就让卖家代养，他的朋友也是让茶家养好了才送给他的。

米兰用她的天青色汝窑杯和许玫喝茶，许玫虽然不懂茶，但并不妨碍她喜欢米兰的汝窑杯子，每次过来都爱不释手地把玩，米兰便有些显摆有些施舍意味地说："一个茶杯而已，你喜欢就送给你吧。"许玫知道米兰对自己好，但心里还是冒出一丝被接济的不悦："总不能把你喜欢的东西都送我吧，君子不夺人之爱。"当时两人唇枪舌剑地斗嘴，米兰揶揄许玫把自己比喻成君子，许玫呵呵笑着说："那我就不当君子了，但是你可别怪我，是你逼我当小人的，小人喜欢您的茶杯，就横刀夺爱据为己有了。"本来是玩笑，但话赶话的就把米兰的天青色汝窑茶杯拱手送到了许玫手里，每天看着许玫把玩着茶杯和自己单位家里有一搭无一搭地聊着，米兰隐隐觉得有些不舍和不舒服，虽然杯子还寄存在自己这里，但她却再没碰过。

米兰给自己倒上茶后，顺便从柜子里取出那只天青色汝窑小茶杯，茶杯依旧，但如今拿在手里却是怪怪的感觉，她似乎看到了杯子幽怨的目光。米兰想起金默的话，那日她将茶杯转送许玫的事情告诉金默后，金默有些埋怨地说："那只茶杯虽然不是古董，但也是难得的精品。你不要动不动就送人家东西，你要考虑许玫的感受，有时你的好心并不能起到好的作用。"当时她以为是金默舍不得那个杯子，如今想来就别有一番滋味。

茶杯让人安静，但此时米兰却是如何也安静不下来，她的心如同当年杯子一样被窑火烘烤着，悲凄而又壮烈。她仿佛看到了许玫的叽叽喳喳风风火火从杯子深邃的开片里蹦出来在眼前晃悠，仿佛听到了许玫那银铃般的笑声在杯中回荡。

她想许玫跟自己捉迷藏不露头，那她就主动给许玫发条微信，看她还如何猫着。米兰微信许玫"在吗？"随后又加了一条"在就来办公室喝茶"。许玫很快就回复了个抱歉的表情，随后跟着"哎哟，实在是对不起，我昨天来海南替学会秘书长开个年会，走得匆忙，没来得及跟你打招呼"。说完又发来一个龇牙大笑的表情。

米兰知道这种事情放在别人身上是很正常的，但对于米兰和许玫绝对是太不正常了。许玫是第一次没在第一时间告诉自己出差，是许玫发现了什么，还是内心有愧决意退出，如果悄悄退出、知错就改自己会原谅许玫和金默吗？

然而事情没有向米兰设定的方向发展，相反许玫几乎是叫板似的向米兰宣战，朋友圈便成了她们短兵相接的战场。先是许玫把微信签名改成了玫瑰，与玫瑰匹配的是天天"情种型"的感悟与美不胜收的风景图片。玫瑰像她的签名一样热烈地绽放着，通过微信把自己生活的美图、美食、美景还有美好的心情在一瞬间就排山倒海般展现在米兰眼前，并且一发而不可收拾。米兰不再点赞，不再评论，涓流般平静多年的细胞被玫瑰裹挟着、翻卷着。

玫瑰发了一组图片，日光岩、鼓浪石、郑成功纪念馆把鼓浪屿的特征昭然若揭地突显在米兰眼前，许玫告诉米兰去了海南，照片却是厦门。其实去海南开会顺路去厦门也不奇怪，但问题是金默前天去厦门开会了。再看看玫瑰配发的广而告之的文字："生活是一场天时地利的际遇，不需要等待，不需要准备。希望与你驻足于这个令人惊叹的世界。希望可以重启勇气，映着繁华与美好，全新启程，生活不再想象。"

绝对是许玫张扬的个性，看来许玫连欺骗的兴趣都没有了，她以肆无忌惮的澎湃之势把米兰拍到了沙滩上。

一周后，许玫和金默前后脚回来了。金默像什么事情都没有发生一样，不同的是比以往亢奋了许多，金默告诉米兰自己的科研成果得到了专家的认可。米兰撇了撇嘴，端详着意气风发的金默，心想许玫就差昭然若揭了，你还装，既然你装，我就奉陪。

金默的确是人逢喜事精神爽，大王局告诉他下个月部里就来考察了，有了科研奖项的加分，等于就是十拿九稳胜出了。升官、获奖双喜临门能不高兴吗，但金默懂得高兴只是在家里，在外面越是这种时候越要夹着尾巴做人。他也看出米兰有些异样，但米兰就是那样一个性子，任何的纷争都扰乱不了她的平稳与舒缓。

金默当然也发现了米兰和许玫之间的嫌隙，最近一段时间许玫和米兰臭脚互捧得有些酸不溜秋，有一点争风吃醋的感觉，他觉得问题出在许玫，许玫一个劲地晒幸福，像一枝出了墙的红杏恣意地暴露在雾霾深深荒凉灰褐的旷野上，撩拨着众人的视线，宣泄着春意，殊不知这样可劲地刷屏，让人心生厌烦也是情理之中。金默问米兰是不是和许玫闹矛盾啦，米兰反问："你是不是觉得我应该像个傻子一样被许玫糊弄来糊弄去？"金默心想你们一个闷骚，一个外露，本就不是一路人，偶尔在一起不对点、不舒服也是难免的，金默本就不希望米兰天天和许玫掺和在一起，他不失时机地说："离她远点也好，许玫还真不是省油的灯。"米兰想该不是金默沾上了许玫脱不了身了吧，她最了解金默，一个把仕途和成功看得天大的人终究是不愿给对手留下口实，早知如此，何必撩猫逗狗。

"假如生活欺骗了你，不要悲伤，不要心急……"普希金的诗是她的姿态，是她利用朋友圈向金默和许玫发出的警告，如同倒计时喊出的一、二、三，有再一再二，没有再三再四。一、二给足了他们悬崖勒马的时间，也是心底那一丝瓦全的希望，如果一意孤行，那么三四过后就是玉碎。米兰第一次为自己的清醒点赞，心底里隐约闪出对自己的欣赏。

许玫的评论是"心儿向往着未来"外加一个暧昧的坏笑。红鬃马先是点了一个赞，尔后又追加评论"大度是美德，但美德容易伤着自己，珍重"。金默没有任何反应，但米兰能感觉金默有些沉默，或者说有些心事，她乐见这种状态，因为每逢有大事时金默总是这种神态，他不说，她不问。米兰固执地认为效果在慢慢展现，既然如此，就让他慢慢思考、慢慢解决，了断一件事情一桩情事需要时间，需要理智和毅力。她等着云开雾散，等着清风自来，多少年她都是这样不慌不忙等过来的，过去金默和许玫都用一个腔调说她"真是沉得住气"，她常常莞尔一笑，如今她提醒自己谁沉住气谁就掌握了主动，她安慰自己"是福不是祸，是祸躲不过"。

四

多年的闺密生出嫌隙，在米兰看来这嫌隙大到许玫再也跨不进米兰的办公室。但许玫还是一如既往地来了，午休时间，许玫兴高采烈地找米兰喝茶，并且明目张胆地带来了鼓浪屿赵小姐家的凤梨酥、红豆酥。米兰盯着许玫的眼睛冷冷地说："我家金默前几天也去厦门了，正巧给我带回了赵小姐家的蔓越莓红茶。"没等米兰的尾音落下，许玫就迫不及待地说："嗯嗯，喝红茶，品点心，绝配呀，快沏茶。"米兰心想绝配，是暗指你和金默吗？尽管气不打一处来，但也不好发作，她冷冷一笑，连讽带刺地说："你挺能装呀。"许玫哈哈一笑："赵小姐是当年鼓浪屿的大户人家，阳光伴海浪，点心配红茶，慵懒惬意，想想都美，我们就装一回呗。"米兰说："假装那个赵四小姐，那个破坏少帅婚姻的'小四'。"许玫哈哈哈乐起来："什么赵四小姐，是赵小姐。"

茶是泡上了，点心也摆到茶几上，许玫要拍照片发朋友圈，米兰制止了她，米兰说："如今反四风，咱们大小也是个干部，能不作就不作了吧。"许玫愣了一下把悬在半空的手机收起来。米兰说最讨厌赵四小姐了，赵小姐被赵四小姐连累，殃及茶和点心，被干干地晒到桌子上终是入不了米兰的口中。以往两人也是东一榔头西一棒槌地闲扯，有一搭无一搭地把茶品上一天，今天两人对坐，都感觉气氛少了以往的默契，许玫觉得米兰像是吃了枪药，言语间夹枪带棒，难道是知道了什么，她其实几次都想跟米兰说一说自己的事情，但小王局再三嘱咐她"事成于密败于疏"，他们这个年纪经不起风风雨雨，关系特殊，还是谨慎些好。女人的直觉提醒她米兰的异常绝非偶然，一定是察觉到了什么，可自己解释不是，不解释也不是，在爱情和友情之间她尽管纠结，但终究没有把自己和小王局的恋情告诉米兰，她只有低头玩着手机来掩饰和冲淡尴尬的气氛。

两人的心情如同窗外的雾霾，灰蒙蒙凝固在天空中。两个人越发辜负了红茶的氤氲，点心的甜香，手机和微信在滑屏中偶尔发出一丝亮光和嘀嘀的响动，如同早春的红杏般多少给灰秃秃的世界带来一点温度，缓解一丝尴尬，许玫的手滑到自己微信订阅号里的"交通在线"，她一边浏览最新资讯，一边对米兰说："你们家金默他们就是厉害，'交通在线'的关注度估计要名列前茅了。"

米兰一头雾水，她不知"交通在线"是什么，但她真是等到了许玫张口说和金默有关的话题。米兰在脑海里快速搜寻着"交通在线"，但她是没有这个概念的，一来金默从来不在家提工作，二来自己也从不关心金默和他们单位的事情，用金默的话说她的任务就是把家务事做好，把自己保养好就可以了，女人太累了长皱纹。许玫一边把手机伸到没反应过来的米兰面前，一边滑动着屏幕，"看，他们还挺能博眼球，搞了个文明行车广告语大赛，一等奖两万，二等奖一万，三等奖五千，就是入围广告语也给一百元加油卡。咱俩也参与一下吧，让金默来个举贤不避亲，咱们也得个奖。"

米兰瞬间就明白了，"交通在线"是金默他们单位开的一个微信公众号，什么路况信息、服务平台、意见跟踪等都是热点热门，交通路况和每个人都息息相关，关注的人多是再正常不过的，如今又锦上添花弄个文明行车广告语征集烘人气能不火吗？但这些自己却一点不知道，她装着满不在乎地说："我作为领导家属要避嫌，你不同啊，没人知道你和金默的关系。"

许玫急忙解释："没说家属不能参与，你参加是支持他们工作，反正咱们也不忙，凑个热闹呗。"米兰酸溜溜地说："拿上奖人家说是关系，拿不上奖落个让人家笑话，丢不起那个人。"许玫说："也对，你的身份是有些特殊，那我回头写一写，写好了发出去，你记着跟你家金默说一声，同等条件下优先给咱评奖呦，拿上奖后我请你们两口子。"

晚上回家后米兰问金默他们是不是有个"交通在线"，金默"嗯、嗯"两声算是回答了，米兰看出来金默并没有深度解释的意思，若是以往她也就不问了，可今天她觉得有必要继续追问下去，而且要直接把许玫抛出去，许玫要参与要拿奖也许是暗地里两人早就说好了的事情，她不能把自己当傻子似的捧出来帮他们走过场，她对金默说："许玫要参加你们广告语征集大赛，让我给你传话，她要你给她评个奖。"金默皱了皱眉头不高兴地说："别管她的闲事了，不是让你和她少掺和吗？她太能折腾了。"

米兰说："怎么是我掺和，我根本就不知道你们有个什么'交通在线'，外人知道了你老婆还不知道，你不知道当时许玫让我看的时候我有多尴尬。她怂恿我参与广告征集，我还不是为了你没有答应。"

金默听出米兰的抱怨，他放下手中的水杯说："一个公众号有什么可说的，是小王局提议设立的。每天一大堆的意见建议推送给我，我都快被他烦死了。我是挡不住，如果我能做主我是不同意开设这样的平台，即便开设，也不留意见建议栏目，关系到民生，工作再好也难称众人心，何况如今汽车一天天增长，全国都解决不了的道路交通拥堵问题，我们不是给自己找麻烦吗？"

米兰的心思根本不在什么"交通在线"上，她在乎的是许玫怎么就知道这么个平台，她冷冷地问："不是你私下里给许玫推送过吧？不然她怎么跟你要奖。"

金默说："许玫这个人你还不清楚，每天东打听西打听，哪里有她不知道的事情，她就那么一说，你就那么一听，不要当真。她要得奖让她自己争取去。"

金默说的是真话，"交通在线"的确是金默头疼的一件事情，本来他也是对设立这个平台投了赞同票，一来是大势所趋，二来在班子会上小王局的提议是精心准备的，作为分管企业文化、内部运行的领导，"交通在线"无疑是给自己加分的工作。小王局一面说不跟自己争这个正职，一面快速给自己添加素材。这边自己刚得个业务创新奖，那边他就推出管理创新的金点子。

"交通在线"在某种意义上和自己的业务创新奖项打个平手，确切地说小王局在不知不觉中已占了上风。大王局今天把金默叫到办公室，让他关键时刻要稳住，对"交通在线"的意见开诚布公的答复，对确实解决不了的冷处理。大王局还说："我是力挺业务干部，厅里领导也是这个意见，这个时候只要不出什么乱子，应该很快就成了。"

金默知道大王局指的成了就是自己再进一步的意思，他也知道小王局弄出个意见建议平台看似为他们决策提供第一手信息，其实就是变相揭摆他们道路规划中的失误。随着这几天"交通在线"关注度的快速提升，他隐约有一种不好的感觉，可他就像大王局说的那样，他除了密切关注，及时答复，其他的只能等。

金默不想也不会把内心的焦虑说给米兰，家是他最放松的地方，家和万事兴，他觉得米兰的安静一直是他的运气所在。他从未想过这个安静的女人此时对他有了严重的误解，这误解足以把好运气给带走。

米兰知道金默不愿意让自己关注"交通在线"，更不愿意让她参与任何讨论和广告语征集，如若过去她肯定是夫唱妇随，可现在她的理解便是另一番况味。她到电信买了一个和自己原来一模一样的手机，申请了一个新的手机号，用新手机号开通了微信，当这一切做完时她异常地兴奋和激动，她用这个只有一人知道的微信号给自己加了好友，两个手机在她手中，她扫了二维码，新微信号昵称是米字拆开后的"二木"，她用二木关注了"交通在线"，并写了广告语参加了广告征集。

五

春种一粒粟，秋收万颗子。许玫从小受到的教育是付出必有所得，她一直以来就像一只勤劳的小蜜蜂，从西飞到东，没有片刻的安宁。她一直以来都比米兰努力，但命运恰恰和她开了玩笑。

许玫在内心期待破冰的际遇，她应该赶上米兰，甚至要超过米兰。如今小王局就是她的际遇，两个中年孤身男女一旦暧昧起来，就很直接也很现实，许玫本不是随便的人，但终究挡不住小女人的虚荣和幻想。小王局和金默比起来不相上下，都是局级副职，但小王局一表人才，没有啤酒肚，依然身材挺拔，体格矫健，形象分大大地超出了金默。

恋爱中的许玫被幸福裹挟着，她甚至把自己当成了小王太太。小王局的孩子和夫人在国外，本来还保持着名义上的婚姻平衡，但"裸官"现象为婚姻画上句号，小王局成了炙手可热的钻石王老五。两个离婚男女谈婚论嫁是名正言顺的事情，可小王局要求许玫不要张扬，尤其是在晋升的关键时期，对金默和米兰是不能透露一丝一毫。两个人像偷情一般，独处时激情似火，众人面前尤其是在金默和米兰面前却又是刻意地保持距离。

许玫当然希望小王局胜出，她要帮小王局赢了这一场。下午她正和米兰喝茶时，小王局微信她，让她和米兰多谈谈"交通在线"和参赛的事情。她隐约感觉这是小王局出的一张牌，但除了毫不犹豫地执行，她还有别的选择吗？其实从两人恋爱以来她就觉得小王局更多的是看中了自己和金默米兰的关系，这种关系到底对小王局有什么用她也不知道。但她清楚知道小王局是她进入新生活的救命稻草，她用尽心思去讨好他，不知不觉间自己就入戏了，像个少女般痴迷着兴奋着向往着。为了心爱的人，她愿意当小王局手中的线偶，按他的意愿和要求去和金默米兰演好这场戏。

许玫遇到小王局是千载难逢的机遇，她要把握好。可谁知这机遇也像环环扣一样，把小王局的升迁和自己的幸福扣在一起，如果小王局升不上去，会和前妻复合还是重新找一个年轻貌美的都未可知。聪明的许玫懂分寸，更明白对小王局的事情不能多问，小王局让她做什么她就做什么，不论是贤内助，还是一枚棋子，她要让小王局感到她的能力，她的重要。小王局顺利成为正局，她顺利成为小王局夫人。事实上以她的聪明只要小王局一点她就能理解透彻了，并能默契地把工作做好。

她拉着米兰参加"交通在线"的广告语征集不是为了几个钱，更不是为了名，而是为了让金默染指评奖，给小王局一个胜出的机会。但米兰似乎洞察了什么，是她和小王局的恋情还是小王局和金默之争？

那日小王局帮着解决了弟弟大枣的问题后，许玫请小王局和金默两口子聚了一次，可等她埋单时才知道小王局已经付了款。许玫在席间不好明说就微信小王局，小王局发了个笑脸：

"小意思，再说哪能让女士埋单的，你若谢我改天再请我好了。"

许玫似乎听到了弦外之音，心里生出几许温热和暧昧的情愫，那情愫牵扯着她的心，让她兴奋、让她激动也让她惶恐。她打听出小王局爱钓鱼，就给小王局发出邀请钓鱼的信息。小王局回了个笑脸和一个简单的"好"字。许玫选择了只有深爱垂钓的人才去的垭口水库，水库在山脉深处，清幽、清澈，甚至可以看到鱼儿在水中嬉戏。因山路崎岖，人员稀少，一直未被开发，所以就一直沉寂在大山中。当第二天许玫备好一切准备去接小王局时，小王局像把着许玫的脉搏一样发来微信："你打车到西出市口等。"按照平常的习惯她会多问几句，但此刻的许玫心突突直跳，这一跳就把她牵扯到了一个莫名的境地，她一句都没再问，快速地按着小王局的意思打车到了西口。西出市口的北边是高速路口，所以西出市口的车辆并不多，许玫走了几步，并没有看到前方路边有停靠车辆，正疑惑间，一辆吉普从后面驶来停在她身边，她还未看清车号，就见小王局摇下车窗轻轻地"嗨"了一声。许玫默契地拉开车门飞身上车。

许玫上车的一瞬间，脸颊发热，心脏再次突突疾速地跳了起来，一向快人快语的她上车后竟然不知说什么好，像少女般羞涩起来。她想这算什么呢？神秘得像特务接头，又像男女偷情。这时小王局体贴地递过来一瓶农夫山泉，他问："你想听什么音乐？"许玫缓过神来说："你喜欢听什么就听什么。路不好走，你开车辛苦。"小王局伸出右手拍了拍许玫的肩膀，笑了笑："有美人相陪，不辛苦。"

女人的第三感觉似乎要发生什么，垭口水库之行迷茫起来，也虚幻起来，她在心里掂量，是不是要守住底线。她知道男人轻易得到的绝不会珍惜，自己总不能因为区区一点红枣就失了原则。但隐约间她感到自己的心在动，她似乎也并不反感身边这个男人，甚至还很期待、很享受这种少女时代才有的感觉。

　　车子行驶在大山深处，偶尔有一辆农用三轮或小厢式货车出现，没有人声鼎沸，没有车马喧嚣，只有一曲《挪威的森林》舒缓流动，两个人目视前方蜿蜒曲折的山路，心照不宣地享受着这静谧的时光。小王局的右手轻轻放在许玫的手背上，温润、温暖，许玫的心再次飘忽起来。

　　到达垭口水库已近中午，许玫拿出面包水果后才知道自己是多么的落伍，小王局从后备厢里搬出野炊的炉子，烧烤架、锅碗瓢勺一应俱全，因小王局急着钓鱼，两人草草垫补了些午餐。许玫擦拭着那些德国进口的炊具："辜负了你的家当了。"小王局笑了笑："等鱼儿上钩，晚餐就丰富美味多了。"许玫愣了一下把笑停留在嘴角，脸愈加热辣起来，她想说我们太晚回去路上不是很危险吗？但张了张嘴巴，话终归是没有说出口，她转过身拿起小王局给她准备的渔竿静静等鱼儿上钩。

　　"哈哈哈，上钩了。"夕阳挂在天边时，小王局的笑声打破了这极致的宁静，一条大鱼在水面上打挺，许玫匆忙起身，才发现不知何时身上多了小王局的风衣，小王局打趣说她抱着渔竿睡着了。风衣上久违了的男性成熟的味道和温热让她再次眩晕起来，看着小王局利落地杀鱼、入锅。静谧的山谷如同恋人坚实的臂膀，夕阳下的剪影愈发的纤长，随风跳跃，扑棱棱地就撞到许玫的心里。晚餐不丰富但足够诱人也足够美味，一条烤鱼，一锅鱼汤，一份青菜，两杯红酒。小王局拿出红酒时许玫想再次推辞，可终究是说不出口，一切顺其自然、顺理成章，对着星星和月亮，伴着青草的清香和花儿的芬芳，许玫在那一刻回归了，回归到少女时代期许的梦想。

再聪明的女人，恋爱后也会变得愚钝起来，小王局唤醒了许玫心中的那个小女孩，她被希望被虚荣被虚幻的爱裹挟着，亦步亦趋地跟在小王局身后，行走在上位的路上。有几次她无意中在朋友圈为小王局点了一个赞，尽管及时删除，还是被小王局痛批一通，小王局说她："你动动脑子，让金默和他人看到会怎么想。"许玫总想问："知道又会怎么样？你未婚我未嫁。"可她终究不敢开口。她在心里为小王局开脱："是职务的升迁让他急躁，她要体谅他，帮助他。哪怕牺牲与米兰和金默的友谊。"

垭口水库是浪漫的开始，也是浪漫的结束。回来的路上小王局就变回官场上的小王局，两个人省去了花前月下卿卿我我，再见连起码的寒暄也省略了。小王局每次见她都是匆匆忙忙，没有预约，有时她正上着班，一个微信过来，她就乖乖回到自己家虚掩着门等着。两人没有预热没有前奏，直奔主题，总是在翻天覆地后，在许玫还沉浸在幸福之中时，小王局就会给许玫安排任务。等许玫想问个究竟时，小王局早已经穿戴整齐地出门了。

许玫的柔情也常常会随着关门声戛然而止，她很难将这个自私而又爱惜自己羽毛的小王局和那个水库边令她心醉的小王局联系起来。如果是以前，许玫会毫不犹豫地结束这段关系，但再三权衡后，她还是选择维护。

六

"交通在线"成了金默的心病，"交通在线"点击量越大，小王局的砝码就越重，自己的麻烦就越来越多。秘书对金默抱怨："咱们干，他们看，看的给干的提意见。以后这活还怎么干法？"金默深有同感，但也没有更好的办法，微信平台威力之大、传播之广让他不敢稍有疏忽，更何况是这种特殊时期，他告诫自己稳住，稳住，再稳住。只有稳住，才能胜出。

金默不愿和米兰谈"交通在线"，白天在单位已经为其所累，回家他只是想放松，和以往一样在米兰的淡然安静中舒缓。可米兰却像着魔一样对"交通在线"的事情上了瘾，总是旁敲侧击地把他再次引入"交通在线"。米兰以微信昵称"二木"身份参加的广告征集没有入围，而许玫的广告语赫然在列，米兰知道这其中肯定有猫腻，但自己又不能光明正大地追究。米兰的广告语是"遵规守纪文明行，让出平安路畅通"，许玫的是"你我牵手文明行，让出平安路畅通"，不能说是惊人的相似，但米兰还是看到了抄袭的痕迹。广告语征集到入围公示有十天时间，这十天金默当然有时间给许玫运作。

事实上许玫的广告语确实来自二木之手，小王局第一时间看到二木的征集语后眼睛一亮，默默记在心里。那天吃过午饭后，他微信许玫："方便否？"许玫当即回复了一个笑脸，然后匆忙回家等小王局。笑脸是他们心照不宣的暗语。亲热过后，小王局把二木的广告语写到许玫的手心上说："你再改改，就用这个参赛吧。"入围作品确定后，小王局让办公室把征集作品发到各评委邮箱，同时在平台上发布信息，公开投票。许玫开始在朋友圈拉票，以她的能量和为人票数可想而知。投票结束后，许玫票数最高，领取大奖指日可待。

米兰看到许玫在微信圈的获奖感言，也看到金默给点的赞。妒火让她无法再矜持，她把自己的原版当成评论发出去。许玫看到评论有些摸不着头脑，是米兰听到了什么风声还是米兰无意的改动，世上不会有这么巧合的事吧。许玫的好心情被米兰的评论驱赶得无影无踪，她犹豫片刻给小王局截图发了过去。

小王局是何等聪明之人，从米兰的评论到"二木"的广告语，他忽然悟出"二木"是米兰的另一个微信号。是呀，自己可以注册红鬃马的微信号，那么米兰怎么不可以有"二木"呢。他忽然感到了事情的严重性，本想用许玫在金默后院点一把火，可从金默的状态看不出任何焦灼。他只好一边赤膊上阵搞个"交通在线"的意见与建议平台，给金默添点腻歪，做点减法。同时他还可以继续用许玫广告获奖做文章，一步步眼看就要成功，谁知却撞在枪口上。小王局庆幸许玫及时给自己转来截图，想到这里他惊出一身冷汗。

小王局心事重重地把事情捋了一遍，他想也许事情并没有那么糟糕。毕竟此前红鬃马已在米兰心里种了蒺藜,如果米兰歪打正着地误会了金默呢?如果那样自己还是有胜算的。但无论如何不能再拿广告语征集做文章了,他想让许玫请客来化解危机,一来从饭局上探探虚实,如果金默和米兰知道内情,他就会公开他和许玫的恋情,以此化解抄袭危机;如果只是偶然评论,他再谋划下一步,至少自己还有一拼。他给许玫发了个笑脸,那是他们约会的暗号。

许玫按照小王局的意思请米兰和金默吃饭。许玫把饭局定在她们常去的临江仙饭店。临江仙饭店坐落在金江边上,饭店不大,但装修极其雅致,菜品也清淡鲜美,也不知老板是什么来头,生意不显山水但却火得很,牛得很,没有发票也没人投诉,顾客依然趋之若鹜。大家知道来这里的都是自己掏腰包,虽然价格贵了些,但请客的愈加显示诚意,被请的没有丝毫负担,加之环境很好,在反腐风暴下生意好像也没受什么影响。

只是此次许玫的饭局和以往不同,姐妹间生出嫌隙,怎么做亲热状,笑容在脸上都显得僵硬。小王局和金默更是各怀心思,虽然不像女人写在脸上,但心里的弦却是紧绷的。许玫说:"今天都是自家人,咱是自己家里人聚聚,也感谢大家对我的关心和帮助。"两个男人精得很,都笑着等许玫继续说,倒是米兰沉不住气了,她说:"你是和金默是一家呢还是和小王局是一家呢?"话刚出口,脚就被金默狠狠踹了一下。金默一边出来圆场一边想米兰今天抽什么风,他笑着转换话题:"自家人吃饭,不许嘚瑟发微信呀。"许玫和小王局就跟着说:"都不能,都不能啊。"

　　这时进来一个服务生，大家说你给我们催一下菜，这里我们自己照应。服务生给大家续了一遍水，然后拿出一个草编的盘子，盘子上面放着一块黄色的绒布。服务生说："各位领导，上菜前把手机拿出来统一保管，买单时归还大家。"大家会意地微笑着，心想这老板有头脑，怪不得生意这么好呢。许玫掏出手机放到盘里笑着对众人说："这饭店不得了，真是与时俱进呀。"服务生依次把盘子伸到米兰小王局金默面前，米兰本不想拿手机，可被金默踢了一脚后心里乱乱的，就不由自主地到包里去取了一部手机出来。小王局此时才发现身上就没带手机，他笑了笑说："我饭前主动放家里了。"服务员说："领导太会开玩笑了，估计手机不止两部三部吧，你是想给朋友爆料？"小王局尴尬地笑了笑说："哎呀，这服务员太厉害，小许，我和金局赴的是鸿门宴呀。"说完起身到包里取出一部手机。等盘子转到金默那里，金默的手机就在手边，他迟疑了一下还是把手机放进去了。

　　菜品是没得挑，但酒却没人响应，金默以开车为由推托，剩下的人自然没了兴致，大家以茶代酒走了走过场，一顿饭吃得就愈发尴尬，当然也就没了想要的收获。曲终人散时，才发现装手机的盘子不在房间，许玫把服务员叫来，服务员说他们根本就没有这项服务。许玫挨个屋去寻那个服务员，哪里还有踪影？许玫不依不饶地把老板叫来，老板进来后第一反应就是他们被骗了，老板说："各位领导大意了，这件事情传出去对饭店对各位领导都不好。骗子就是骗了几部手机，如果闹大了被发到微信上，就成了金城的笑话。我看我们就算破财免灾各承担一部分损失，就此了结吧，这顿饭我免单。"

许玫不依不饶，但看到金默和小王局都沉着脸说算了，自己就不好坚持。她说："实在是抱歉。明天，明天一上班我给各位一人买一部最新的手机。"

回家的路上米兰一直吊着个脸子，金默说："你一直表现很好，最近这是怎么了，说话不知轻重不分场合。"米兰说："你踢我干什么？我说错了吗？你说许玫跟你是一家还是跟小王局是一家？"金默反问："你跟她关系那么好，没有发现许玫和小王局不正常？"

米兰的嘴张了张没有出声，这时她的手机响起来，金默疑惑地问："我没听错吧，你的手机不是也交上去了？"米兰说："我为了参赛买了一部。"这时米兰才发现她交的是二木那部手机。金默问："就为了那个破广告语征集？"

米兰说："我的广告语被许玫抄袭了，而且是在你们评选环节，你当然不知道二木是我，不然你也不会给许玫，对吧？"

金默有些生气地说："你怎么不早说，我能做那么没原则的事？但小王局那么做有意义吗？许玫不至于就缺那点奖金吧。"米兰冷笑着听金默慢慢分析。金默又说："你觉得今天的手机丢得不蹊跷吗？你分别给那三部手机打个电话，看看是什么情况。"

米兰先是拨通金默的手机，手机是关机状态，她再继续拨许玫的，也是关机。等她再拨小王局的电话时，电话响了几声就挂断了，她继续拨二木的手机，也是响几声就挂断了。金默问米兰你手机上没有什么重要的信息和图片吧，米兰说没有，金默说："我的手机也干净得很，明天去买部新的，这件事就别声张了，毕竟不是添彩的事情，许玫以后还是少来往吧。"

本来吃饭前小王局约好饭局结束后去许玫家，但冷不丁闹出手机被骗这样的事情，大家就没了闲情，小王局有些埋怨许玫饭前没好好踩点以至于惹出被骗的事情。小王局的眼神让她感到一丝寒意，但许玫不想承认那冰冷的现实，她一门心思想着怎么挽回今晚的一切。

许玫想起自己的大学同学李明在公安系统，她找到李明的电话。电话响了几次，李明就是不接，许玫就试着给李明的下铺孙东打。孙东是金城日报的一名记者，和许玫一样都是同学中的活跃人物。同学聚会出通讯录时，同学们戏谑："哪里需要浪费钱印通讯录，省点银子喝酒吧，找到孙东和许玫就找到大家了。"孙东大着舌头接通许玫的电话后在那头嘻嘻哈哈说："这么晚，莫不是玫班花要约我喝酒？"许玫顾不上和他贫嘴，也没问他在哪里，方便不方便，就急匆匆地把今天晚上的事情跟孙东说了一遍。

七

案子的破获很简单，也很快。李明是市公安局的政委，给下面辖区把事情布置了下去，并强调此案件虽然小，但这种新犯罪形式影响极坏，值得重视。手下的人自然是不遗余力，刑警队长亲自带业务骨干赶到临江仙饭店侦破案件。通过调录像和锁定手机信号等手段，连夜就抓住了偷手机的蟊贼。当时蟊贼翻看了红鬃马的微信后，刚模仿着红鬃马的语气给米兰发了条微信："你丈夫和你的闺密在临江仙饭店吃饭，你发一个大红包来，我就把第一手资料发给你。"只可惜那晚米兰的手机一直睡在包里，米兰是在上班后才看到的。

带回局里一审讯，蟊贼三下两下就全招了。原来这个蟊贼是金城职业学院的一名学生，寒假时在临江仙饭店当过几天临时工，但因为房间里少了一把银质的勺子，主管批评几句并告知要从他工资里扣，他一生气就离开了。他说那些来吃饭的都是有钱人，却还偷勺子，害得他连个临时工也不能打。他一直怀恨在心，一直想报复饭店和有钱人。借助有些人怕微信曝光的心理，就策划了这次诈骗事件，只是他没想到手机在自己手里还没焐热，就被抓了起来。

刑警队长知道领导重视，就及时向李明汇报了情况。从李明安排到案件破获仅几个小时，李明心里自然高兴，事情办得漂亮，于公于私都有面子。他想这么晚给许玟打电话不合适，就把信息给孙东传递了过去。孙东刚喝完酒搂着电话不放，硬要李明过来拉他去刑警队采访，并且天明不过宿就把稿子赶出来发到了《金城晚报》微信版上了。

早晨出门时，金默再次嘱咐米兰一上班就去买手机，补卡，不要再惹事端了。金默见米兰一副不情愿的样子，就加了两句："这一阵子总部正考察干部，大王局要退了，我比较忙，其他事情能少就少。"米兰愣了一下，心想咋就把这事忽略了，大王局马上就退了，金默应该是有机会的，想到这里她绷着的脸立马放松下来，心里也不由得生出几许自责几许疑惑，一荣俱荣，这点道理她还是懂的。可谁知她正准备把和许玫的恩怨暂时搁置起来时，红鬃马的微信却异常刺眼地横在她眼前，让她欲罢不能。她试探性地发了个百元的定向红包，但呼叫几次第一手资料也没有传来。

第二天一上班许玫就过来找米兰买手机，许玫的敲门声和米兰的手机铃声几乎是同时响起来的，米兰一边接电话一边瞪着有些局促的许玫。电话是李明打来的，李明让米兰通知许玫去刑警队拿手机。

许玫和米兰到刑警队领手机时，刑警队查验过证件后给了三部手机，说小王局的手机有些奇怪，刚才还接到过一个红包，要核对本人证件后才能领。这时许玫的脸腾的一下就红起来，她担心自己和小王局的隐私曝光，因为他们还没准备好向大家公布他们的关系。她只好又搬出李明来。刑警队的人还是很给面子，人家说你拨一下电话，如果对上了证明是你们的，就签个字拿走吧。

许玫拨通了小王局的号码，但那部手机没有任何反应，许玫吃惊地说不可能呀，难道是小偷给换了卡？你不是说刚还收到红包了吗？警察问："那你说微信昵称是什么？"许玫说："是王先生。"警察说："对不起，还真不是王先生。"

大家面面相觑，一时间不知如何是好。许玫又亲自给李明打电话，警察接电话时很犹豫地说："领导，这个微信号不是王先生，是红鬃马，对不上呀。"

在一边有些幸灾乐祸的米兰一下就呆住了，她愣了一下问："微信号是红鬃马？红包是米兰发的'求真相 100 元'？"

警察笑了笑说："这回对上了。"

许玫问米兰是怎么回事，米兰说："没怎么，就是玩笑开大了。"许玫把车开到她们常去的临江茶舍，其间小王局的电话和金默的电话一直不停地分别打过来，许玫和米兰都默契着一直没接。进茶舍后，米兰把自己的两部手机和小王局的手机放到许玫面前，调出了红鬃马、米兰、二木的微信。

许玫把自己和小王局的恋爱讲给了米兰，米兰说："没看出来，你心中一直住着个小女孩。"

许玫说："小女孩被猥琐男给掐死了，我认命了。"

米兰和许玫的手机依然顽强地振动着，任凭从金默和小王局发出的震源一波波起伏着汹涌地叩击着米兰和许玫的手机，聒噪着她们的耳膜，两个人默然地端着已经没有氤氲气息、没有温度的凉茶，把目光投向窗外的江水，静静地梳理有些杂乱的思绪，舔舐有些隐隐作痛的心，回忆着江水那边的童年和江水这边的此刻，过往有些清晰也有些模糊。

当米兰和许玫在茶舍时，金默和小王局那里自然是翻了天，手机在饭局被骗瞬间成了微信朋友圈的热点，孙东的报道虽然没有点名点姓，但网友们的人肉搜索是何等之强大之猛烈，等许玫和米兰要求李明和孙东把消息屏蔽掉时，大王局和总部已经看到了这条信息。

一个月后，总部派来了新的局长，金默到异地平洲当了局长，小王局辞职，据说是和老婆复婚去了。

金默和米兰离开金城时，许玫没有送行，只是在朋友圈发了一个状态："微风过后，我等你一起喝茶。"

米兰回复一个握手的表情："微信微信，微微地信。"

亲爱的武汉

退休后的第一天，我来到郊区那个叫"江城花都"的父母家。

父母郊区的房子是我买的。买那个房子时，周边还是菜地，菜地南边是一条叫汉河的滹沱河支流。河南岸是市区，河北岸是菜地和零零散散的村落，临近快速路是规划中的江城花都小区。那天在审贷会上看到这个项目，我的心莫名地动了一下。当信贷员讲到汉河，讲到那座石桥，讲到北岸的江城花都时，我的眼角湿润了。对面的老行长盯着我涨红的脸颊，问我是不是生病了，审贷委们的目光也都齐刷刷投向我。我说我没病，我是被项目的描述惊着了。

一年后，江城花都开盘时，我为父母认购了一套带小院的大三居。所有的朋友都说我应该买市区好位置、大开发商的房子，我家老陈也建议，还是离我们近一些方便。母亲更是一百个不愿意，她说，住在郊区我们买菜都不方便，房前有条河，夏天还不被蚊子咬死？母亲的反对直接促成了江城花都小区的家。我一直想，母亲只是知道蚊子多，如果知道江城是武汉的别称呢？搬家那天，我挤眉弄眼逗父亲，父亲嗯嗯点着头，就是死活不接招，但我知道，父亲肯定明白我心里那点"弯弯绕"。

江城花都所有的一切还是三年前的样子，父亲的回忆录还在书桌上，全家福上的父亲也正在慈爱地看着我。我掸掉灰尘，翻开厚厚的回忆录，蓝黑墨水流出的欧体如水般流淌在红条信笺纸上，淙淙潺潺。父亲的生命之水，流过大别山，流过黄河，流过鸭绿江，流过华北平原，在奶声奶气的"太爷"声中戛然而止。父亲的回忆录里怎么可能没有那个她呢？我有些遗憾、有些怨气地把回忆录重重放到桌子上，半截照片从牛皮纸包装的封底里甩出来。这是一张被拦腰撕掉的半截照片，腰间的蝴蝶结、微喇的长裙，丁字形的黑皮鞋稳固地托起轻灵的细腿。瞬间我心里就出现了这样一幅画面，一对深情的眸子，两条乌黑垂肩的发辫，左手轻托肩膀上的小提琴，右手的弓划过琴弦，琴声穿越长江，穿越时空，从六十五年前向我走来。

一

"雄赳赳，气昂昂，跨过鸭绿江；保和平，卫祖国，就是保家乡……"父亲说他是唱着这首歌来到朝鲜战场的，每逢谈到这段经历，他就会不自觉地唱起来，五音不全的父亲唱这首歌时绝对不跑调。我问父亲，你当时不怕死吗？父亲说那时能去前线是荣耀，即便牺牲也是光荣的。父亲说起战争年代，说起战友，从来不用"死"字，"死"在他嘴里是"牺牲"。我常常揶揄父亲，死就是死，杨伯伯说你命大，死里逃生，能改成牺牲里逃生吗？父亲想了想倔强地说，关键是我没有牺牲。

父亲是 1950 年 12 月入朝的。入朝二十天后的一个下午，父亲刚在战地为一个陈姓志愿军叔叔锯掉半截腿，还没有完全做好包扎，美国鬼子的炸弹就从天而降，后方医院瞬间成了一片火海，父亲和志愿军叔叔们被埋在坍塌的医院里。父亲说他应该是被原木砸晕的，等他醒来，发现那位陈叔叔竟然压在他身上，他轻轻一推，陈叔叔背上就哗哗抖落一层黑灰，陈叔叔的后脑被烧成焦炭，但鼻息上却挂着细长的冰溜子，嘴角的冰霜里还镶嵌着半截红辣椒。父亲不知道起火的那一刻，断腿的陈叔叔是怎样翻跃到他身上的。我问，陈叔叔应该还在麻药苏醒过程中，怎么可能呢？父亲说，那时麻药用完了，就是清醒状态下做的手术。

父亲当时顾不上悲伤，只是拼命地一点点往外钻，扒拉开烧焦的原木、烧焦的尸体，躺在一尺厚的雪地里，喊着战友的名字，回应他的只有远方的炮声、耳边的风声。父亲说他是幸运的，那次轰炸，野战医院的医生和伤员一多半都牺牲了，是陈叔叔救了他一命。手术前他没有问陈叔叔的情况，后来父亲只是凭借几句有限的对话，猜想陈叔叔可能是湘粤一带人，令他印象深刻的是陈叔叔手术前要了一把红辣椒。

你只不过傻人有傻福罢了。母亲常常在父亲谈兴颇高时泼一瓢冷水。母亲说我的大伯和叔叔都会哄后娘开心，就父亲一根筋，不招待见。我们家是中医世家，当时大伯和叔叔的《汤头歌》都比父亲背得好，处方也讨巧。刘邓大军驻扎在我家乡时，需要医护人员，后奶奶避开大伯和叔叔举荐了我的父亲。说起这些旧事母亲就为父亲鸣不平，怎么也不该你去吧？每次说完还要求证似的盯着父亲。父亲就会呵呵一笑，说当兵好呀，不当兵能有今天的好生活？本来这就应该是对话结束了，可母亲总会再追上一句，当然好啦，不然一个土包子怎么能遇到资本家小姐。

这场面是我小时候司空见惯的，我们家所有的战争都会和这个资本家小姐挂上钩，只要母亲把资本家小姐搬出来，父亲的枪膛里就倏地失去激情，黯然成一枚哑弹。

母亲不依不饶地说，是不是觉得她就是祖国，她就是你最亲爱的人？

我常想父亲怎么那么傻呢，他就和母亲叮叮当当吵一架呗，谁输谁赢真是说不定呢。父亲的沉默往往激起母亲更大的怒火，父亲一味后退，战火愈加迅速蔓延。

母亲的连珠炮一阵比一阵猛烈，你以为我不知道你心里一直想着她，你敢说给儿子起名军青，给大女儿起名民平，不是为了纪念她？你就是想每天青平、青平地唤着她。

我那叫军青的哥哥和民平的姐姐就像我的大伯和叔叔一样

聪明，只要父母战事一开，就一溜烟似的躲出去了。只有我傻乎乎地靠在父亲怀里，瞪着乌黑的眼睛和父亲一同接受枪林弹雨的洗礼。往往母亲手中贴着资本家小姐标签的弹药用光时，就会冲着我说，你瞪什么瞪，看看你那黑洞似的眼睛，你那冰冷的眼神，简直就是资本家小姐派来的。

也只有这时，父亲才会挺身而出，他会闷闷地说一句，你过分了，没事也让你说出影来了。

母亲确实说出了影子。在以后的日子里，那个叫洪清萍的资本家小姐的影子就像一滴墨落到我心里，一点一点慢慢洇开，一点一点在我心里丰满立体起来。

1951年春节，父亲在后方医院养伤，医院里收到了许多学生写给志愿军叔叔的信件，那些信件的收件人都是志愿军叔叔。父亲拆开了一封来自江城师范的信件。

亲爱的志愿军叔叔：

在美丽的长江边，在明亮的教室里，我脑海里想象着战斗中叔叔们的样子。

我知道我们的平安是志愿军迎着敌人的炮火换来的。我通过老师和报纸、广播看到了听到了您们的战斗故事和英雄事迹。

志愿军叔叔，我要珍惜今天的幸福生活，好好学习天天向上，随时响应祖国号召。我坚信只要我们前方后方团结一致，万众一心，就能打败美国鬼子。

志愿军叔叔，您收到信后，一定要给我写信，给我讲讲战场上那些可歌可泣的英雄事迹。

向您致崇高的敬礼！

祝您勇敢杀敌，保家卫国！

江城师范一年级学生：洪清萍

1951 年 2 月 16 日

当时父亲是抱着诀别的信念回的信，他给洪清萍讲那个嚼着辣椒做手术，在最后一刻为他遮挡炮火的陈叔叔的英雄事迹。父亲说即使在后方，也能听到敌人飞机大炮的轰鸣声，他很快就要重返前线，要为陈叔叔报仇，坚决打倒美帝国主义！他鼓励洪清萍同学努力学习，将来参加到祖国建设中去。

半年后，父亲再次收到洪清萍辗转多地的信，不同的是这封信的收件人在志愿军叔叔后面多了父亲的名字。那封信的开头不再是"亲爱的志愿军叔叔"，而变成了"亲爱的志愿"，并随信寄来一张长江江堤的明信片。应该能想到，父亲再次收到洪清萍的信是多么高兴，父亲回信说，看到祖国的秀美风景，他仿佛沐浴着阳光，有着使不完的力气，有着必胜的信心。他期待胜利后与祖国亲人团聚，共同建设美好家园。再后来随着联合国军发动夏季攻势、秋季攻势，伤员人数剧增，父亲奔波在各战地医院，忙得饭都顾不上吃，当然更顾不上与洪清萍通信了。父亲说战士们是杀红了眼，他是急红了眼。直到 1953 年 10 月，父亲再次收到洪清萍的信。

亲爱的志愿：

　　您还好吗？一年零四个月我没收到您的信了。我知道前方战事紧张，您正在英勇杀敌，我知道您为了祖国和人民的平安，正一口雪一口炒面，甚至有时炒面也没有。我今天捐出了自己的零花钱，我的钱不多，无法购买飞机大炮，但可以购买武器，购买医疗用品，支援前线。想到那些物资能运到朝鲜战场，能运到您的身边，我就心潮澎湃。

　　志愿军是最可爱的人，您又是和我联系最紧密的最可爱的人。我被您讲的志愿军的英雄事迹深深感动着，您说您的心时时和祖国人民连在一起，那么我的心也和朝鲜战场连在一起，和志愿军连在一起。

　　我相信您一定会读到这封信，那么请您尽快介绍您最近的情况给我听吧，并请您寄一张照片给我。

　　向您致崇高的敬礼！

　　并祝您身体健康！

　　父亲这次很快就回了信，也随信寄去了在战地医院前站得笔挺、腰间挎着勃朗宁手枪的照片。再后来父亲就和洪清萍保持了正常的通信，父亲也收到了洪清萍站在长江石桥布景前拉小提琴的照片。那张照片的背面用一手漂亮的欧体写着：

亲爱的志愿——文杰留念

五四.十.二汉生

汉生是洪清萍的乳名，以这样的署名赠给父亲一张照片，给所有的事情和交往增添了无限的想象空间。父亲与洪清萍三年八个月通信后，爱的情愫在单身俊朗的志愿军军医和清秀美丽的师范女学生之间弥散开来，尽管这种爱没有说出口，但心已经连在一起了。

二

都说女儿是母亲的小棉袄，但我和母亲就是亲近不起来，尽管母亲像天下的母亲一样养育了我，我也像天下的女儿一样从经济上、生活上照顾母亲，然而在心中，我和母亲隔着长江。翻卷的浪花拍打着我们的生活，一圈圈的波纹在岁月里荡漾开来。母亲说我的脾气不好都怪她，怪她当年带着不到一周岁的我参加批斗会。母亲说的当年是 1967 年。

"年轻时我好傻呀。"这是退休后母亲常常挂在嘴边的一句话。每次她看到军青哥哥或者民平姐姐在娇惯他们的第三代，母亲就会感慨，母亲说那会儿我怎么就不会疼孩子呢。母亲唠叨，当年她把六岁的军青哥哥扔在家里一周，自己带着我去参加批斗会。她说六岁的孩子自己到食堂打饭，自己在家睡觉，如今想都不敢想。民平姐姐若是在场就假装埋怨母亲，你总不去幼儿园接我，小朋友们都回家了，就我一人留在幼儿园，最长一次是一个月没接我回家吧？母亲会不好意思地笑笑，也没那么长吧。往往说这话时母亲和哥哥姐姐之间都是一脸的幸福。我知道那不是真正的埋怨，那是他们对那段美好时光的幸福回忆。每到这时，我都是冷冷地看着他们，一言不发。

他们说的那时我刚刚半岁，什么记忆也没有，母亲怎么说，我就怎么听。我知道母亲说这些还是想讨好我的。从我上大学时，母亲就开始对我和风细雨。出嫁后，母亲的爱就像阳光一样一缕缕照拂在我身上。我也努力地让自己接近那些温暖，但心里有那条长江横亘着，我总是无法抵达。老陈几次批评我，要我对母亲和蔼一些，亲切一些，给女儿陈璐做个榜样。我说我知道。我强迫自己改正态度，费劲地憋出平和的腔调，可是别说母亲，就连自己也觉得别扭。我也一再叮嘱自己注意语气，可一遇到事情，我的火就像离弦的箭一样，"嗖"的一下就会蹿出来。对谁我都能理智，唯独对母亲，我控制不住。

母亲总是抱歉地说我的性格和从小出入那些批斗会有关。一个不满周岁的小女孩，被母亲带到各种学习班、各种批斗会，眼睛里看到的是一帧帧斗志昂扬的画面，耳朵里听到的是义愤填膺的话语，被塞进脑海和心灵的净是挥舞的拳头、铿锵的口号，甚至还有那动作夸张的"忠字舞"。母亲每次都是把我往桌子上一放，然后就汇入革命洪流中去。如今认识我的人都说我挺爱笑，话也挺多的，但是他们不知道我三岁前就没有说过一句话。

父母带我到医院做过各种检查。虽然那时的医疗设备还没有现在精良，但所有的结论都是我的听力正常，医生建议父母多引导我开口。如今我想，自己说话迟和家庭氛围有直接关系。哥哥姐姐两个人岁数相差小，能玩到一起。我跑也跑不动，说又不会说，自然就被他俩嫌弃。父亲本不爱说话，再加上一句说不对，就受母亲挤对，所以就更是沉默。母亲虽然说个不停，但每一句都带着火药味，幼小的我应该是自动选择了屏蔽功能。我是三岁半开口的，我的第一声不是爸爸、妈妈、哥哥、姐姐，而是开口说了三个字：布拉吉。

当时家里应该是阴云密布，父亲因为受家庭问题牵连被清除出革命队伍，强行复员回家，母亲没有想到会这样，她不顾一切站在革命队伍里，和"封资修"斗争，为表忠心还把我们兄妹三人的名字改为红、卫、兵。当时哥哥说"红"是女孩名字，他要和姐姐的"卫"换一换。母亲说"红卫兵"变成"卫红兵"是篡改革命，一句话武断地掐灭了哥哥的念头。母亲从宣讲毛著小分队回家时，还特意多领了一本毛主席语录，她想着回家后教哥哥姐姐背诵，培养无产阶级革命接班人，但现实迎接她的却是跟随父亲一起回老家改造。

母亲埋怨道，你为什么不去找李副司令员？他应该知道你是和家庭划清了界限的。

父亲说，李副司令员不久前刚被管制了，争取到复员还是部队首长照顾呢，不然也许情况会更糟。母亲问，说好了不唯成分、不唯出身的，是不是你又偷着和资本家小姐联系了？父亲想说这和资本家小姐有啥关系，但他知道母亲的脾气，自从母亲看了父亲和洪清萍的那些信件，就再也没有道理可言。父亲为了避免正面交火，绕开资本家小姐的话题直接说，部队首长说了，你如果不想回原籍，可以继续留在这里。为了孩子们，我也不建议你跟我回老家去。

这是我在父亲回忆录里看到的情景，如今探讨父亲当时是为母亲着想还是想趁机结束这场婚姻都是没有意义的事情了，但父亲的描述还是触动了我遥远而又稚嫩的记忆，我试着还原当时的情景。

母亲应当是经过激烈的思想斗争的。当时母亲是毛泽东思想宣传队的宣讲员，虽然是随军，但在春城有一份正式的工作，再加上良好的出身，母亲留在春城应该有光明的前途，我想那一天母亲应该是想留下来。

说话总像机关枪嘟嘟嘟嘟不停的母亲那天熄火了，她帮父亲默默收拾着行装。父亲把被子和大衣打成方块，母亲把父亲的衣服一件件叠好，放在印有天安门的大手提包里。我当时像个小大人一样，看着母亲那件依然挂在衣橱里的碎花连衣裙突然就开口说：布拉吉。

我一只手拽着父亲，一只手指向衣橱。我想那一刻父母一定被我的样子、我的话语惊呆了。母亲说这孩子不会被什么附体了吧。父亲说你每次吵架都提"该死的布拉吉"，孩子嘴里不说，心里肯定记下了。母亲气鼓鼓地把衣橱里的碎花连衣裙一把扯下来扔到地上，狠狠地踩了两脚。母亲一边踩一边说：布拉吉，都是该死的布拉吉。

也许是布拉吉腰间的蝴蝶结太漂亮了，也许是我把它当成我头上的那个蝴蝶结了，反正我就在那时跟跟跄跄去捡蝴蝶结，然后"哇"的一声，我大哭起来，正在踩那漂亮蝴蝶结的母亲一边抬起脚，一边大喊：小冤家，你捣什么乱？

父亲气鼓鼓地推开母亲抱起我，轻轻抚摸着我的手指，给我抹红药水，然后父亲把我的手用白纱布包裹起来。

母亲上前要看我的手，我吓得像老鼠见猫一样"吱哇"大叫，一边叫一边往父亲怀里躲。父亲说，你不能拿孩子出气。

母亲把我从父亲怀里抢过来抱怨道，她不是我身上掉下来的肉，我是故意踩她的行了吧。

我在母亲怀里挣扎着，不小心碰到了裹着纱布的手，疼得惨叫一声，再次大哭起来。父亲气恼地训斥母亲：你干什么，非要她的手残废了你才高兴？你看看你哪里有个母亲的样子？

母亲气鼓鼓地盯着父亲和我，我不是她亲妈，你带着她去找她亲妈吧！说完流着眼泪就摔门出去了。

父亲坐在床边发呆，我在父亲怀里抽噎着睡着了。等我醒来时看到母亲正弯着腰把地上的布拉吉捡起来。父亲说，你还是和孩子们留下吧。

母亲说：我留下，你好自己去找那个资本家小姐。

父亲说，你就不能好好说话，明明你是为了我，为了这个家。我也知道你心里委屈。

再后来，母亲和父亲带着我们兄妹三人回了老家，我们住到了生产队放饲料的一间土坯盖的小南屋里。北面三间是土坯里子、红砖挂面的大队部，西面是院墙和栅栏门，东面是牛棚。三头瞪着大眼睛的黄牛，在我们进来时正哞哞叫着。大队的人和父亲一起抱来一些土坯，码了离地尺高的土炕，又在土炕上放了些许稻草麦秸。母亲把我们带来的松木箱子排在炕边，我们在那上面吃饭、看书、读《毛主席语录》。回家第二天，一向乖巧的民平也哭着说不喝这水，这水咸，有小子了。母亲摸着民平的头说，乖，咱不喝生水，水烧开了就干净了。

我也学着民平的样子闹着不让点煤油灯，我说我要电灯。母亲瞪着我说，你以为这是春城呀，有煤油灯点就不错了。那天晚上母亲盛饭时，我想把油灯推倒，电灯就回来了，想着想着就一把打翻了油灯。军青大喊，是小妹故意推的。还没等我反应过来，母亲的大巴掌就抢了过来，同时飘过来的还有母亲愤怒的声音，你就知道搞破坏，要不是因为你，我们也许就不回来了。

父亲咳了两声说，跟孩子有什么关系，是我牵连了你。

每当回忆起童年，我心里就有一个绕不过去的坎。母亲陪父亲一起下放是她自己的选择，可她却总是赖在我身上，说是布拉吉惹的祸。若不是布拉吉，她就不会嫁给父亲；若不是布拉吉，她就不会踩坏我的手；若不是怕我的手残了，她就不会选择和父亲回家。其实我又何尝不是布拉吉和小提琴的受害者呢？如今闭着眼都能想到母亲带着孕育了七个月的我发现那些信件时的心情，她在一顿雷霆暴怒后生下了我。据说当时因为大出血，母亲一度生命垂危，我也差一点就夭折了。我不像哥哥姐姐一样有奶水喝，有母亲温暖的怀抱。母亲没有了奶水，我就只能沦落成一个喝米汤的可怜孩子。

自从母亲发现了父亲和洪清萍的通信，就像着了魔似的反复问父亲，你一定特别喜欢那个资本家小姐吧，你若心里没鬼，为什么不主动告诉我这些？你还在孩子的名字里用上青平，是不是以为这样她就在你身边，在你的生活里呢？

我不知道父亲到底是怎么想的，但确实如母亲所说，1957年父亲从朝鲜回国时，是买了去武汉的火车票的，当时开药铺的爷爷已经被打成了"反革命"。临行前，李政委也就是后来的李副司令员知道了父亲和洪清萍的事情，他提醒父亲不要盲目确定关系，并很快了解到洪清萍资本家小姐的身份。此时，洪清萍刚刚因为演出中自作主张演奏反动曲目正在接受组织调查。李政委说部队要派父亲去白求恩医科大学学习，父亲自己的家庭问题就已经很麻烦了，绝不能再找一个心怀反攻倒算之心的资本家小姐。父亲被李政委从去武汉的站台上拉回来后，给洪清萍写了一封信。父亲想问问洪清萍，为什么那么多曲目，非要拉一首叫什么帕格尼尼的反动曲子呢？但父亲再也没等来回信。

李政委把赴朝慰问演出的母亲介绍给父亲。李政委说这个跳舞的比那个拉小提琴的出身好。你看她对地主的恨，眼里冒着火；她对解放军的爱，眼里含着水。这才是我们革命队伍需要的人。舞台上母亲演的是贫农的女儿，穿着补丁摞补丁的衣裤，一头营养不良的黄发和一张口就露出的两颗大门牙丝毫没有打动父亲。尽管母亲长得并不难看，但曾经沧海的父亲心里想的还是那片巫山的云。父亲以病号需要看护为由躲开了。可父亲哪里能逃出李政委的手心，李政委让当文工团团长的夫人找来一条布拉吉送给了母亲。那条布拉吉是纯正的苏联版，宽松的袖子，圆润的领口，褶皱的裙摆，腰间一条布带系成蝴蝶结，别说走动，身子只要一颤便落在万花丛中。母亲就这样再次出现在父亲的世界里，阳光下母亲在后方医院的山坡上，像花朵般摇曳着，绽放着，走到了父亲的生活里。

三

大四那年暑期返校时，老陈以换乘为名来到我们县城，其实他就是找个借口来找我，来见我的家人。我埋怨他不应该莽撞造访，我觉得自己和家人还没有做好准备。

返程的路上，我突兀地问老陈，你觉得我是亲生的吗？任凭那个理科生在脑袋里如何快速计算，也算不准答案。老陈说不管你是不是亲生的，我肯定把你当成最亲的人。说完老陈觉得哪里不对劲，他说你们文科学生就是爱胡思乱想。我一本正经地说，我是要来的孩子。老陈吃惊地"啊"了一声，我看见他的嘴角一直拉到了腮帮上。过了好一会儿老陈才缓过劲儿来说，你长得和你爸简直一模一样，而且你上面还有哥哥姐姐，怎么证也证不出你是要来的呀。我说你的公式是对的，已知条件也是对的，但1加1有时就是不等于2，这个道理你应该比我明白。

老陈是农村出来的孩子，他常说如果不是改革开放，他就是一个修地球的，怎么敢奢望高攀吃商品粮的。我说我也感谢改革开放，如果没有改革开放，我也是一个修地球的。我们那会儿把回农村劳动戏谑为"修地球"。老陈这次没有"啊"，他以为我在编故事。我说我从三岁半到十二岁半在老家农村度过了九年的时光，我捡过麦穗，打过猪草，当过公社的小社员。四年级学习珠算时，母亲担心我将来干农活累，硬是让我留了一级，她对我说你算盘打好了，将来在生产队可以当个会计。老陈的嘴角又开始上翘，这是他每次吃惊时的表情。我知道他入戏了，我也入戏了。

我以为老陈要问我是怎么变成吃商品粮的，谁知老陈却说天下母亲没有不疼自己孩子的。我一猜就知道母亲跟老陈私下谈过话了，我问老陈，她跟你说什么了？老陈先是顿了一下，然后面红耳赤地说，没有，没有。我说，她那个人就那样，总想掌控别人的生活，其实我哥哥姐姐搞对象时，她都是把了关的。老陈一直嗯嗯着，任凭我怎么点拨就是不肯说母亲和他的谈话内容。他总是急于表白一个主题，母亲是关心我的，是疼爱我的。我说这些不用你说，我和母亲生活了二十多年，比你有发言权。我觉得该说说我和母亲的关系了，但看到老陈一直在那里说着母亲的各种好，雨丝般滴答滴答没有停下来的意思，我便没了诉说的欲望。但尘封的往事经过淅淅沥沥的冲刷，已经清晰地浮现在我的眼前。

我家乡是黑龙港流域的振堂县凤凰村，发源于太行山的滏阳河从我们村南流过，只要下大雨就会洪水泛滥。1963年更是遭遇了历史上罕见的洪水。在伟大领袖"一定要根治海河"的号召下，我的家乡也开展了大规模根治海河运动。我们回家后的第一个秋季，秋收刚刚忙完，父亲便和生产队的其他社员一起出河工。临行前的晚上，母亲一边帮父亲收拾东西一边叮嘱父亲，这是好不容易争取到的机会，到了工地好好干。已经改名叫章红的哥哥不服气地说，爸爸本来是革命军人，编入民兵连应当当个连长，最不济也得是排长。母亲冲着哥哥喊，可不敢胡说，若不是杨支书和你们父亲是光着屁股一块长大的，这好事能轮到咱们？从春城回到凤凰村，一家人要吃要喝，挖河虽然很苦很累，早出晚归，但是管吃管住，还能挣双倍的工分。有了工分，也就有了我们的口粮，更重要的是父亲当了河工，被编入民兵连，我们的政治地位也就有所改观了。

父亲出工的前一天，正巧是哥哥的生日。为了给父亲送行，也为了给哥哥过生日，母亲拿着从春城带回的全国粮票从县城买来五根油条。哥哥对一人一根很有意见，他说小妹那么小，吃不完一根，应该把她的一半分给父亲和我。母亲笑着摸了摸哥哥的头说，臭小子，馋了吧。说完就把自己的半根递给了哥哥，父亲也把手中的油条递给了哥哥。哥哥三口两口吃完后，就盯着我手中的油条。我不由自主地躲闪着哥哥的目光，把剩下的半根油条紧紧攥在手里。饭后从不带我玩的哥哥要跟我玩捉迷藏，条件是我把半根油条给他吃。我摇摇头说不。哥哥又说今天肚子疼，若不吃油条就会死的。我说你都吃了那么多了，肯定死不了。这时哥哥突然神秘地说，你若给我，我就给你说个秘密。我问啥秘密，哥哥说关于你亲妈的秘密。我闻了闻手上的油条，然后递给了哥哥。哥哥一边吃一边说，你是要来的孩子，你亲妈是个拉小提琴的"反革命"。

其实哥哥说的正是我心里一直猜测的，但从哥哥嘴里说出来，我好像受了天大的委屈，我哭着说，你胡说，你骗人。

已经吃完油条的哥哥不再理我，他抹了抹嘴要走，我拼命拽住他让他再说一遍。哥哥不耐烦地甩甩手说，我咋胡说了，你没听妈妈说吗？妈妈怎么不说我和民平呢，是你妈妈害得我们从春城来到乡下的。说完哥哥一溜烟跑走了。我回屋问父亲，我是不是要来的孩子，父亲说，你不是要来的，你是爸爸妈妈的宝贝。有人担着三个瘸腿的两个癞头的要换，我们都舍不得呢。我问父亲，那个拉小提琴的是谁呢？父亲怔了一下说，你还小，等你长大了爸爸再讲给你听。

工地虽然就在离我家八里地的三汊坝口，但父亲却很少回家。他们在河套里没有水的地方挖地窖，搭窝棚，铺上麦秸，手巧的还用芦苇、麦秸捆一圈炕沿。吃住都在工地上。

有一天，父亲回家取银针。他说工地上好多民工因为潮湿寒冷，劳累过度，都得了关节炎，他要给他们针灸。母亲的脸一下就阴沉起来，她快速夺过父亲手中的针盒后喊道，你不要没事找事了，如果治聋不成再治哑了，革命群众能答应你？你想过我和孩子们吗？唉，父亲长长地叹息了一声说道，我之前用梅花针治好了那么多病人，如今不能眼睁睁看着河工兄弟们不管吧？母亲说，你目前的身份是河工，不是医生。你忘了洪清萍自作主张补台的事情了？

　　那是我第一次听到洪清萍的名字，尽管母亲没有再说那个资本家小姐，也没有提小提琴，但我觉得洪清萍就是那个人，那个哥哥说是我母亲的人。那个名字就像刚刚挖掘出来的煤炭，从神秘又幽远的地层下面走到眼前的炉膛里，火苗在我心头一蹿，亮亮的，暖暖的。透过那一丝光亮我看到父亲夺过母亲手中的银针盒，毅然决然地走出了小屋。

　　父亲走后的一天，当我在胡同口玩耍时，一个老爷爷轻轻喊着我的名字向我招手。我本能地躲着他，谁知他竟然上前蹲在我面前，轻轻抚摸我的头顶。老爷爷说孩子别怕，我是你的爷爷。我说妈妈说我没有爷爷。老爷爷又摸了一下我的头顶说，怎么能没有爷爷呢，爷爷就是你爸爸的爸爸。然后他从衣兜里拿出一个小黄本，叮嘱我把小黄本交给爸爸。

　　我看着小黄本上的画和父亲的银针一模一样，就快步跑回家，把小黄本交给母亲。可母亲只看了一眼，就一巴掌飞过来，把我的鼻涕打到小黄本上，随后就拽着大哭的我向北屋大队部走去。

　　杨支书看了看母亲手中的小黄本，表扬了母亲。杨支书说，这个我给老章送到工地去，老章的梅花针在工地立了大功呢！杨支书告诉母亲前几天筑坝会战中，县武装部的郑部长亲自带领尖刀连跳到没膝的水中挡堰。郑部长的腿在战斗中受过伤，这次会战中胫腓骨骨折，若不是梅花针控制了病情，阻止了并发症，郑部长的腿就要锯掉呢。母亲问是老章行的梅花针？杨支书说老章的梅花针名不虚传呀!

父亲的梅花针是家传的,只是父亲刚学了个皮毛就当兵走了,后来在战地医院缺医少药,父亲就一边摸索一边行针,竟然也解除了不少战士的病痛。如今想来那个小黄本应该是爷爷留给父亲的秘诀。梅花针不仅治好了许多乡亲们的病,也改善了我们家的生活状况。父亲在郑部长的推荐下成了公社卫生院的一名大夫。

一年后,母亲当上了我们凤凰村的妇女队长,我们家也搬进了大队部旁边新盖的三间红砖北屋里,我和母亲的关系有了缓和,我几乎忘掉之前母亲的暴怒和她嘴里的那个资本家小姐了。然而八岁那年,母亲再次不经意把资本家小姐植入我的心里,母亲不知道,是她的一句话、她的一个冰冷眼神再次把我推了出去,使我们之间的隔阂如江河里的暗礁,经过了五十年的光阴流转,依然盘踞在我心中的某个地方。

那天我和章红、章卫背着书包回家,未进院门,母亲愤怒的喊声就穿过门缝钻到我们耳朵里。章红、章卫把书包放在院里,背起竹筐就去村外打草了。我推开门,只见母亲把一张细长的照片举到眼前,然后两手狠狠地一扯,扔了出去。母亲歇斯底里地喊,这个家刚刚好一点,你就又找那个资本家小姐。然后又对着落在她脚底下的半截照片狠狠踩了上去,一边踩一边喊,我让你去找,我让你去找。

我呆呆地看着母亲撕照片,呆呆地看着那半截照片像一片云朵上下翻转着,飘落到我脚下。那明亮的大眼睛,幽黑的眸子，辫梢的蝴蝶结，还有肩上的小提琴，就那样印在我的心里。母亲看着愣在门口的我，突然就把枪口对准我，让开，让你爸给你找你那资本家小姐的妈妈去。

母亲的训斥没有让我难过，那一刻我觉得自己幸福极了，我的眼神闪着亮光，母亲嘴里那个资本家小姐妈妈就像冬天的太阳，尽管遥远，但不失温暖与明亮。我便如向日葵般把脑袋把身子把我所有的精力都聚焦在那张照片上。我的神情更加激怒了母亲，她飞起一脚，踢飞了照片，但那半截照片似乎不愿离开我的视线，贴着地面从左面挪到右面。我生怕母亲的脚踩到她身上，不由自主地向照片走去，匆忙间被母亲伸出的脚绊了一下，来了一个着实的嘴啃地。母亲急忙拽起我，一边用手划拉我脸上的土一边说，你就不能消停点，简直就是资本家小姐派来的。

父亲终于愤怒地吼了一声，你有完没完？我就是觉得对不住她！再说如今她是死是活都不知道，你吃的哪门子干醋？

我们家的战争往往是母亲挑起，母亲总是顺着自己性子一味地让战火蔓延。但无论战火如何激烈，只要父亲一还击，母亲便被水淋一般，即使她受了天大的委屈，也只是坐在一旁嘤嘤啜泣。父亲过去拍拍母亲的肩膀，声音也柔和了许多，郑部长转业回湖北时，我托他打问一下洪清萍的下落，我是想万一郑部长能帮她一下呢。她有着那样的出身，又犯了那样的错误。

母亲抬起头，我是怕你和她再有瓜葛，我也是为了你，为了这个家呀！

父亲叹口气说，放心吧，我知道该怎么做，连郑部长都找不到她，我就是想找也找不到了。

母亲捡起郑部长的信递给父亲后问，她都敢刺杀农场领导？看来就是对新世界充满仇恨。如果她没投江，抓住了也应该是死刑吧？

父亲说，事情肯定另有隐情，只是没有当事人，所有的一切都是猜测……

当时我什么也没听懂，但我认定了我的母亲是资本家小姐，我把那半截照片捡起来放到我的手心里，我凝视着她的眼睛，亲吻着她的额头，轻轻触摸她肩上的小提琴。我和母亲的感情再次疏远起来。每当母亲训斥我时，我不会像章红、章卫一样撒娇，而是直勾勾瞪着眼前这个母亲，心里暗暗地想，如果是亲生的一定不会是这样。那个心里的母亲便一日日亲切起来，亲抚我，给我擦眼泪，听我说话，仿佛我一入梦就能触及她的眉眼、她的发丝，看见她对我微笑，听到那悠悠的琴声。我盼着自己快快长大，盼着长大后找到我的母亲。

我十二岁那年父亲落实政策，我们家搬到县城，章红把名字改回了章军青，章卫改回了章民平，红、卫、兵里唯独留下了我。不久章红当上了工农兵学员，章卫也当上了女兵。转到了县城中学读书的我，在音乐课上第一次见到了小提琴，下课后我摸着老师的琴看了又看，仿佛日思夜想的亲人一下就站到了眼前。音乐老师是上海的知青，梳着几乎拖地的长辫子，她被我不错眼珠的样子逗乐了，就问我愿不愿意跟她学拉琴。我

怔了半天，嗓子发涩，眼睛发湿，一句话也说不出，只有忙不
迭地点头。于是每天自习后，我便到老师的宿舍学拉小提琴。
我清楚地记得第一次跟老师学琴时的情景，那天老师把琴放在
我的左肩上，左手从后面帮我托起琴，右手让我像拿铅笔一样
握住琴弓，她轻轻牵着我的手腕向上鼓起推弓，向下鼓起拉弓。
随着一推一拉，我的头就不时蹭到老师的前胸，老师身上香甜
的气息让我一阵阵眩晕，恍惚中音乐老师就像那个梦中的妈妈
一般。我以为世界上的手都是和母亲的手一样粗糙，都是和母
亲给我穿衣，拉我上街时一样的硬邦邦。那天我才知道世上的
手还可以这样绵软，世上的举动还可以这样温柔。靠着这种美
妙的感觉我开始了我的学琴生活，寒假前学校文艺演出时，我
已经能拉出简单的曲子了。那天我刚把小提琴放在肩上，准备
在同学家长面前露一手时，母亲猛然间从台下向我走来，众目
睽睽之下她一把夺过我手中的琴，真是不务正业，我说你成绩
怎么这么差呢。

音乐老师对母亲说，你先听听她的琴声，这么多年我第一
次见这么有天赋的学生。

老师的话并没有打动母亲，反而让母亲更加冲动，母亲硬
邦邦怼了老师一句，我们是要考大学的，请你不要误人子弟。
说完把小提琴扔到老师怀里，紧紧拽着我回了家。

母亲把我关在家里，不允许我出去玩，更不允许去学琴。
我求父亲帮忙，父亲竟然也和母亲一个腔调劝我不要学琴。父
亲说，女孩子，还是别往文艺圈里钻，咱们学医，学点真本事，

回头爸爸把梅花针传给你。

我说，我不学梅花针，我就喜欢学琴。

母亲对父亲说，你看看，学什么不好，非要学琴，简直就是洪清萍的翻版。

父亲不接母亲的话茬儿，但父亲也不帮我。等寒假后开学时，音乐老师就回上海了，别说学琴就是再摸摸琴的机会也都没有了。

世上最慢的是光阴，最快的也是光阴。我就像屋檐下的那只小鸟，昨天还黄着小嘴，今天就钻出一双翅膀，扑棱棱飞到金城大学，再振翅落到金城银行。岁月流转中，我以为我忘了那个叫洪清萍的母亲，但只要听到见到和长江、武汉、小提琴关联的文字、声音、图片，我的心就会微微震颤。我知道，那个连父亲面都没见过的资本家小姐不是我的母亲，但她像音乐老师一样甜香的气息，像音乐老师一样的琴声，已经长在我心里了，她藏在我心底的某个角落，瞪着那双黑亮的眼睛看着我，看着我的生活。

四

女儿说她的托福成绩出来了，导师也给她写了推荐信，她已经把学校申请书发出去了。我知道女儿的心愿是去美国读书，就像我当年的心愿是学小提琴一样。老陈说孩子大了，就让她自己闯一闯吧。闯吧，我就是想拦也拦不住呀。如今的孩子们太幸福了，不只是物质上的丰裕，更多的是精神的自由。

那天我带着初中二年级的女儿去上小提琴课，从来不多上一分钟的米老师竟然拖堂十分钟，我惶恐地看着她，以为女儿哪里出了问题。老师微微一笑，那笑容就像春风，吹过山坡，树就绿了；吹过小河，水就暖了；轻拂我脸颊，我的心就安宁下来。然后她轻轻解释道，后面那个学生去美国读书了，这堂课空下来她可以给陈璐加餐。米老师说陈璐天赋好，也可以考虑到国外学习。

　　我连忙摇头说，这可不行，如果陈璐是男孩子还可以考虑，女孩还是图个安稳留在我身边吧。我说这话时女儿拉的那个"发"音突然高了八度，她那幽幽的眼神像闪电穿透琴声和尘埃，砸落在我身上。我没有理会陈璐的情绪变化，继续和米老师聊天。我说陈璐是艺术特长生，实验中学又是金城重点中学，都知道只要踏进实验中学的门，就等于一只脚跨进大学校园，没必要到国外去读大学。

　　回家的路上女儿说，我不想拉琴了。我说这怎么能行，从四岁就开始学琴，如今学了十年，扔了太可惜啦。女儿说你当时说拉琴就是培养个爱好，我为你坚持学下来了，但你不能让我一辈子为圆你的梦拉琴吧？我白了她一眼说，真是身在福中不知福。我当年想学还没条件呢。女儿说你现在学也不晚，你跟米老师那么说得来，不如就拜她为师吧。哈哈，那样你就得叫我师姐啦。

　　我们的小提琴老师是乐音琴行老板的母亲，乐音琴行是我们金城规模最大的琴行，小提琴演奏世家出身的老板为了让母亲开心，特意为母亲办了这家琴行。说是琴行，其实早期就是三间专卖小提琴的门脸，老太太除了卖琴，还负责为买琴的孩子们上课。没想到生意一天比一天红火，慢慢就增加了大提琴、钢琴、吉他等等。铺面越做越大，从一家开到三家，乐音琴行变成乐音艺术学校，犹如早春的一抹新绿，几个大晴天后就满眼满坡的郁郁葱葱。

女儿陈璐一出生，我就为她规划好了未来。我想给予她更多的爱与幸福，把女儿培养成洪清萍妈妈那样的人，不能像母亲一样粗粗拉拉、风风火火。我想象着陈璐在舞台上、在镁光灯下拉小提琴的样子。

我到乐音琴行买琴时，店员给我介绍说她家的琴都是手工琴，说完拿起一把低价位琴让我看。她说即便是我家低价位的琴也能陪孩子练过十级，你看这琴头、琴身多么周正匀称，左右的弧度就像机器刻出来的，你再听这音色，纯净、清晰、高音明亮，低音浑厚……我笑着说卖瓜的当然说瓜甜了。女店员愣了一下，旋即说我们家真不是这样，我们店的每一把琴都是米老师亲自选的。见我没有回应，又说今天米老师正在试琴呢，不信你去看看。女店员把我引到二楼的琴房，一位像是从民国走出的女人一手托琴，一手拉弓，一根夹杂银发的麻花长辫垂落在右肩，辫梢系着黑色蝴蝶结。琴声时而像微风拂面，时而像瀑布奔泻，恍惚间我觉得那琴声很远，遥不可及，又似乎很近，就缭绕耳际……眼前的景象似曾相识，仿佛是从梦中走来。我说就是它了。店员好意相劝，她笑着说米老师的这把琴价位有些高，初学者买个普通琴就可以了。我说我就要那把琴，只是我要请米老师亲自授课。店员说米老师授课费比别人高出许多，让我们先上大课，等有了基础再上一对一。我固执地说，万丈高楼平地起，基础最重要。店员为难地说米老师年岁大了，不加课，只有等艺考结束后，她的学生走一个才能加一个。我依然坚持说，我等。事实上我是等对了，我想如果不是米老师，陈璐也许早就放弃了。

半年后，陈璐排上了米老师的课。我想象中的琴声是婉转的，是优美的，是从长江里流淌出的最晶莹的浪花，带着清风的欢快，带着回声的高亢，哗啦啦，轻潺潺，如云烟浩渺，似雷雨铿锵。可那最初吱吱嘎嘎锯木头的声音让我失望，陈璐更是把拉琴当成上刑。米老师耐心地引导陈璐，不逼陈璐学琴，而是用上海普通话问，你喜欢花吗？陈璐眉毛一扬，小嘴一努，当然喜欢了。米老师慈爱的目光落在陈璐脸上，她指了指窗前的一株山茶花说，学琴就像种花，你不仅要埋下种子，更要给她浇水施肥，你每天浇呀，浇呀，就能等到她开花的那一天。陈璐每坚持拉完整一支曲子，米老师就鼓励她说，看，咱们的小花发芽了，咱们的小花长高了一点，咱们的小花含苞了，噢，陈璐坚持，坚持，我们的小花就要开放了……对我来说陪着陈璐上课是一种享受和放松，不管单位和家里有多少烦心事，只要坐在琴房，我的心就会出奇的宁静、舒缓。那琴声，那优雅的一举一动，那亲切的一颦一笑，常常让我产生幻觉，如果不是上海口音，我几乎就把她当成清萍妈妈了。我知道我又想清萍妈妈了，我的清萍妈妈还在吗？我想等陈璐脱开手了，我一定要去找找梦里的清萍妈妈。

陈璐考完业余十级后，坚决不再学琴了。女儿说，你以为我不知道，我拉琴是为了你的梦想。我的童年给了小提琴，我的业余时间给了小提琴，我都考完十级了，总可以学自己喜欢的了吧？姥姥说了，你不能把你的喜爱强加在我身上。

我一直小心呵护我和女儿的感情，我想着给她最好的教育、最幸福的童年，为此我的业余时间都用在带她学琴、练琴上了。就连她几次放弃学琴我都没有像那些琴童妈妈一样打她，我给她反复讲琴声之美，讲学琴的种种益处，讲她将来可以用琴声抚平生活的波折，讲练琴背谱子可以锻炼她的记忆力……我想陈璐说不学琴也就是使使小性子，没想到她来真格的，而且还用"我拉琴是为了你的梦想"的炮弹砸我。我垂死般挣扎着，拿起机关枪噼里啪啦一阵扫射。陈璐被我的狂轰滥炸吓呆了，我自己也呆了。刚才的我像极了年轻时的母亲，原来那言辞、那语气甚至那表情都在我的潜意识里。我再次想起了我那个资本家小姐妈妈，想象着那一汪清水的淡然，那风和日丽的静好。

那场争吵拉开了我和女儿之间战争的序幕。我让女儿读文科，女儿非要读理科；我让女儿选择上海的学校，女儿偏偏选了北京的大学；我让女儿毕业留京城，女儿再次选择了出国。每次我被女儿气个半死时，母亲就劝我，孩子大了，你就别操心了，你越说她越逆反。每到这时，母亲就成了我的出气筒，我把火撒到母亲身上，我说那你为啥当时老拧着我呢？

母亲说当时家里那么多事，政治环境、经济环境、生活环境怎么能和现在比？一天到晚多少烦心事，能让你们吃饱穿暖就行了。说完母亲叹口气，我们那代人都傻，心里怎么能不疼孩子，只是不会疼罢了。

　　我说之前没条件，我不怪你，可落实政策后，我们有条件了，你明知道我喜欢学琴，可你就是不让我学。如今陈璐学，你不帮我，还背后拉后腿。母亲嘟囔一句，不愿学琴，还有书、画、外语、奥数，孩子不学琴就不学呗。

　　我说，看看看，不打自招了吧？我说我有个同事的妈妈怎么怎么教育她，引导她儿子，我那个同事的妈妈怎么替女儿着想，你看隔壁的琪琪姥姥整天带着琪琪学钢琴，你去过一次吗？

　　母亲低下头不再吭声，我却愈加咄咄逼人，每天陈璐练琴时你就鼓动爸爸出去遛弯，你以为我不知道，你从心里就不支持陈璐学琴。当我还在义愤填膺地滔滔不绝时，父亲从书房出来叫停。他有些生气地说，我们不是不支持陈璐，我们老了，老师讲的也记不住，回来也没法纠正孩子。再说小提琴有什么好？不当吃！不当喝！孩子喜欢学工就学工，喜欢学文就学文，也不一定非要拉一辈子琴呀。

　　我说父亲是维持会会长。我小时挨母亲训斥时总是父亲出面袒护，如今一旦战火燃起，父亲依然挺身而出，只不过如今袒护的对象变成了母亲。

　　老陈劝我，一个人情商高低首先看他对家人的态度，你看看你对一个小提琴老师都那么温和、尊敬，对你自己的母亲怎么就总发脾气呢？我知道你心里是爱你的母亲的，就算为了父亲，为了给陈璐做个榜样，你也不能这样。

我委屈地说，陈璐学了十年琴，你们只知道她换了三把琴，知道松香买过多少块？拉坏了多少弓？想过我像打了鸡血般带她上课，在旁边做笔记，陪她拉琴的辛苦吗？我是喜欢米老师，尊敬米老师，人家比母亲小不了几岁，可你看人家的风度气质。琴声养人，十年间我就没见过米老师着一次急，她脸上永远是浅浅的微笑，说出的话永远是和风细雨，我是想让陈璐成为米老师一样的人。

那一段时间，任凭我说破嘴，陈璐就是不肯摸琴。米老师也批评我不能强制，越强制越会引起孩子的逆反。她说先放一放，说不准哪天她自己就拾起来了呢。还真是让米老师说准了，高考结束后，我们家中又有了琴声，尽管陈璐没有选择我的文科，也没有选老陈的理科，而是选了我们认为一个女孩子最不应该学的软件工程。父亲问软件工程是什么？是修战壕？还是修沟渠、大坝？陈璐笑着说，姥爷您说得太对了，是修战壕、修沟渠、修大坝，更是修风口，未来风口修好了，就是猪都能飞起来。

父亲知道陈璐在逗他，但依然开心地说，风口好，风口好，诸葛亮就借过东风。我们把风口修好，就不怕美国鬼子了。

陈璐上大学那年是 2008 年，父亲八十岁高龄，因为奥运会陈璐开学比往年晚了十天。陈璐盯着电视看奥运会，父亲坐在陈璐身边讲在渡江战斗中，腰间水壶被打穿救他一命的往事；讲在朝鲜，美国鬼子的飞机像苍蝇一样整天嗡嗡嗡；讲他当局长时把拿着大哥大的病人当成特务抓起来……陈璐有一搭无一搭地搭着腔，当看到奥运会上那个美国的埃蒙斯打脱了靶，父亲正讲到美国鬼子刚到朝鲜战场时身下铺着军用地毯。父亲说，真的，美国人就是那么笨，那么轴。刚到朝鲜时，他们打仗先挪挪地毯，再匍匐前进。我说你俩都不在一个频道上，一个东，一个西。母亲悄悄扯了扯我的胳膊轻声说，你爸鬼着呢，他知道你不愿让陈璐出国，这是旁敲侧击帮你做工作呢。

那天我眼睛一热，我知道父亲一直是最宠爱我的。但如果知道陈璐后来的选择，他还会帮我吗？

五

母亲常常说父亲最疼我，其实不用母亲说，我自己也感觉得到。小时候我有什么事情都是跟父亲说，我不敢也不愿跟母亲说。九岁那年冬天，我玩雪把棉鞋弄湿了，一回家就挨了母亲一巴掌。母亲说这是过年要穿的新鞋，你就这么不爱惜，这点倒不像资本家小姐了。母亲让我把鞋子放在炉边上烤，谁知一不小心，红条绒鞋帮烤煳了。我怕母亲再训我，就一个人跑出去找父亲。公社卫生院离我家五里地，虽然那条路我跟着父亲走过几次，但那天房屋、树木、田野白茫茫一片，我找不到标志物小桥，也看不到沙土岗，出村口没多久就迷路了。我"哇"地哭了起来，我想学民平一样，用哭声引起别人的注意。可四周别说人影就是麻雀也没有一只，只有太阳公公在云朵里时隐时现。我想起父亲说的中午太阳在南边，想起清萍妈妈的长江也在南边。一个火苗在心头一闪，向南、向南，去长江，去武汉找亲爱的清萍妈妈，我迎着太阳走呀走，走呀走。等父母找到我时已是傍晚，母亲上来就给了我一巴掌，她一边打一边哭着说，我的小祖宗，你这是要急死我呀。父亲一把推开母亲，把我揽进怀里，他那硬硬的胡须让我感觉又扎又痒。我附在他耳朵上问，这是咱家的南边不？父亲点头说是，然后问我到南边干啥。我嘘了一声，把嘴放在他耳朵上说，帮你找清萍妈妈呀！父亲的泪水落在我手上，他使劲抱了抱我说，好孩子，咱们谁也不找，咱们回家。那是我第一次看见父亲流泪，我用小手抹着父亲的泪水哄父亲，爸爸不哭，妈妈不在，还有我呢。

当时小啥也不懂，如今想问问父亲流眼泪是因为我，还是因为想起了清萍妈妈。但已经没有机会了。

父亲是三年前的正月初五去世的。年三十那天，军青哥哥在朋友圈发了组照片：八十八岁的老父亲擀了一家人的饺子皮，三岁的重孙子把饺子皮运到太奶手中，幸福祥和弥漫在除夕夜，丝毫没有父亲要离去的征兆。每年哥哥都邀请我们一家共同守岁，但我坚持不去。我们老家有个习俗，嫁出去的姑娘在娘家过年会穷娘家的。其实这也只是个托词，更多的是我不愿和母亲在一起，小时候不愿看母亲犀利的目光，如今不愿看母亲身上的小心翼翼。初二早晨回娘家时，哥哥说父亲有些咳嗽，我们带父亲去医院看了看。医生诊断为肺炎，开了三天门诊输液。我当时就诘问母亲，是不是又和父亲去公园了？是不是出门又没戴口罩，是不是做饭盐又放多了？如今的我就像是母亲年轻时的翻版，只是母亲当年一不如意就说资本家小姐，我如今是所有的问题都要跟母亲的失误牵扯在一起。

母亲怯怯地说，大前天他非要去公园看老战友，老杨把从他战友那里得来的最新消息告诉你爸，你郑伯伯一个月前去世了。你爸他们几个就伤感了半天，估计是心情不好，又着了凉吧。

父亲剧烈地咳嗽起来，咳嗽引起的红涨还未从脸上退去，父亲就吭吭哧哧急着说话，你妈妈照顾得好着呢，咳咳、咳咳、咳咳，父亲脸又憋得涨红起来。我说你别说话，好好休息。父亲并未理会我，咳出一口痰后继续说，我自己就是大夫，一个小咳嗽，没有什么大惊小怪的。父亲说话时眼睛一直温柔地盯着母亲。父亲说完看了看我，我当时正紧绷着脸瞪着他。父亲说都多大了，还跟小时候一样，一不高兴就不错眼珠地瞪着一双黑眼睛。我想制止他，但父亲跟小时候对我一样，投来温暖的微笑，只是如今的笑在咳嗽中颤抖着，刹那间就在我脸上勾出了一串泪水。我一边拍打父亲的后背一边说，不许再说话了，你个不听话的臭老头。

父亲却人来疯般逞能，我觉着他就像个孩子般顽皮地没话找话，兵儿穿布拉吉真好看，和你当年一个样呢。

一抹红晕从母亲眼角的沟壑里爬出来，母亲有些羞涩有些嗔怪地说，跟你说过多少遍了，兵儿穿的是裙子，不叫布拉吉。

我真后悔那天我不耐烦地打断了他们。我拉着脸对母亲说，父亲都病成这个样子了，就别再和他较真了，让他少说话，利于康复。我说我出去买点水果，你想吃什么？父亲微笑着说，我什么也不吃，你去给你妈妈买个你那样的布拉吉吧。我一边把手搭在父亲额头上，一边生气地说，老同志烧糊涂了吧？

初五早上，我被一夜的梦叨扰得昏昏沉沉，仔细回味梦里的景象，却想不起一丝一毫，莫名的烦躁使我再也无法安然入睡。我翻身起来拉开窗帘的一角，天空幽暗，没有月光，也没有星光，就连楼前路灯也因罩上了红灯笼朦胧了许多。整个楼在静谧的帷幕里微醺着，只有客厅那座爷爷留给我的老座钟在按部就班"嗒、嗒、嗒"地响着。我的心一阵紧似一阵，以至于我的呼吸都紧促起来。我推醒身边睡得正香的老陈，我对他说我要早点起去父母家。这时哥哥打电话来说父亲咳得厉害，他要带父亲去医院。我觉得秒针就是那一刻咯噔一下和时针、分针一起停止转动，凝固在早上7点钟。老陈说你等我洗一把脸，我没搭理他，慌乱中转身就往外走。车还没发动起来，老陈就追了上来，快速开车往医院方向赶。我们到医院时，父亲正在急诊室抢救，哥哥说父亲在快到医院的路上咳了一声，然后就昏迷过去。

都说父亲是被一口痰卡住的。我后来想，如果从父亲刚开始咳嗽我们就重视起来，如果父亲娇气一些，如果母亲，最重要的是母亲细心一点，父亲就不会走得这么早。尽管父亲已经到了八十八岁高龄，但他的器官还健康得很，他的各项机能还正常得很。后来父亲的主治大夫说，父亲毕竟年岁大了，看似健康，其实所有零件都老化了。我想父亲平常的健康是一个假象，抑或是在小他十二岁的妻子面前挣扎出来的年轻？老年的父亲从吃饭到穿衣到旅游等等一切都随着母亲的性子。母亲上老年大学，他就在学校外的石凳上等，母亲去买菜，他就在旁边大包小包拎着。当然父亲去公园，去看花，母亲也会陪着。只是好多活动是应该取消了的，比如冬天不再去雾霾里聊天，而是在装了净化器的房间里看电视。总之，我觉得父亲的离去多多少少跟母亲又有了关系。当医生宣布父亲心跳是一条直线时，我心里是怨恨母亲的，我忍不住要埋怨母亲没有照顾好父亲。但我还没来得及说出口，就听见民平姐姐大声呼叫，妈、妈，大夫，快救我妈！

母亲晕倒在民平怀中。母亲把众人吸引过去，看着母亲紧闭的双眼和嘴唇，我的心突然像针扎般，我推开母亲身边的民平和军青，跪在地上紧紧握住了母亲的一只手。那只手有些僵硬，有些粗糙，变形的骨节硌着我绵软的手，刺痛着我的神经。我忽然发现自己竟然没有好好握过母亲的手。母亲的手就像门前那棵冬天的紫槐，光秃秃的、苍凉的枝杈把我的心扎出了血。

大夫在一边掐人中，做心肺复苏，我在心里声嘶力竭地喊着，妈妈、妈妈。那一刻身边的母亲和我心里的母亲重叠在一起，我在心里说，妈妈，你一定要醒过来，我再也不和你较劲了，给我一个好好照顾你的机会。

母亲的嘴唇由青转紫，刚慢慢泛起一丝浅红，泪水就哗哗地从眼角顺着太阳穴流到花白的头发里，不一会儿雪白的枕头就被泪水洇湿了两片。母亲苏醒的那一刻，我长嘘了一口气，我想轻声安慰母亲，但我的声音里就是发不出和父亲说话时的娇嗔，我心里说，妈妈，爸爸走了，还有我呢。可话一出口就变成：你不要这样，父亲不希望你这样。母亲期期艾艾地说，都怪我，都怪我没有照顾好老头子。

父亲去世后，母亲就像祥林嫂一般天天唠叨没有照顾好父亲，后悔没有陪着父亲去台湾旅游。其实后悔的岂止母亲一人。看到新闻里播放两岸通航的新闻时，父亲说当年就差那么一丁点台湾就……我顺口说哪天我带你们去，如今两岸都通航了，不用打枪，咱们照样轰轰烈烈地飞过去。我说完就忘了，母亲说父亲却当了真，他曾经几次翻出宝岛地图，拿着放大镜研究了好长一段时间。我总是说等明年春天，明年春天。

春天的脚步一声紧似一声，春节马上就要到了。我有时间了，可却永远失去了带父亲去台湾旅游的机会。我放下手中的回忆录，把自己三十年前的日记本翻出来，从红色内皮里取出洪清萍的半截照片，小心翼翼地把它和从父亲回忆录里掉出来的半截合在一起。我好像看见那眸子动了一下，和我儿时梦中的一样，那眼神如月光下的湖水，闪着碎银子的光亮，那眼神更像一双温暖的手，轻轻拍打着我的脊背，让我沉醉在梦想的港湾里。我把照片放在胸前，一股热流从心底泛起，回声在身体里荡漾着，妈妈！亲爱的妈妈！

那个心底的妈妈如果还在人世，她应该也是八十岁的人了，眼睛还会那么黑，眼神还会那么亮吗？她还记得那个"亲爱的志愿"文杰吗？她一定不会知道还有一个女儿在心里装了她五十年吧？

六

我从江城花都回家后，陈璐从美国回来了。她说她准备和华兴技术有限公司签三方协议，她要回国发展。我知道陈璐从小就爱恶作剧，这次肯定又有什么歪点子。当年都左右不了她，如今更是翅膀硬了。我想只有刺激一下她，才能探个虚实，我半讥讽、半调侃她，不嫌弃家乡这落后、那污染了？

陈璐用揶揄的表情看着我说，谁让我出生在这里，嫌弃也没办法呀。子不嫌母丑，狗不嫌家贫，何况你也一天天往好处变呢。

她揶揄的表情一闪而过，黑黑的眸子里透着光亮，藏着我期待的深邃。我满心欢喜地点头，迫不及待地询问，是去北上，还是广深？陈璐拍拍我的肩膀，一脸坏笑，你这个老同志刚退休就这么"out（落伍）"。

我一边拨拉开她的手，一边嘴里嘟囔着去去去，不要给我转洋文，更不要拿你老妈寻开心。看着她靦着脸皮得意的样子，我说也没让你非要回来。陈璐哈哈一笑，你就别推脱责任了，你和姥爷早就串通一气。然后陈璐一本正经地说，一方面我们自己的"核芯"产品正需要研发人员，一方面在国外的研发机构根本就不让我们进入"核芯"领域。无论是从发展前途还是自我价值实现，国内都更适合我。再说哪个国家能有中国这么大的市场？嘻嘻哈哈的陈璐竟然把我说呆了，我认真地看着陈璐，这是那个叛逆、那个气得我肝疼的小丫头吗？我还未回过神，怎么就一眨眼长大了。面前的陈璐不再是那个委委屈屈拉小提琴的小女孩了，她是斯坦福大学软件专业的硕士。

那天她告诉我接到录用通知时，我着实吃了一惊。在我心里陈璐是愿意留在美国的，再说也没听说她报名应聘什么的，更没见她回国考试、面试，怎么就把工作都搞定了？我有些生气地说你又逗你老妈呢。陈璐说：怪不得让你退休，如今可是互联网时代呀。我在网上就可以直接投递应聘简历，哈哈哈，你女儿厉害吧？

我问，就这么简单？陈璐说就这么简单。然后陈璐又补充一句，还是跟你有关系的，因为"华兴技术"研发中心在米老师的家乡，我休息时还可以到米老师家蹭饭，还可以和米老师切磋琴艺，所以我准备签了这家公司，始作俑者就是你呢。说完她哈哈大笑起来。

我装作生气的样子狠狠瞪她，可黑眼仁里射出的都是爱意，陈璐越发笑得酣畅淋漓，我瞪着瞪着也就笑了起来，笑得泪花模糊了双眼。陈璐又放肆地拍我的肩膀，这次我没有推开她，反而很受用她的拍打，恍惚间我觉得帕格尼尼的《随想曲》从她的指尖流出来，一点点渗透在我的心里。陈璐说过完年就准备签约，趁着春节咱们去旅游如何？我说好呀，你选地儿吧。陈璐一边划拉手机一边说，过年三亚和台湾都是热线，阳光、沙滩、海浪，还有一个仙人掌，老同志你选一个吧。我说都不去，提起台湾你姥姥又要唠叨没带你姥爷去，去了三亚，更是处处有你姥爷的回忆。陈璐"嗯嗯"地点着头，我知道我俩都想起了那一幕。前年春节我把父亲在三亚清水湾沙滩上的脚印拍下来逗父亲，我说你猜一猜这像什么，猜对了有奖。我话音刚落，父亲想都没想就说，小提琴。当时陈璐哇的一声喊道，姥爷，你太有艺术范儿了。本来我想说像雁阵，可看着父亲的样子，我笑着说，抢答正确，不过您踩得更正确，您是无意中就踩出了一把小提琴呀。父亲不好意思地看看我，然后羞涩地低下头。

我说，咱们去上海如何？提前到你公司看看，有合适的再帮你租套房子。

陈璐疑惑地看着我说，我公司不在上海，在武汉呀。

我感觉自己被雷电击中一样，瞬间就呆在椅子上。陈璐用手把我惊到了天上的嘴角扒拉下来说，你不会中风了吧？

我顾不上和她瞎贫，急切地问，米老师不是上海人吗？怎么变成武汉的了？如果米老师是武汉人，那她会不会就是……那个念头在心里一闪，又自言自语道，不会吧！

陈璐眉头一锁，是不是和你期待的北上广深有距离呀？她停顿了一下，见我不吭声继续说：米老师丈夫是上海人，她是武汉的，你们关系那么好，你居然不知道？

我掐了掐自己的手指，疼，生疼，我确认不是做梦，但仍不放心地盯着陈璐问，你确定不留国外？不去北上广深？

陈璐嘟囔着说，我就知道你不同意，伤着你的面子啦？这家华兴虽然是民营，但研发能力和发展潜力都很强，再加上中心城市和长江经济带发展……

我知道陈璐误解了我的意思，我打断她说，我当然希望你回国发展了，也支持你去武汉。陈璐用长长的胳膊把我环绕起来，猝不及防地亲了我一口，然后像只小鸟跳了起来。

我对陈璐说，你赶快订高铁票，我们仨，带上姥姥，咱们过年就去武汉。

我把自己的决定告诉母亲时是费了一番思量的，我甚至有些后悔让陈璐给母亲订了票。

我来到母亲的房间时，母亲正对着父亲的照片发呆。我把刚温好的牛奶递给母亲，然后装作不在意地说，过了年我带着您去散散心吧。母亲说行。我说你喜欢去哪儿呢？母亲说没你爸爸了，我哪儿也不想去。如若以前我会转身走开，可如今看着母亲呆滞的目光，想着父亲跟我说的最后一句话是"给你妈妈买条你那样的布拉吉吧"，我便狠不下心了。我耐着性子说，您别这样，不然父亲也不安心呀。母亲说，我真后悔……

我急忙打断母亲的话，有点不耐烦地说，人都这样，活着时不知谦让，失去后总是后悔、遗憾。母亲的神色更是木然，我眼睛一闭，咬咬牙说，陈璐的那个小提琴老师，米老师回武汉了，我和陈璐想去看看她。

我已经做好了接受枪林弹雨的准备，一刹那我竟然有些幸灾乐祸，母亲手里那颗资本家小姐的炮弹如今已经失去威力，即便能爆炸，也伤不着我了。但此刻除了墙角的那座钟"嗒、嗒、嗒"一秒一秒迈着脚步，呼吸止住了，空气都凝固了，如同窗外玻璃上的冰花，任内心千娇百媚，外表依旧静若处子。

我深深地吸一口气，把目光向母亲投去。我和母亲的眼光交会在一起，母亲的眼神闪着我从未见过的亮光，她直直地看着我，看得我心里发毛。我不敢告诉母亲陈璐上班的事情，而是拐着弯解释武汉之行。我说米老师教了陈璐十年琴，米老师今年都八十岁了……母亲打断我，我也想去，你们一定要带着我去。

母亲望着我惊恐的表情说，你爸有个朋友，你们小时候我经常说她是资本家的女儿，她是武汉人。你爸最爱的人是她，你爸一生最大的遗憾是错过了她。我说，爸爸对我说过，爸爸最爱的人是你，不然爸爸也不可能这么多年都没有再去找她，但是爸爸最大的遗憾应该是没见过她，不知道她后来的状况。我第一次一口气和母亲说了那么多话。见母亲的脸上有了血色，我问母亲您去武汉是想看看那个她生活的城市，还是想找找她？母亲答非所问，现在电视都能寻人，中央台有个《等着你》的栏目，咱们能让倪萍帮着找找吗？我想帮着你爸爸找找她。

"妈妈！"那声无比深情的"妈妈"是从我心里流淌出来的，那一声在我心里发酵了五十多年，窖藏了五十多年。只一声就浓烈地逼出了母亲眼里的亮光，瞬间把我心里的堤坝撕裂了一个口子，我看见长江之水滚滚而来。我说不用倪萍，让陈璐发个帖子就行。

正月初一，我们坐上了从金城开往武汉的高铁。母亲问陈璐，有没有洪清萍的信息？陈璐说还没有。火车一路南行，跨过黄河大桥后，母亲说父亲在这个叫尧山的地方一天急行军走了八十里，父亲在桥南岸的敌占区农户家里讨了一挎包羊粪蛋，也就是羊粪，父亲用那些羊粪治好了两个发疟疾的战士。陈璐说这个方子有些偏，估计就是姥爷整理出来也没人敢用了，说完就哈哈哈大笑起来。笑完还不忘耍贫嘴说，也不对呀，应该贡献给药物研究所，没准还能成就几个科学家呢。母亲说当时缺医少药，只能用土药方，如今都有对症的药物……老的在那里自顾自忆旧抒怀，小的一边看手机一边应和着。我把目光投向窗外，看着一闪一闪的阳光，看着沉寂的土地，看着树木由灰褐变成浅绿。我问陈璐你当年考小提琴十级拉的是帕格尼尼的《随想曲》吗？陈璐骄傲地说，是呀，是第二十四首 a 小调《主题与变奏》，你忘了？我是以优秀的成绩拿的十级证书。

母亲问，是那个意大利纳粹分子写的那首曲子？我说是意大利人写的，但人家不是纳粹分子，人家是著名的小提琴大师。陈璐的目光从手机移到我的脸上。我说姥姥要寻找的洪清萍当年就是因为这首曲子被打成"反革命"的。陈璐惊奇地说这怎么可能，姥姥快给我讲讲。母亲眼睛眯了一下，然后缓缓睁开，眼神仿佛刚从遥远的地平线走来，她长长叹了一口气，然后开始了讲述。

洪清萍是武汉一个资本家的女儿，在一次志愿军回国慰问演出时，前面的演员崴了脚，她去救场，没有经过组织审查就擅自演奏了帕格尼尼的《随想曲》。有懂音乐的人说放着《义勇军进行曲》《中国人民志愿军战歌》等那么多的革命歌曲不演奏，偏偏拉一个纳粹分子的曲子，分明就是要蛊惑人心，反攻倒算。恰巧，在组织审查她的问题时，又截获了她父亲的海外来信，信上说她父亲已托了人接她和她母亲出国，就这样洪清萍被定为"反革命"下放到江城劳改农场。母亲说到这里就像水库合上了闸门，闸门内汹涌澎湃，闸门外风平浪静。母亲自顾自把头转向窗外，不再言语，任凭陈璐急切地问，后来呢？后来呢？

我说后来她用琴弓戳伤了农场副场长，然后就失踪了。有人说她逃到了国外，有人说她投了江，五十年来没有她一点消息。母亲随着我的讲述转回头看着我，我也看着母亲，我们的对望是凝视，更是对峙。慢慢地我的眼又潮湿起来，母亲的眼神越来越暗淡，阳光打在母亲脸上，她混浊的目光里竟然闪出晶莹的泪光。我把水杯递到母亲手里，母亲轻轻抿了一口，然后就把目光又投向了窗外，母亲说当年来一趟也就一天一夜，我真应该陪你爸来一趟的。我安慰母亲，来一趟又能怎么样？杨伯伯不是也找了这么多年？陈璐娇嗔地问，后来的事情呢？你们给我讲讲，给我讲讲呀。

母亲问我，你什么都知道，是吗？我瞪大眼睛望着母亲，没有点头也没有摇头。母亲平静地说，你和军青、民平都是在208医院出生的，还都是一个接生大夫，你一出生大夫就说你们老幺眼仁真黑呀，黑得见不到底，这样的孩子长大了聪明。陈璐撇撇嘴说，我妈若是聪明，这世界上就没有笨人了。母亲没有接陈璐的话茬儿，她说你买江城花都的房子是不是因为江城是你心里的"武汉"。我像个被抓了正在偷嘴吃的孩子，一时脸红脖子粗，嘴里呜哝呜哝说不出话。母亲表情松弛了一下，像说一个与自己无关的话题。也许是天意，你长得真是和她太像了。人家说怀孕时心里想着谁孩子就像谁，你说你们的父亲该多么爱她，多么想她呀，有时我自己都怀疑你是她生的。

陈璐哇的一声，姥姥，你都学会穿越了，不要太酷太炫耶，快说说是咋回事？

这时广播里传来武汉三镇的介绍，我说武汉快要到了。陈璐说这么快。母亲说人这一生可不就也这么快，都是一眨眼的工夫。

老陈接到一个电话，起身走到过道上，对方似乎是问他春节到哪里玩，老陈说陪岳母到武汉看父亲的老战友。陈璐耳朵尖，揶揄老陈，就说陪我看我的老师也不丢份儿呀。老陈说，你们来不是为了找姥爷那个叫洪清萍的战友吗？刹那间，母亲、我和陈璐都惊奇地望着老陈，老陈正不急不慌地把陈璐的小提琴从行李架上取下来。

我们沿着洪清萍当年描述的场景，从江北坐轮渡到中华码头，沿着大禹雕塑群走到桥头，再沿台阶上桥，仿佛置身于彩虹上。眺望四周，武汉三镇连成一体，俯瞰桥下，江滩江水热烈相拥。大江随时光东去，黄鹤楼在夕阳里一层层亮起灯光。桥头的风清冽地吹拂脸颊，有一丝寒意，有一丝清新，还有一丝丝温情。陈璐喊妈妈别动，她把我定格在我魂牵梦萦的江边上。夕阳的火红和远处高楼的灯光辉映在早春的江水上，微波里荡漾出一圈一圈金子般的光芒，渡轮在江面缓缓行驶。长发在肩上飞舞，我吸吮着母亲的气息，任凭江水打湿了我的眼眶。

母亲问陈璐有没有洪清萍的消息。陈璐说我又进了几个群，一个网友说前些日子也有人找过洪清萍。但据他了解的情况，洪清萍应该是投江了，五十年前那个黑夜她逃出劳改农场就杳无音信了。母亲的眼神暗淡起来，陈璐拍了拍姥姥的肩膀说，再有几个月，我毕业后就来武汉了，我再启用高级引擎，一定能找到的。老陈说杨伯伯找不到，之前也有人找，那么个大活人如果在早就出现了。我们还是好好旅游，心尽到了，也就没有遗憾了。他带我们先去了陈璐准备签约的华兴公司所在的东湖新技术开发区，又去了户部巷、古琴台。漫步在三镇的街道，我想象着清萍妈妈当年走在这里的样子，想象着女儿未来在这里的样子……

我们是返程的最后一天拜访的米老师。那天是正月初五，也是父亲的忌日。几年不见，米老师的头发已经花白，但那条长长的辫子还是从脑后编到右肩上，只不过发梢的蝴蝶结变成镶金线的黑丝绒发圈。瞬间洪清萍的影子在我眼前晃动起来，一个念头在我大脑里窜来窜去，米老师会不会就是洪清萍呢？

母亲问米老师有七十岁吗？米老师微微一笑说哪儿还有那个岁数，今年八十周岁啦。这人呀不服岁数不行，老了就越发想念自己的家乡，所以就回来了。母亲说音乐养人养心，她夸米老师精神好、气质好，然后叹了口气自言自语道，如果洪清萍活着也是米老师这个年纪。

米老师惊奇地问，你认识洪清萍？

母亲反问，你认识洪清萍？

我说，米老师就是洪清萍吧。话一出口，母亲、老陈、陈璐都齐刷刷看着米老师。那一刻，我几乎认定米老师就是洪清萍了。

米老师微微一笑，我不是洪清萍，但我和洪清萍是当年江城师范乐团的一对小提琴姐妹花。当年在学校乐团她坐小提琴第一把交椅，我坐小提琴第二把交椅。我看到一抹红晕爬上米老师的脸颊，米老师的话像个休止符那样停顿了。陈璐迫不及待地问，后来呢？

米老师的眼神暗淡下来，然后咬了一下嘴唇，缓了口气后平静地说，在慰问志愿军演出时，我不小心从台阶上滑下来，她临时救场。说到这里她的声音越来越小，我屏住呼吸盯着她，从她气若游丝的声音里印证着我所知道的洪清萍被打成"反革命"的版本。说完她缓了一口气问我，你们怎么认识洪清萍？

我说，您知道章文杰吗？

米老师惊喜地问，那个志愿军文杰？

我点了点头说，是，我是文杰的女儿，我们想替父亲再找找她。

米老师欣喜地从头到脚打量了我一遍，她说我怎么一见你就觉得眼熟呢，我见过你父亲的照片。当时同学们都是又羡慕又嫉妒。

母亲忍不住问道，都这么多年过去了，也不知她还在不在人世。

米老师说，若不是滑那一跤，被下放到农场的就是我。我内疚了一辈子，儿子学成后我提出的唯一要求就是替洪清萍看看那个志愿军的家乡。陈璐"啊"了一声。母亲说，没想到在金城我们离得那么近，差一点就能接上茬儿。

米老师点点头，又摇摇头说，当年那个农场场长欺负她，趁天黑要占她便宜，她拿琴弓戳伤了场长，就逃了出来，有人说她隐姓埋名逃到了武陵山里。

母亲焦急地问，再后来呢？

米老师叹了口气说，我也一直在找她，但就是没有她的消息。

母亲看看我，又看看陈璐，仿佛我们脸上有答案一样。

陈璐正在摆弄米老师的小提琴，她一边把小提琴放在肩上，一边笑着说：放心吧，我一定帮你们找到她。说话间，她得意地扬了扬头，轻轻拉动了琴弓，《随想曲》春风般飞舞。那琴声像极了天使的翅膀，亲吻着我们的脸颊，亲吻着武汉三镇，亲吻着过去和未来。

刹那间，我的泪水潸然而下……

青萍之末

一

　　我的美梦是被手机的振动打碎的，虽然手机关闭了铃声，但振动引发的响动也是不可小觑的，手机不停地在床头柜上发出呜呜的声音，那声音像一个大哭的人捏着鼻子捂着嘴，不通畅响亮，但喉咙里混沌的呜咽让人的头皮发麻，幽灵般呜呜呜、噗噗噗，直到把我从梦中拉回现实。

　　睡前我和家瑞记了记账，小账本上已经明显的有结余了。其实家瑞是不在乎也不屑于记账的，他总是稀里糊涂，只管挣钱，却从来不管钱的支出，但能看出我向他汇报时他还是蛮高兴的。早年王晓末曾说，姐夫不管不是正好，你再给我花钱时千万不要记账了，省得你别扭，我也痛苦。我每次也是绷着脸回击她，记账就是为了防范你砸罐。如今王晓末已经去美国十年，挣上了美元，人民币也就安安稳稳地落在我的资产账户上，一点一点地长，长得让我心里越发踏实安稳。大姐王晓青说我不要太委屈自己，别老省着。她说"省着省着，窟窿等着"。但我还是改不了节省的习惯，我一直引以为豪的是继承了家族的品质，但我不敢这样说，因为大姐王晓青并不是我们家族的，是继母丁兰兰和父亲结婚后把丁晓青改成了王晓青。我们这个家还是有点和别人家不一样，但要是不说，一般人还是看不出来，大家都羡慕我家三姐妹，岂不知大姐是继母带来的，我是父亲带来的，小妹才是他俩重新结合后的孩子，在这个家里，父亲疼爱大姐，继母对我温和，反而是小妹挨批评最多。但越是这样小妹就越自己娇惯自己，而且把对自己的娇惯放纵在我身上屡试不爽，直接导致的后果是我的存款减少。

记完账，我把手机放在床头柜上充电，然后就搂着家瑞的一只胳膊睡觉。其实我也就是睡前搂了一会儿，那会儿家瑞正靠着柔软的皮床头看斯诺克，随着那一杆杆的击球，他的胳膊也不由自主地轻轻挥动，我试图把他握成拳头的手掰开，但他依然没有搭理我的意思，我索性松开他的胳膊翻身入睡，并很快就做起了美梦。

电话是小妹王晓末打来的，之前王晓末也爱这个时间打电话，而且每次打完都是一口的 Sorry，但只要她想打，她依然会我行我素地打来。王晓末也给大姐王晓青在这个时间打过电话，当时还没等王晓末把诉求说完就被王晓青训斥一通。当王晓末哭着找我评理时，我本想借机批评她，但话出口就变成了和稀泥的调子，我说大姐晚上要写财经评论，还兼顾炒外汇，你就多理解吧。据后来王晓末说那天汇率大跌，她自己是"背着萝卜去找的擦床"。

我拿出电话时，并没有马上说话，而是轻轻下床蹑手蹑脚地往客厅走，我不说话，但这丝毫不影响电话里的声音哇里哇啦地传来，异常高亢地飘荡在午夜时分。我一边快速逃离，一边捂住话筒。家瑞在我下床时翻个身甩给我一个后背，我知道他的睡眠又被大洋彼岸加利福尼亚的王晓末殃及了。家瑞的睡眠质量很差，睡觉很轻，唯一能让他安然入睡的就是体育节目，那一场场赛事结束后，他的睡眠细胞才会尘埃落定，我的身边才会响起均匀的鼾声。

"二姐，我明天就回国了，你得来接我啊。"王晓末连我抱怨的时间都没给就下了一道圣旨。

"有什么急事吗？你才回去多久，安琪、安妮不上学了？"我发出一连串的询问。"姐，回家后再详细给你说，记着接机呀。"然后就把我留在嘟嘟的忙音里。

我把电话再打过去，但总是占线，我知道是王晓末不想和我多说。她总是这个样子，她想隐身时，任凭你打多少遍她都不带接的，过后就一句轻描淡写的"哦，没听见"，或者"哎呀，正忙着呢。二姐最好了，二姐不生气"，嘻嘻一笑就把我的气和我的话都堵回去了。大姐王晓青开始还给主持个公道，时间长了，她嘴里不说心里肯定觉得我是朽木不可雕也，也就懒得管我们了。有一次我在厨房做饭，听她和继母说："她俩就是周瑜打黄盖，一个愿打一个愿挨。"我当时心想我不愿挨能行吗？她一个人在美国，又是父母的掌上明珠，还没咋地，父母就担心得要死要活，若我不挨，大洋彼岸有个闪失还不要了父母老命。家瑞也说："你就宠着王晓末吧，习惯成自然，自然成应该。"家瑞也就是说说，其实有时他比我还宠着王晓末，王晓末一个甜甜的姐夫就把家瑞的心叫软了，何况他本不是心肠硬的人。

呆呆坐在客厅里的我，拉开窗帘，打开窗户，让月亮的光散落进来，进来的还有一两声蛙声和法国梧桐的哗哗声。窗外的法国梧桐是王晓末当年栽种的，只要夏夜打开窗户就能听到它叶子的响动。涵儿几次想把它伐掉，她说："梧桐长得快，没准哪天就把房子拱倒了。而且它叶子总爱招摇，影响爸爸休息。"我知道涵儿其实是不喜欢小姨留下的东西，她要栽种银杏树，可银杏不一样有根、不一样叶子唰唰作响！我也试图问过几个园林工人，他们说伐一棵十几年的梧桐要启用吊车，最少两千元，栽种一棵手掌粗的银杏也要一万元。我跟家瑞和涵儿说："抢钱呀，这么贵。"涵儿去了法国留学，眼不见心不烦，懒得理我，家瑞是怎么都行，这棵梧桐也就留下来。此时梧桐叶子的响声和王晓末那没头没脑的圣旨一样异常聒噪，聒噪得我心烦意乱。我想等王晓末这次走后，我的第一件事就是把梧桐树砍掉。

我是提前两小时到的国际机场，之所以把车停在入口处不远，是为了省一点停车费。谁知刚把座椅调整好，交警就来敲车窗，我立马摇下玻璃，对交警说我突然有点头晕，正在吃药休息。交警不理我这一套，立正打敬礼，然后就索要我的行车本驾驶证。我看到来真格的了，就急着下车交涉，也就在车门打开的一瞬，倏忽眼前一黑，就跌倒在小交警的身上。后来王晓末说："你真能装，舍钱不舍命，把人家小交警都吓坏了。"我生气地冲她喊："谁装了，知道不知道我接了你没头没尾的电话，担心了一天一宿，神经也绷了一天一宿。"王晓末立马搂着我的脖子嬉皮笑脸地说："都是我的错，二姐没事就好。"其实我知道这休克跟钱没有关系，准确地说是昨晚没休息好埋下的隐患，警察罚款只是导火索，才急火攻心造成休克。也就是这休克救了我，小警察不仅没罚钱扣分，还义务将美籍华人王晓末接到我车上。

　　王晓末没有回父母住的阳光水岸小区，她径直把车开回了我春江花月的家，并熟门熟路地进了车库。我说："你疯了吧，不去看二老，直接来我家做什么？"这时我才想起来她到现在还没跟我解释为什么回来。她依旧大大咧咧地说："就是想家了，想你了，打个飞的回来看看不行呀。"我说："这个世界上有王晓末不行的事情吗？但你怎么也得看看老爸老妈，那才是你的家呢，赖在我这算怎么回事？"

　　王晓末嘻嘻哈哈地拉着行李箱一边上楼一边说："二姐，这才是我家呢。"王晓末这没心没肺的就知道欺负我，她都不担心我还会不会再休克，就直接上楼洗漱然后往涵儿的房间一躺，放平身体倒时差去了，害得我一个人像个没头没脑的青蛙，肚子鼓鼓的，不过青蛙还可以叫几声，我只能生闷气。

二

继母总说我运气好，我想主要是因为房子吧。继母虽然是夸奖我，但我知道她的夸奖里五味杂陈，她为王晓末与千万资产擦肩而过惋惜，也为这资产阴差阳错地落到我身上，让我的秃尾巴上长出了漂亮的鸡翎而酸楚。

在王晓青、王晓末我们仨姐妹之间，我长得不如大姐和小妹，学历不如大姐和小妹，就连夫君的条件也比不上她俩，当年她俩的前途是一片光明灿烂，是鲜花铺就的。大姐早早地上了名牌大学的财政金融系，又是研又是博，毕业时各家研究机构和银行都抢着要。大姐是我们的榜样，但我高考时一门科目考到一半就中途晕倒了，好在那门是化学，不是主科目而且也已经答了一半，不然我是连大学的门也进不去的。我勉强上了个普通财经院校，然后分到了一个工厂当会计。小妹是青出于蓝而胜于蓝，毕业后直接进了炙手可热的财政厅。

我们姐妹的命运从上大学一刻起就分岔了。大姐嫁给了在社科院工作的大姐夫，小妹嫁给了银行的才俊安博士，只有我嫁给了车间的小工程师张家瑞。继母说："家瑞是个老实孩子，就是家里穷了点。"我结婚时，继母和父亲偷着给了我六千元，继母说："谁要问你就说是婆家给的。"我哪里敢提钱的事，更不敢张扬婆家给了六千元，家瑞的父母去世得早，鬼才相信他大嫂会给我们钱。我生来就是节俭的命，舍不得花那些钱，只有低调地放在我的存折上。再说我也不能让王晓末知道我有钱，不然一准被她骗了去。

和家瑞处对象时也为房子发愁，可谁知就赶上最后一次福利分房。当时厂里在城郊买了一块地，说是要建三栋宿舍楼，但厂里资金不够，就建了一栋。我和家瑞闪电结婚，在城郊接合部安了个一居室的小窝。因为是城郊，没有液化气，我们就和其他工人一样在厂子里偷着焊了个带烟筒的铁炉子，并且把水泥地面刷成绿色，家具也是家瑞自己打的，我俩还在床头裹上海绵包了斜纹布，后来王晓末在她的豪宅装修弄什么软包时，我自豪地说："就这你姐我十年前就会做，何必花这么多冤枉钱。"

我们在城郊的一居室一住就是六年，虽然清贫，但我觉得那是段美好的时光。涵儿在那里出生，我抱着她看农民们放羊，去地头买菜，秋天还捡拾一些花生和红薯。我也知道我的一居室和父母的三居室不能比，和大姐的两居室也不能比，不管是地段还是设施。我很少邀请家人过来，但晓末不管那些，只要放了假她就会跑到我家来，赖在门厅的沙发上，弄得家瑞大夏天也不敢光膀子。晓末说："在二姐家舒服，不用听大姐教诲，不用看爸妈脸色，还可以什么也不干，想几点睡几点睡，想几点起几点起，没事时还可以把涵儿逗哭。"这倒是真的，大姐见到晓末总是一副诲人不倦的样子，大姐家的璐宝贝天天忙着数奥英奥舞蹈钢琴，没时间让她逗，晓末在大姐家也就自觉不自觉地正襟危坐，用她自己的话说"连大气都不敢出"。

其实那会儿我们厂子效益开始下滑，我的日子正捉襟见肘。我和家瑞就盘算着干点什么，大姐说："你炒股票吧，我可以给你一些指导。"我和家瑞就拿着父母结婚时给的六千元开户入市，在大姐的指导下买了龙头股份，第二天看见大盘变绿，吓得我一宿没睡着，给大姐打电话，还没说完，就被大姐骂了回来。第三天我不敢去股市，中午让家瑞去看盘，继续绿，晚上大姐主动打来电话，大姐说跌破百分之二十了，割肉吧。我和家瑞哪舍得割肉，索性就不去看了。直到有一天王晓末告诉我我的股票涨停板了，我进场一看，已经盈利百分之五十，当即我就全部抛出，谁知大姐和晓末又都批评我"行情刚起来"。我听完这话又想买股票，可总怕又变绿，就忍着忍着，终于看见股票开始变绿，又一个猛子扎进去，红一点拿着，又红一点还拿着，直到大盘急转直下，从脖子到腰再到脚脖子。我看着大姐和晓末谈股票，听她们讲如何补仓如何割肉如何落袋为安，一脸决胜千里之外的神采，再看看自己的亏损，嘴边长出了一串火泡。家瑞说咱们还是找个踏实点的活吧，于是他就丢下我们娘俩，周六日兼职去郊县的一个私人小药厂当技术指导。我也偷偷找了个兼职，每月给个体户做账，挣一点辛苦钱补贴家用。等我们的厂子要破产重组时，我和家瑞毫不犹豫地拿到安置金，家瑞名正言顺地到郊县小厂当起了总工，我也进了会计事务所。

我的日子开始活泛起来，手里的存款开始一点点长。晚上没事时我和家瑞躺在被窝里感慨，我们的运气还真是不错，和王晓青、王晓末不能比，但比厂子里的其他人强多了。感慨之余家瑞对我说："只是厂子破产了，不然那两栋楼盖起来，我们可以分到至少两居室。"我也遗憾地说："是呀，涵儿一天天长大，要是能有大姐那样的两居室就满足了。"

三

家瑞说如果不是晓末，依我的性格是断然不会买下春江花月别墅的。我每次都反驳说如果不是张峰，说不准我早就买下别墅了。

张峰是家瑞的侄子，当年家瑞的父母走得早，家瑞是跟着大哥大嫂长大的。长嫂如母不如母我不知道，我见证的是只要一遇到张峰和大嫂的事，家瑞就没了原则。

当年晓末拿着春江花月的宣传单找我和大姐，她说那块地将建一个高档的别墅区，只有三百多套，土地马上挂牌，她能从内部给我们姐仨一人订一套。我当即就说："我可不去那么远，再说我们也没那么多钱。"王晓青也说："不管是从居住还是从投资角度，春江花月都不是上乘之选，近百万的投资放到基金五年就翻番。而且市区两居室的小户型流通快，没必要买那么远。"王晓末说我们不会享受生活，春江花月别墅区后面是山，前面是水，天然氧吧，而且外环路的规划就要批下来了，到时候开车进市区也就二十分钟。但王晓青还是嗤之以鼻，她说要想舒服可以买市区的花园洋房，密度小，配套也好。

为劝说我买春江花月的房子，王晓末还专程来我家引诱涵儿和家瑞，她说："我可以给二姐订靠外环路的联排，并从中选好一点的，那个价格也就是中间价格的一半。"她对涵儿说："那里面夏天有青蛙王子和知了的叫声，春天花团锦簇，秋天海棠石榴就挂在额头，连冬天的雪人也比市区的白净。"家瑞和涵儿很快就被说动了，我也跟着憧憬起来，当即就答应订一套那样的联排，不就是吵点吗？但价格是一半呢，一用价格衡量我的心就越发觉得合适。然而父母和大姐还有周边的朋友都极力反对，正当我犹豫不决时，家瑞的侄子张锋考上本市的大专投奔我们来了，张峰一来我们就是有心买也没有钱支付了。王晓末气鼓鼓地说："我的傻二姐，你就傻吧。"我说："你姐夫家的情况你不是不知道，出来混迟早要还，如今人家侄子来了，我不傻又能怎么样？"

　　春江花月别墅就这样第一次与我擦肩，我和家瑞按揭了一套市区两居室。

　　我们供张峰读了三年大专，又给他在朋友的药厂一家上市公司找了工作，本想万事大吉了，谁想这孩子只在单身宿舍住了几天就跑回家来了。家瑞的大嫂还专程带着小米绿豆来看我们，大嫂说："峰儿跟着叔叔婶婶我们就放心了，你们该批评就批评他，该管教就管教他。"我知道这管教的意思就是给他继续找对象，直至结婚。无奈我只好央求王晓青和王晓末给他介绍对象，大姐说都什么年代了还要我们找，那么大小伙子你让他自己锻炼着找去，同学，同事堆里搜寻着点。王晓末开始也是这个观点，琢磨过后她拍着胸脯说："这事交给我，我让区财政给从城中村找找，等过一段拆迁时还能分套房。"王晓青说："晓末总算办个正经事，这个主意好。"

接到王晓末电话的那天，我是从心眼里感慨呀，"到底是亲姐妹，晓末还真是费心了。"王晓末从桥西区南里村找了个独生女，而且女孩的伯伯还是村主任。女孩家一看就是老实本分那种，就是女孩矮了点胖了点，和张峰从长相上不太般配。家瑞家的人都长得高大，而且浓眉大眼，一脸的憨厚喜相。我觉得我当年好像也是一眼就看中了家瑞的长相，不然我也许会等着父母和大姐给找个本市家里条件好的呢。我一边诱导张峰找这样的女孩未来日子会如何舒服，一边说过日子人好最重要，不仅说还让家瑞佐证："是这样吧？你说对吧？"家瑞立马表态："你婶子说得太对了，多接触，若人家没意见就尽快定下来吧。"

我把意见反馈给王晓末，王晓末自豪地说："城中村改造马上开始，便宜张峰这傻小子了，姐你得要补偿呀，这么多年白供他了，他一下就能分两套房，住一套租一套。"我说："我倒不是要沾他的光，只要他和你一样，不再拖累我，我就知足了。"王晓末说："我跟你那傻侄子怎么比呢？要知道你这么想就不管你家事了。"我吓得马上求饶，我说就当你给姐买房子了。王晓末才嘿嘿一笑："这还差不多。怎么样，这些年你没白投资我吧。"

那些日子一想到张峰未来的房子，我和家瑞就无比轻松，我还加大了买家瑞爱吃的烧鸡的频率，也加大了做涵儿爱吃的油焖虾的频率。但谁知好景不长，我们的轻松时光很快就被王晓末的训斥打断。王晓末说："你们家张峰怎么回事，总也不主动约人家女孩，见了面也不热情，一副肉吞吞的样子。"我说："不能呀，利弊都跟他讲了，而且也让他好好处，尽快定下来就结婚的呀。"王晓末口吐脏话："结屁婚呀，人家女孩的伯伯说了，人家没嫌弃他农村的家，倒是他总是一副不情愿的样子，想成就好好处，不愿意就直说，等着当女婿的排着队呢。"然后又补充道："你当回事管管，别连你家侄子也管不了吧。"我当即拍着胸脯说："管得了，你跟人家解释解释，他就是老实孩子，我们让他父母来，双方家长见个面，这事就算定下来了。"

我和家瑞跟大嫂谈张峰的婚事时，我一个劲强调："人家能分两套房子，人家没有儿子，就一个闺女。"谁知大嫂说："房子可以买，个子小长不高吧，而且还胖，回头让村里人说俺贪图房子，把儿子赔出去了。"

一桩完美的婚事告吹。我发誓再也不管张峰的事了，张峰倒也知趣，彻底住到了厂子。

我的生活又归于平静，这期间晓末和安博士搬进春江花月别墅，大姐也买了世纪城的花园洋房。我虽然住在两居室里，但那时我们的小账本上又出现存款了，而且存款还在噌噌地涨。家瑞说我们也考虑换个三居室吧，不能跟大姐小妹比，但总还是能让你住得舒服些，这些年你跟着我受苦了，我当即激动得热泪盈眶。

三居室的梦就像秋天的风，让日子充满金灿灿的喜悦。我和家瑞开始关注新的楼盘，我本想问问王晓青和王晓末的意见，后来想想还是算了，虽然是亲姐妹，毕竟不在一个层次上，眼界眼光一直就差许多。王晓末乐于她的春江花月，但父母去住了三天就跑回来了，父亲说偌大的小区像个鬼城，晚上除了路灯，没几户窗户是亮的，住在那瘆得慌。继母说，买个菜还要打的，连个公交车都不通，太不方便。但王晓末和安博士自得其乐，每天怡然自得地开着奥拓驰骋在市区和春江花月的路上。

我和家瑞终于在父母住的附近看中了阳光水岸的三居室，家瑞说这有水，有蛙声，还有阳光，是可以住到老的，我们定了个性价比最合适的二楼。

四

我从没敢想这辈子还能住上和父母一样的三居室，更没想到有朝一日还能住上晓末的春江花月别墅。

如果说三居室是幸福的药引子，那么阳光水岸就是老天对我们的赏赐。我们订阳光水岸一期时没几个人看房，只有一片蓝图，土地上还矗立着老旧的楼房，谁知没几天，报纸、电视的广告铺天盖地，再加上实验中学和幼儿园的配套，二期房号就变得炙手可热，要抽号才能订上，给人的感觉似乎不是买房，而是抢房，更想不到的是有人要出五万块钱买我们的房号。五万呀，那是我给人家做账辛辛苦苦两年的工资，我跟家瑞说不然咱卖了吧，回头再去看别的楼盘。家瑞总是一副疼爱我的腔调："怎么都行，你做主。"

我其实是没主意的，我给大姐打了电话，想咨询一下专家的意见。大姐说："人家能花五万买你的号，说明你的房子升值潜力不止五万，自己想吧。"说完又叮嘱我："王晓末闹着要出国，正和老俩折腾呢，你就别去招惹她了。"我把大姐的意见说给家瑞，家瑞说："多少钱跟咱也没关系，咱是要真住呢，我也建议不卖。"

　　房子踏实了，可王晓末的事让我心里闹腾起来。我知道晓末一直不管不顾，想怎么着就怎么着，可安博士和财政厅的工作怎么办？再说她可是父母的掌上明珠，美国再好也隔着大洋呢，父母怎么舍得。我想去问问，去管管，可正如大姐说的，问不问、说不说也没人听我的意见，我只有接受权，没有建议权。我心里煎熬着等待着王晓末这出唱完了，才能知道结果。每天我都会惴惴地问家瑞："王晓末也许就是闹闹吧，都三十的人了，美国是那么好去的？再说父母也不会妥协吧？"家瑞也不厌其烦地说："这还真说不好，安博士不是大姐夫，和晓末一样怀才不遇，再说现在出国是时尚，晓末向来是时尚的风向标。"然后跟大姐一样的口气叮嘱我："反正你也管不了，就别蹚王晓末的浑水了。"

　　我知道大姐和家瑞都是好心，但我还是趁着交首付款的机会去了父母家，一来我想买房子前怎么也得跟父母说一下，二是借机看看晓末的事情如何了。谁知我还没说完，晓末就拍着手说："二姐太伟大了，我就知道二姐是我的贵人。"我瞪大眼睛纳闷地问："我买房子和你有什么关系？"

晓末破天荒地给我倒杯水，然后坐在父母中间，一边拽着父母的一只胳膊，有些兴奋也有些撒娇地说："我把我的春江花月给了二姐，二姐把阳光水岸给了父母，父母把钱给了我，我和安博士离开国内的安乐窝去美国创业淘金，然后给你们生一堆美国鬼子。"

我和父母都不明白这是啥逻辑？晓末说完也不再解释，她说反正你们也听不懂，我跟大姐说，跟安博士也说一声，美国的事情有解了。

没想到王晓青也同意这个做法，让我第一次怀疑是不是她俩下个套让我钻，我便犟劲上来了，就是不同意去春江花月，尽管那里现在通了公交，周边也开始日渐繁华，但那是有钱人休闲度假的别墅呀，我一个劳动人民住在那里要起早贪黑地挤公交，住在那里和邻居也说不上话呀。王晓青见我不同意，也就不再发表意见，她说她能理解我的心情，再说你王晓末有钱就出去，没钱就等着卖了房子端了窝再走吧。

王晓末说我倒是想卖，可现在是有价无市，再说美国也是我和安博士好不容易争取的机会，我们马上就三十出头了，哪还等得起。看着王晓末急赤白脸的样子，我有一点心痛，对家瑞说："不然咱也考虑一下春江花月？"谁知家瑞第一次用化学分析的角度说："首先亲戚不通财，你买她的房子，沾光吃亏日后都说不清楚；其次可以让父母去春江花月呀，咱们掺和干吗？再者如果有投资价值，大姐为啥不买她的。"家瑞的结论就是："咱自己有了阳光水岸，未来前景可期，那房子跟咱们也匹配，小事可以，大事不能糊涂。"

第一次拒绝晓末，心里觉得亏欠了她什么，我等着晓末像过去那样撒着娇来摇晃我，来求二姐，可晓末没来，不仅人没来，连个电话也不打。我又一次像魔怔了一样，在换房这件事上走不出来了，睁眼闭眼都是晓末焦急的样子。

我瞒着家瑞偷偷找大姐问王晓末的情况。大姐说："晓末把房子挂出去了，而且是低价挂的，有几个想买的，但首付款还是有问题，所以一直没有成交。"大姐说："其实她那房子还真是不错，装修得也好，就是大了些，有钱的不愿买二手，没钱的想买买不起，当初她若是买楼房，分分钟就卖出去了。"我说："大姐你知道我是一直想帮她的，可我手里的钱也不够。"

大姐说："晓末让你买她的，是因为她想让你把买房的钱给她出国，你可以贷款买阳光水岸。要知道父母年岁大了贷不了款。"我还是不明白，就追问大姐："那为什么她让父母买我们的阳光水岸？"大姐说："晓末就是想盘活资金，这么说吧，事实上是你买春江花月，父母买阳光水岸。但名义上还是你买阳光水岸。将来你住春江花月，父母住阳光水岸。等将来父母搬进阳光水岸，再把父母的老房子卖了，还了贷款，一切就圆满了，王晓末的美国资金就有着落了。"

我说："贷款容易，还款难呀，我哪有那么多钱还款？"大姐顿了顿："这就看你和家瑞的情况了，家瑞现在是首席工程师，收入应该还可以吧。"我有些不好意思地说："肯定是比过去强多了，但他们是民营小厂，不是铁饭碗。"大姐不再提我们的收入，但实际上我和家瑞的收入确实是一天天在提高。大姐笑了笑："其实你买下春江花月的房子还是很值的，如果买，你要记着过户和更名呀。"

晚上我再一次和家瑞说起换房的事，家瑞斩钉截铁地说："不要想这些了，好坏咱都不换，咱不沾晓末的便宜。"我本想像过去一样和家瑞探讨探讨，其实那会我已经开始倾向于跟晓末换房了，我隐隐地盼着晓末再一次拿着"资产等于负债和所有者权益"的宝剑杀将进来，那样我就可以名正言顺地再帮她一次。可晓末还是没来，连电话也没一个，我知道我是伤着晓末了，关键时刻二姐王晓萍掉链子了。

正当我为晓末的事情煎熬时，父母来到了我家，继母还带来了我最爱吃的水煎包和家瑞最爱吃的烧鸡。我第一次见父母是如此局促地坐在我家沙发上，一副欲言又止的样子。继母一个劲地捅父亲，父亲也不看我们，只是低头喝水，初冬的季节居然满头大汗。我给继母递了个橘子，继母摩挲着橘子，眼圈有些发红。

我和家瑞对望一眼，家瑞问："爸、妈，是不是有什么事情？"

父亲擦了一下汗，慢吞吞地说："也没有。"这时继母忽然就开了口："家瑞，晓萍，你是知道的，我一直是把你当亲闺女的。"说完又低下头摩挲她手中的橘子，不过这会儿不是摩挲，而是开始挤橘子皮上的小颗粒，任凭那水雾一点点在眼前弥漫。

家瑞笑了笑："爸妈是想说晓末的事情吧，二老不来我还想让晓萍过去说呢。"

父亲抬起头，一丝惊喜爬上脸颊，那浑浊的眼睛闪着亮光问："你们同意啦？"

家瑞说："都一家人，能帮的肯定帮，但是，但是，"我马上接过来说："但是晓末得节约着点，不能整天乱花钱，房价也不能狮子大开口，而且要走一下过户的手续。"我说完赶快起身坐到父亲身边，我不敢看家瑞，但我还是能感到家瑞那生气的目光从后背穿进来。

继母激动得热泪盈眶，她对家瑞说："我早就说过，这么多孩子里就你俩孝顺，晓萍找到家瑞是上辈子修的福呀。"继母又说："前几天有个人要出 150 万买她的，就是不能一次付清，晓末说咱自己人 120 万就行，她买时还 100 万呢，而且也不用装修。对了晓末说她走后把她那辆奥拓车也给了你们，这样上下班你们就不用挤公交了。"

就这样王晓末的春江花月别墅变成了我和家瑞的家，我的阳光水岸变成了父母的家。只是春江花月的房产本上的名字依然是王晓末，阳光水岸的房产本上的名字还是我，并且在大姐的监督下办了公证。

五

晓末的春江花月还真是不错，住了几天我们就适应了，要不怎么说由俭入奢易，从奢入俭难呢。家瑞让我尽快把我们两居室收拾出来租出去，但是我觉得一是也租不了多少钱，二来房子只要一租就没法再住了，万一刮风下雨下雪啥的，涵儿上学还方便些，我自己也拿不定主意是租还是不租，房子就闲在那里，我每周回去打扫一下。大姐说不租就卖了吧，留着这旧房子也没什么用，还不如把钱投在别处。我把大姐的意见说给家瑞，家瑞说："卖了也行，留着也没用，倒不如把钱存起来吃利息。"我们就把两居室挂到了中介，看来大姐说得没错，小面积的就是好出手，我们参照中介提供的价格挂了一个稍高的价钱，第一天就接了六七个看房电话，我和家瑞不急着用钱，也就慢慢挂着，想着钓条大鱼卖个好价钱。

可就在这时，家瑞的大嫂又带着小米绿豆来了，除外还背了两床棉被。大嫂批评我们搬家也不说一声，说完大嫂还推搡了张峰一把，说他不懂事，找了对象，也不知先让你叔婶把把关。

我不想参与他们家的事，免得接下来再听当年那些供家瑞上学的陈年旧事。我有些不高兴地说："张峰自己愿意就行，将来是他们一起过日子，我们没意见。"家瑞也附和着我："找对象是好事，孩子自己喜欢就行。"

张峰有些不好意思地说："是咱老乡也是我高中同学，在商场上班。"没等张峰说完，大嫂马上解释："家瑞，还记得你三大娘不，那是你三大娘娘家的侄孙女，咱是亲上加亲。我记得你小时候还跟你三大娘回过娘家呢。"我斜了大嫂一眼，心想你们自己都定下了，连亲都认了，还说让我们把关。但我想她毕竟是家瑞的大嫂，我忍他的家人一时，家瑞会加倍还回来，这点我还是算得清的，再说他们老张家找媳妇，跟我也没什么太大关系。

事实上张峰的对象跟我关系大了去了，难怪大姐王晓青批评我没有预警机制，没管住损益表的核心项，所以才造成如此大的损失。王晓末也说："二姐你一个学会计的就会算自己家里那点小账，整个一个窝里横，一遇老张家就全面溃败。"刚想在大姐和小妹面前直直腰的我再次低下头，还是继母丁兰兰和老父亲会宽慰人，二老说："都是一家人，晓萍和家瑞厚道，积福呢，财摆财摆，明着出去，暗着进来。"

我暗暗叫苦，我不厚道又能怎么样，张峰老大不小了，总不能把婚结在单身宿舍吧。家瑞说咱就先借他们住一段，让他们给房租也行，等他们买了房咱再租或者再卖。我想反驳，可心虚得很，毕竟家瑞刚成全了王晓末，我也就只能成全张峰。我的两居室就这样被家瑞的侄子张峰占领了。

"请神容易送神难"这句话一点不假。刚开始张峰两口还不时看看楼盘，也让我们提一些参考意见，但只要他们从售楼处回来就要借钱。其实按着我和家瑞的脾气一准会借给他，可那时我们手里一点积蓄也没有，而且还背着贷款。家瑞说张峰的钱和大哥大嫂的钱加起来也不够首付。我有些不高兴，第一次用一二三给家瑞分析："一是张峰看楼盘定位太高，没钱就先买一居室，或者外环周边的两居室，那里价格便宜些；二是大哥大嫂可以借点钱，主要是觉得张峰有住的地儿，不愿掏钱；三是，"我停顿了一下看了看家瑞，又咽下一口吐沫然后小声说，"三是你大嫂没准就想赖在咱那二居室一辈子呢，你没听你大嫂总说你们家就她生了个续香火的儿子。"家瑞避重就轻，不提我的一、二，只拿三糊弄我："不会吧，都啥年代了，是国家不让生，让生谁还生不出儿子来，这个你放心，我们的家产是涵儿的，我改天跟张峰好好说说，让他尽快借钱买房。"

张峰两口刚开始还觉得住在我们房子里有些不好意思，我呢，也故意把一些要淘汰的旧衣服挂在主卧的衣柜里，连涵儿的一堆绘画比赛证书也继续挂在墙上，我想我要在家里的每一个角落都留下痕迹，时时提醒他们房子是我的领土，他们只是借住，不可长久地鸠占鹊巢。我时不时在下班后去我那两居室找点东西，然后提醒他们尽量别动我的东西，比如我那老式的影集，有些照片都是绝版，还有我保留的涵儿从小到大画的画，尽管那些都没有用，但对我来说是给涵儿留下的成长纪念。张峰小两口也总是小心而又拘谨地说让叔婶放心，他们什么也不会动。但这种状况很快就被老张家的第三代搅乱了。张家大孙子出生后，大嫂过来照顾月子，照顾孙子，并且以迅雷不及掩耳之势把我的衣服和其他东西打了包，放在客厅里。大嫂说："这俩孩子就是不懂事，他们也不知道给叔叔婶婶送过去，现在还得你们自己拉走。"我心里不悦，回来路上冲着家瑞抱怨："你大嫂有些过分了，居然把东西都给清理出来，她忘了我才是主人。"家瑞说："大嫂哪会想那么多，就是觉得咱们家地方大，能盛得下，用起来方便。"家瑞为大嫂辩驳的话就像催化剂，瞬间让不悦演化为愤怒："那他们什么时间买房，什么时间搬走，孙子都有了，不能老赖在咱家吧。"家瑞马上赔上笑脸："不能，等孩子出了百天我问问他们，让他们快点给大孙子买房。"

家瑞第一次自己开始关注楼盘，并从中筛选出几个二居室性价比高的楼盘推荐给张峰，我也一边抱着孩子一边说："这个楼盘真是不错，现在是内部认购，便宜，我三叔家的儿子王晓纯刚订了一套两居室，你们订在一起还有个照应。"张峰和大嫂是认识王晓纯的，他高中没毕业就投奔他大伯也就是我的父亲来了，那年我父亲马上就要退休，靠着老面子给他在单位谋了个后勤临时工的差事。用王晓青的话说："别看王晓纯没文化，但人家还是很拎得清楚，不讨人厌。"王晓纯不讨厌还表现在他除了过年过节很少来我家，但只要来就帮着看看水电，换个灯管，清清下水什么的。据说他在电线杆上贴小广告，八小时之外，他还去别人家帮着疏通下水管道。前些日子王晓纯找到我老父亲，他说自己攒了点小钱，让大姐王晓青和我帮他看看有合适的楼盘不，他想按揭套房子。大姐哪有时间管他的闲事，正好我们也要给张峰选房，王晓纯和张峰的条件差不多，也都是从农村出来的，所以就合并一起选了。我们把初选的几个楼盘给大姐把关，大姐说北岭小区有内部认购，先交百分之二十，证件齐全后还可以按揭，比较适合他们这种状况。父亲告诉王晓纯后，王晓纯毫不犹豫地让大姐给订了一套北岭的两居室。我满心欢喜地等着大嫂和张峰感谢我们，内部认购便宜，还不影响贷款，虽然说远了点，但比我们的春江花月离市区还近呢。

　　大嫂和张峰并没有我想象中的激动，他们说要和大哥商量一下，看看能凑够那么多钱不。我回家给家瑞说："这次一定要盯着张峰把房子买了，三两年交房后他就可以搬走了，最重要的是他就有自己的房子了。"家瑞说："放心吧。"

等我听家瑞说大嫂和张峰媳妇去看楼盘的地址时，心里终于松了一口气，等着他们来找我，我再找大姐内部认购。可左等右等别说音信，就是人毛也没一个。我心里隐隐地感觉不好，我和家瑞再次去了张峰家。大嫂说："连王晓纯都订了，我们能不想订下来？但是我们手头钱不够。"我和家瑞来前还商量过，如果张峰确实拿不出首付款，我们就借他一点。所以我就问："那你们能拿出多少？"大嫂说："也就四万块钱。"我当场差一点就气晕过去，只听家瑞说："你们也借一借，看能借多少？我也给你们添一点。"大嫂说："最多能借来两万，村里收成不好，种一年地还赔钱呢。"

家瑞拉着我出来时我第一次发那么大脾气："你干吗说给他添，不就是借给他吗？首付要二十万，他只出六万，剩下的十四万你出呀，再说咱们也没有那么多呀。"家瑞黑着脸说："你说怎么办，谁让我有这么个穷家呢？"我本不想跟王晓青和王晓末说，但大姐一直催，大姐说再不交钱人家就不给留着了，无奈之下我就把这边的情况跟大姐和晓末说了，我单纯地想跟她俩谁借一点也行。王晓青说："我帮你找人买房可以，钱不能借，你最好也不要借。"王晓末不仅不借还跟我诉苦："二姐，如果有钱，我还要刷盘子吗？美元是不好挣的。"

我跟父母说起张峰买房的事，继母丁兰兰说："晓萍，你是太好说话了，连王晓纯一个高中没毕业的临时工都能拿出首付，我不信他们拿不出，或者说就是根本不想买。"父亲在一旁说：

"晓纯和家里也是拿不出来,你三叔和晓纯都分别借了不少钱呢。"父亲又说:"我们这里还有点积蓄,你先拿去用。"父亲说着就支使继母去拿存折,继母一边应着一边磨蹭着:"我不是舍不得借给晓萍,我是想如果咱晓萍用,我肯定没得说,可他侄子用,嗯。"我对父母说:"我也就是说说,哪怕他出十万我也给他借一半,他连首付的一半都不肯出,干吗皇上不急太监急,我不管了。"

六

大嫂从来不提买房的事情,但张峰总是说真应该当时听我们的话和王晓纯一起买房子。王晓纯的房子撒着欢地涨,不仅是王晓纯的房子撒着欢地涨,所有的房子都撒着欢地涨。连投资专家王晓青都看不懂了,她总是高瞻远瞩地说如今房地产泡沫严重,中国要严防日本式的房地产崩盘、美国式的次贷危机,房地产拐点马上就要到了,吓得我和家瑞不敢买住宅楼。王晓末说:"现在咱们姐仨就你资产最多,不如二姐你再投资一套别墅吧,如今土地资源紧张,我原来的同事说马上就不会批外环以里的别墅用地了。"

我和家瑞笑她没有长进,"当年她买别墅的教训还不够深刻呀,别墅不好变现,不好出租,傻子才住着别墅再投资别墅呢。"经济基础决定上层建筑,我们如今手里有钱,说话做事不由得也有了底气,我们不再顾及别人的意见。

就像继母说的一样,我还真是个有福的人,比长相我比不过王晓青和王晓末，比学历比聪明我也比不上她俩，但我的日子竟然慢慢地就赶上甚至超过她俩了。家瑞的厂子一天天壮大起来，十年间连续有两个新药完成临床试验进入医院，尽管竞争激烈销量一般，但还是足以维持企业运转，他作为首席工程师收入也就真的和春江花月匹配了。我在会计事务所也做得得心应手，偶尔还有大姐介绍的案子，时不时就来点外财。王晓末说："二姐，我眼光好吧，不然现在你上哪里买这么好的房子呀。"我说："是，都是托你王晓末老人家的福。"

有时我问家瑞："你说晓末后悔不？"我总觉得晓末在美国混得也不是很好，安博士眼高手低，到目前为止也就是个银行的客户经理，晓末又要带孩子又要上班，一有金融危机她就失业，我想如果晓末不折腾着去美国而是在财政厅好好上班，就她的学历至少也混个副处长、处长了。再说她起点高，双方家里条件都好，早早就有了别墅，有了车，什么也不愁，过得肯定比现在舒服。家瑞说："哪有如果，再说你怎么就知道人家过得不好，那是美国，即便失业也有救济金，有多少人想混个美国绿卡都混不上呢。第一代移民付出点艰辛是必然的，你就不用瞎操心了。"我想问晓末看着她的别墅涨到一千多万，心里会平衡吗？但话到嘴边我还是咽了回去，我自己安慰自己，晓末如果当年卖给了别人肯定会后悔，卖给了我毕竟是肥水没流外人田。

晓末和安博士的梦想是占领华尔街，至少在华尔街有一席之地，但在美国他们终究是被华尔街裁撤下来。大姐王晓青说："人家美国人裁员首先裁的是中国人，再者，安博士和晓末心比天高的性格即便在中国也吃不开。好在他们还有智商，还有专业，还有美国的绿卡，不然真的混不下去了。"

对于王晓末的事情我不敢多问，晓末每次回来都光鲜照人，我知道从小被宠爱被光环笼罩的晓末事事爱掐个尖，从学习到工作到找对象，她的衣服要比别人多，比别人好，她的包包她的用品都是如此，但在父母和我们的宠爱下，只要她想要的想办的，她跳跳脚伸伸手就能够到。当她看到大学同学去加拿大时，立马起了去美国的念头，和安博士再一次争取到美国读书的机会，并拿下了美国的学历和绿卡。大姐说晓末和安博士读书行，实际干起活来差一些，但美国需要的不只是理论，人家要的是能力。安博士整天抱怨，那个谁谁只是一个研究生，怎么居然会留下他，自尊心和自信心受挫的两个天之骄子就这样在华尔街裁员后一蹶不振，越是抱怨就越糟糕，直到最后逃到安博士舅舅在的加利福尼亚，并在那里的银行谋了个客户经理的位置。安博士和晓末稳定下来，我的心也就放下了。

七

晓末也四十岁的人了，也是安琪、安妮两个宝贝的妈妈了，可晓末在我眼里总是长不大，她跟我永远是那副撒娇和赖皮的口气。就像今天她说来就来，来了就赖在我家不走，而且口口声声说我家和她的家一样。

晚上我躺在床上用嘴努了努楼上的房间，气呼呼地对家瑞说："什么她的家，十年前是她求我买下她的房子。"家瑞抚摸着我的手："你跟她一般见识干吗？她能回来几次，她能在家住几天？你就随她折腾，让她心里平衡些罢了。"说完把我搂到怀里并顺手关了床头的灯。

我嘴里说着王晓末万般不是，心里还是想听家瑞这些话，家瑞对晓末好就是对我好。那种被惯着被宠着的感觉一点点包围着我，让我浑身发软，眼光迷离。家瑞开始把我的手放在他的胸口，他也把他的手放在我的胸口，我知道这是我们做爱的前奏，多少年来我们都是从这抚摸开始，然后一点点推进、点燃、融合，直到筋骨嘎嘣作响，心神摇荡，天昏地暗后再美美地睡上一觉。家瑞总说我是馋猫，只要家瑞对我好一点只要我心生感动，必定要用手撩拨他。后来我想起今天，家瑞主动把手放到我胸前是有预谋的，我的心就会凉半截，我就很难再心神摇荡。这是我心里的痛，但我无法述说，只能把它永远埋在心底，任由它随时间老去。

那天我在家瑞的引诱下欢天喜地地干了好事，好事过后，家瑞说我跟你商量个事。他说："这不是根儿要上小学吗？小学划片，你也知道咱家那是重点学校片区，多少人都打破脑袋想挤进去，昨天张峰给根儿报名去了，人家说房产本不是他的名字，就没让报名。"我正要和以往一样进入梦乡，被他这一激灵睡意全无。我忽然就急了："我的乖乖呀，那房子是他们家赖在我那里的，早让他们买不买，咋地，还要我过户给他不成。"

家瑞说："张峰来找我时我也批评他了，可毕竟是自己骨肉，怎么也不能看着根儿上不了学吧。我跟他说了，让他先筹钱，然后我再跟你婶子商量商量。"我不容置疑地说："没商量，我还忘跟你说了，有一次我妈去商场买衣服，碰上张峰媳妇，我妈问她买房了吗？她竟然混账地说都是因为有我们的房住着，就没考虑买房的事，眼看着房价就上来了，如今想买也买不起了。"家瑞说："理还真是这么个理，但她这么说不对，我改天得好好批评批评他们。"

我说："你批评不批评是你们的事，房子是我的名，我绝不过户给他。"家瑞也开始有些急躁，他把灯打开，把靠垫放到背后直接坐起来，似乎是有说不好这个事情就不睡觉的样子。他说："你不是早就想卖房子？他们一直住着也不给租金，也不腾房，如今好不容易有这么个契机，逼着他掏钱过户，应当是个双赢的好事。"我想了想确实也是这样，我说："过户可以，但不能欠钱，就你嫂子那人一欠又不知猴年马月了，这次为了她孙子，她该借就借，我们也比市场价低十万给他总行吧。"

家瑞说："你也知道，大哥大嫂土里刨食没几个钱，张峰两口虽然上班但挣的工资有数，现在供个孩子上学的花销又大，他们恐怕一时拿不出那么多钱，我看咱成本价加上十万给他算了。"我噌地也坐起来直挺挺靠在床帮上，欧式大床在我俩屁股底下晃了一下："这是你那好大嫂的主意吧。你侄子你大嫂赖着住也就算了，可现在房价上去了，要成本价买我的房子不行。我就不信没房子的孩子就不让上学了。"家瑞说："你这是不讲道理。"我说："我怎么就不讲道理了，就是因为我太讲道理，才导致你们家一直霸占我的房子，如今他若想要这房子可以，看在亲戚分上，再降十万，价格比市场价低二十万，我卖给他，不然免谈。"家瑞说："现在房价这么高，你让他们上哪里找这么多钱？"我说："这怪谁，当初让他买，他不买，占小便宜吃大亏，他们活该。你看人家王晓纯，人家靠卖苦力靠借钱靠贷款买了一套又买了一套，如今都换三居室了。"

家瑞说："跟人家比干吗？咱们就说咱们，再说根儿也是我的孙子呀。"我说："你终于说实话了，明天我让涵儿也从法国回来，不然她的爸爸就是别人的爸爸了。"说完我跑到地下室客房去睡，并且把门关得死死的，不让家瑞进来。

涵儿说我是更年期到了，让我多跟大姨学学，别老掺和那些没用的。我心想学大姐，那是下辈子的事了，我开头就没开好，惹下一堆的麻烦事，认了吧，不甘心，不认吧，又没有办法。就拿张峰住我房子的事情说吧，我不管能行吗？我早就跟家瑞说过："住这是底线，别的别想。"可如今他们开着坦克就要强行攻破我这底线了，你说我能不急吗？

我这边正和家瑞僵持着，可谁知晓末就在那边釜底抽薪了。

老父亲给我打电话，他说你是不是把房产本借给晓末了，他看见晓末晚上在沙发上拿着一个房产本发呆。我心想没有呀，但我还是不放心，回家从保险柜里找出房产本，还好房产本和公证书都在。

第二天大姐王晓青给我打电话，她告诉我她银行的朋友说晓末要做抵押贷款，但用途不合要求被退回去了。大姐提醒我看看房产本，我说房产本在呀，大姐说你去房管局看看吧，说完又说："别去了，名字是王晓末的名字，她可以挂失补办，你直接找王晓末谈吧。"

八

我和大姐王晓青约王晓末在蓝岛咖啡见面，晓末一如既往地贫着，她揶揄我："有钱真好，如今二姐也学会喝咖啡了。"大姐说："我们约你在咖啡馆是想避开爸妈，你也知道爸妈岁数都大了，经不起折腾了。"王晓末突然就紧张起来："怎么，爸妈得病了吗？"大姐说："恐怕快被你气病了，你回来干什么来了，我们不想知道，也不想过问，但你胡闹不行。"晓末不自觉低下头，嘴里嘟囔一句："我胡闹什么了？"

我有些激动地说："王晓末你这个忘恩负义的家伙，你是不是把春江花月的房本挂失补办了个新的？你是不是拿着新房本办贷款？然后你潜逃美国，然后让银行查封我的房子，然后让我无家可归？"我也不知道自己怎么就变得如此有逻辑如此能说，说完我长舒一口气，咕咚喝了一大口咖啡，然后等着王晓末上前来摇晃我，等着她撒着娇耍着赖皮说："二姐，我的臭二姐，我逗你玩呢。"

阳光一寸一寸移挪，从杯子左侧移到右侧，王晓末依然低着头没有动静，双手攥在一起，反复揉搓着，直到眼泪滴在已搓红的手背上，王晓末才咬了咬嘴唇说："我没有。"说完又低着头嗫嚅一句："那房子本来就是我的，我不是早就给你说让你再买一套别墅吗？再说抵押也不影响住。"

我怎么也想不到这是王晓末能做出的事，是那个从小到大摇晃着我赖着我的王晓末说的话。我说："我不是做梦吧，你怎么可以说这样无耻的话，怎么可以？"

王晓末说："我怎么无耻了，我的房子当时是九十万买的，我是一百万卖给你的，但你也知道我装修也花了小二十万，我只住了一年也就是刚吸完甲醛就给你了，而且还赠送了一辆当时价值九万元八成新的奥拓。如今你已有再买一套别墅的能力了，而我也要回来创业，我是想要回来我的房子，可我顾及亲情张不开嘴，就想着贷点款，等挣了钱偷偷还上就算了，没想到你们这样防着我，那索性就把话说开了，你考虑着怎么把房子腾出来吧，我可以给你一些补偿。"

我气得拍了一下桌子，本来张峰和大嫂就够赖的啦，如今我的亲妹妹王晓末也这样耍起了混蛋，我第一次冲她嚷："你说的是人话吗？"

大姐王晓青也说："王晓末，你摸着良心想一想，当年是谁帮了你，又是谁自愿把房子卖给晓萍的，再说我们有公证，爸妈还有我都是公证人。"

王晓末说："那个公证没有经过正式公证，就是咱家自己人的一张纸，没有法律效应。"

我追问她："那你的意思就是要耍无赖强行让我们搬出去了？"

王晓末说："你们可以住着，觉得不舒服可以搬走，但房子是我的，我有权贷款也有权处置。"

王晓青说："王晓末，你不要以为大家宠你你就能胡来，我们管不了你，还有法律。"

王晓末霍地站起来："那就法庭上见吧。"

王晓末把那张冷冰冰的脸甩给我们后就消失了，在她走后的瞬间，我的手在阳光直射的尘埃里无助地挥舞，我想抓住她，我想让她再说一遍，我总觉得这是王晓末跟我开的一个天大的玩笑，但王晓青告诉我这是真的。

我再一次低血糖晕倒在咖啡厅，几天来和家瑞的冷战再加上晓末的突然袭击我彻底败下阵来。

醒来时看着白发苍苍一脸无奈的老父亲，我的眼泪山洪暴发一样哗哗流下来。继母说："晓萍，是我们对不住你，我和你爸爸商量好了，我俩去养老院，你和家瑞还搬回阳光水岸吧，我知道这样委屈你，我和你爸爸还有十万块钱的积蓄也都给了你，算是爸妈求你了，你们姐妹千万不要闹上法庭，让人家外人看笑话。"我不搭理继母，原来以为继母会站在我这边，谁知关键时刻她开始护犊子。我擦了一把眼泪哽咽着说："不是我告她，是她会告我，春江花月是城郊的一个荒凉寓所时，我背着高额贷款委屈着自己住到那里，陪着它缺水断电，如今它一天天长大一天天完美起来，成为城市的明珠，晓末说让我们搬走，您说我会搬吗？我不会，让晓末告我吧。"

家瑞请假陪着我打针输液做各项检查，就是一句也不提房子的事情。医生说我长期低血糖造成的器质性心肌缺血，要住院调理一段，不能受过多的刺激，但你想即便爸妈和家瑞不说，两边房子的事情我能放得下吗？他们越不说我就越惦记。我从手机上查着小学报名的最后期限，看着医院里今天来了明天走的病人，就忍不住同意了家瑞的方案，跟王晓末比起来，张峰和大嫂也就说得过去了。我等着家瑞再开口，我想他如果开口我就同意他，就像当年等着王晓末开口一样。但家瑞一直没有开口，他只是默默地陪着我。

这天大姐来看我，大姐问家瑞："听你大姐夫说你们厂子的环保不达标，要停产了？"家瑞说是，他说其实国内的药厂多少都存在环保不达标的问题，一整顿他们问题严重的小厂就首当其冲。我焦急地问是不是厂子要破产，家瑞说还在寻求出路，如果改造不到位，估计就要关了。

忽然间日子就黯淡下来，我想家瑞的厂子已停产，我就是有再买房子的心也没有买房子的能力了。如果王晓末告我我就搬回阳光水岸，让父母搬到春江花月，她总不能把父母赶出去吧。想到这个主意，我的心稍稍踏实下来。

我出院回到春江花月后，张峰来看我和他叔，他准备辞职，想自己找点事情做，他不愿在药厂这样混日子，他说如果早点出来也许早就能挣上钱买房了，如今整天就知道盯着检查的来关设备，检查的走开设备，天天和环保局捉迷藏，一不小心就被扣奖金。这些天我总想房子重要、钱重要，但亲情和健康更重要，晓末已经和我闹掰了，家瑞也天天皱着眉头，我的日子也就没了生气。我不知是不是这些想法让脑子瓦特了，我竟然不由自主地说："你还是别辞了，明天我就去房产局把房子过户到你们名下，等你们将来有了钱再补个差价给我，让根儿也能好好上个学，不输在起跑线上。"说完我都为自己感动，我当然也看到了家瑞的感动，但张峰却拧着脑门儿说："我们就凑了四十来万，还差一半呢，不能这样，再说叔叔单位也要关停了，婶婶身体又不好，我们能住已经很感激了。"

我趁着休病假把家里的东西归置了一遍，我想还是有备无患好，我做好了王晓末让我搬家的准备。大姐告诉我不用搬了，她说王晓末把春江花月的房子办了抵押贷款，在王晓纯的帮助下拿贷款买了一套不限购的商住两用的房子。准确地说是王晓末想回国投资房产，她在美国那边接触的人都说国内房子如何如何疯涨，只要买到就是赚到。她回国看了看确实如此，所以就不顾一切地跑回来投资。我说那怎么是投资，纯粹就是投机。我当时正生着王晓末的气，我恨她这么绝情，都不知道来看看我。我第一次在大姐面前不屑地说："跟着一个农民炒房，亏她王晓末还是学经济的高才生呢？"大姐说："哪个年代都是这样，胜者为王败者寇，我预言房价要回调，可一直疯涨，人家王晓纯从第一桶金里尝到了甜头，如今是老王家的能人啦，这不王晓末他们买的房子这三个月就长了百分之十，按照这个趋势，用不了两年就能翻番。"说完大姐感慨道："这样下去可怎么是好，实体经济是本，可实际情况是实体被房地产经济冲击着，举步维艰。"

我想房子翻不翻番跟我没什么关系，我现在焦急的是家瑞厂子的事情，张峰说有一个美籍华人有一项专利技术，在烟筒上装个类似罩子之类的东西，然后那些有毒气体就能自动回收结晶成化工原料，实现环保回收利用的良性循环。他想去美国接触一下，如果可能，他想代理这个产品。我想如果是过去，我一个电话王晓末就会屁颠屁颠地帮他联系，王晓末一向是热衷这种事呢，可如今我俩差一点就要对簿公堂，我怎么好开口。我说张峰，这个不现实，你还是想想其他的出路吧，比如也可以跟着王晓纯炒炒房地产。

就在我跟张峰建议炒房的一周后，家瑞说："看上面的政策，房子不会疯涨了。"又过了几天，各种房子有价无市的情况开始在城市上空蔓延开来，我赶紧问张峰炒房了没有。张峰说："婶，你放心吧，我没有，我正在谈药厂烟筒改造的代理，这项技术投资少，见效快，利润高。如果代理成功我第一个给叔叔他们厂子安装。"

我没有心情也不相信张峰还能谈成代理，但这回他还真谈成了，用一百万注册了公司，美籍华人密斯脱投入三十万，加上技术占公司股份的百分之五十一，张峰用他准备给我的四十万做股本，拥有股份百分之三十，张峰请家瑞给当顾问，家瑞投入十万元拥有了百分之五的股份，剩下的张峰就分给一起从厂子里辞职搭伙开公司的人。他们代理后就把家瑞厂子当成改造的试验田，当然由于中西方数据和实际情况不同，几个人边改边完善，在大姐夫的帮助下，很快就通过了环保部门的验收，环保改造一炮打响。

我渐渐把王晓末带来的不愉快忘掉了，我的日子又恢复了正常。一叶知秋，当梧桐树的叶子开始在风中飘零时，我请来了园林工人，想把梧桐树挖走。也就是在这时，法院执行局的人来到春江花月，他们说我房子的业主在银行办了抵押，贷款已逾期三期，法院要查封房产。

我简单地收拾了一下东西，和家瑞一起住到了郊区药厂的宿舍。家瑞说等过一阵厂子上市了，我给你盖个楼。我知道家瑞是怕我难过安慰我，但尽管家瑞的宿舍条件还可以，大家也嫂子嫂子地叫着，我的心情却一直好不起来，我想念住了十年的春江花月，甚至有些想那哗哗作响的梧桐叶子。我的心脏病又犯了，据大夫说若不是发现及时，后果真不敢想。我跟家瑞说："福兮祸兮，怎么能说得清楚，如果是在春江花月，估计就醒不过来了。"

这天继母来看我，她说我老父亲也住院了，她让我搬回阳光水岸，她说若我们不搬回去，她就去养老院。我有些赌气地说我要陪着家瑞，家瑞在哪，哪就是家。我尽量不去想房子的事情，我只希望身体能好起来，看着涵儿结婚，陪着家瑞变老。我想如果不是房子，那个赖皮的晓末肯定会又来摇我的肩膀，撒着娇地来骗我给她买衣服，买包，买房子。

怎么又是房子？提到房子我就心痛，说是不去想，但房子就这样顽固地盘踞在我的心里，盘踞在我的生活中，我绕不过去。

九

光阴就这样一寸寸在我心头划过，浅浅的没有一丝的风，没有一丝波动，只有一点点思念和我账本上的存款一样蓬勃地滋长着，越长越凶猛，我知道我想王晓末了，而且是无可救药地想，想得我心里疼。

当我从医院的病床上再次睁开眼时，我看见王晓末就坐在我床前，那张水光溜滑白皙的脸竟然有些下垂，黑青的眼袋镶嵌在那曾经美丽的大眼睛上，有些黯淡，有些沉重。我不忍看她憔悴的样子，我紧闭双眼，拒绝着那一丝惶恐一丝忏悔的呼唤，我觉得那不是我的晓末，我等着我熟悉的晓末的声音。

大姐王晓青说："晓萍，大姐从没要求过什么，但这次我以大姐的身份要求你，原谅晓末，爸爸已经不在了，我们三姐妹就是最亲的人。"

家瑞告诉我，老父亲得知我再次住院后，在和继母丁兰兰来医院探望我的路上突发心梗去世了。家瑞把涵儿推到我面前，涵儿说："妈妈你就原谅小姨吧，小姨也是想炒房挣点钱，谁知政策有变小姨商住两用的房子卖不出去，又砸在手里了，所以才导致贷款还不上，法院查封房产。小姨知道爸爸的厂子因环保停产时，也积极想办法，后来和张峰哥哥一起争取到了美国的专利代理。只是前些日子贷款还不上小姨不敢见你，如今小姨和张峰哥哥的公司有了盈利，小姨第一时间就把贷款还上了，也把春江花月过户到我的名下了。"

我说我不想听王晓末的事情，但我的眼泪再次出卖了我，我闭上眼睛，仿佛感觉到王晓末拉着那半分撒娇半分赖皮的声音正摇晃着我的肩膀。

羽　翼

一

　　我喜欢在阳光灿烂的中午散步。每每说到这个话题，学校里的老师们都说晚上散步科学。我也知道那个时间是清除体内"三高"坏分子的最佳时机，一边甩着胳膊慢慢溜达，一边还可以和三五知己八卦，不知不觉间冗赘像屁一样排放在夜幕里，最大的好处是晚上睡得香，梦到自己飞向云端也说不定呢。

　　我是学校里唯一一个中午散步的人，坚持了近十年的光景，但还是没有一个同行者。偶尔有人搭讪，也很快被王教授的"采阳"学说吓跑。若是经济学上的命题，我会和他争个面红耳赤，可这些生活中的伪命题，我辩不过他，何况他背后还有晚上散步的一群人。那一群人在若隐若现的月光下，在斑驳的灯影中，抖落一身尘埃，彼此"阅读与欣赏"，我的特立独行难免不成为他们的话题。本来一个锻炼，中午好还是晚上好都不是绝对的，然而一旦形成了流派，就变成了原则问题。我的"阳光说"是妻子去世后形成的。当时一个老中医对我讲，多晒太阳，那些身体里的坏分子不一定见光死，但比放疗化疗管用。我便每天中午把妻子推到医院楼前的空地上晒太阳，也为妻子生存多争取了半年的时光。

如今每天午饭后点上一支烟，等烟燃到尽头时，我便换上运动鞋走出家门，穿过小区左边的银杏大道，绕着小区后面的草坪转圈。女儿采薇出国时，我曾认真对她说晒太阳能强筋壮骨、促进维生素 D 的吸收，学习再忙，也要抽时间多晒晒。我每次在阳光下行走时，就会情不自禁地给采薇发个微信："晒太阳、晒太阳。"采薇通常是不回复的，等半夜我睡得正酣时，"嘀"地一声便会收到她发的图片，那图片多是阳光下她各种精灵古怪的样子，而且背景里总有一条狗，一只猫，一片树木花草。我便打开床头灯，戴上花镜把图片一点点放大了看，就像一个警察搜寻蛛丝马迹一样。纪然被惊醒后，常常半嗔怒半讥讽地说："不知道时差呀，你们爷俩也真是可以。"其实采薇晒不晒太阳我也不知道，但这就是我们交流的方式。年龄、时差、观念横亘在我们之间，我们隔着的不仅是一条沟壑，而是隔着太平洋呢。

采薇的话本来就少，到了美国就更加珍贵。我在这边长篇大论一番发过去，她经常就是一个"好"，更多时候是"嗯嗯"，外加一个晃动的"小黄狗"。小动物萌萌的样子在屏幕上晃悠着，常常把我逗乐，顺带把心里的气和竖起的头发也扑拉顺了。其实刚开始我也不习惯她这样敷衍我，尽管这敷衍让对门的王教授很是羡慕。王教授总是一边伸着脖子看我的手机，一边说："还是女儿贴心，我家王读史除了要钱，其余的信息就是肉包子打狗，有去无回。"我也曾宽慰王教授："采薇能搭理我，是因为她妈妈当年叮嘱我们相互监督。你这里有李老师，所以读史就不用惦记了。"我想告诉他是妻子让我们相互监督多晒太阳，但王教授连我的前半句话都没认真听，我也就把后半句咽回去了。我不能跟他提妻子，如果提妻子王教授又会揶揄我："人生三大幸事，当官发财死老婆。"王教授多次在我晒完太阳后酸溜溜地说："是不是晚上太辛苦了，需要大中午去采阳气？"看着王教授日渐驼下去的背，我真想提醒他多晒太阳能预防骨质疏松，然而他讥讽的眼神立刻"秒杀"了我开口的欲望。我眼皮也不抬地"嗯嗯"着擦肩而过，任凭王教授在身后自说自话。从妻子去世后我已经习惯应付生活中的各种难题了，不好回答或不愿回答的，我就"嗯嗯"。纪然为这事总是批评我，说我太懦弱。我想"嗯嗯"应该是最强大的武器了，从经济学边际效益来看，跟一个落魄的宋史专家逗口舌之快一点益处也没有，倒是白白让他蹭了热度。王教授充其量是散布一些"哪个学生又来我家了，我每天中午去'采阳'，如果阴天我就萎靡了"的谣言等等。表面上是他在阴损我，时间一长便坏事变好事，反而提高了我的知名度，我的公开课也变得座无虚席。但学院领导还是让王教授的唾沫星子搅得心里没了底，便选择一个连阴雨时段观摩我的公开课，之后就没了下文，据教务处说那堂公开课考评得分还是比较高的。

"做个阳光女孩，健康快乐成长。"这是妻子在女儿十二岁那年对女儿的祝福。尽管这样的教导有点像水中月、镜中花，但因为这是病痛中妻子唯一的希望与欣慰，所以在妻子说这话时，我就像她的学生一样，认真地倾听、沉思，最后再频频点头表示由衷的赞叹："这是最好的祝福了！我会带好她，给她一个健康快乐的成长环境！"当时我只是想让生命进入倒计时的妻子按着自己的愿望走完最后一程。妻子一边晒着太阳，一边在红牛皮封面的笔记本上写下对采薇的千叮咛万嘱咐。这句祝福就是妻子写在扉页上的。那手漂亮的欧体依然圆润，但笔锋里的遒劲已经荡然无存了。妻子虽然被疼痛折磨得恹恹的，但只要采薇出现，她就像魔法师一样变出一脸的明媚，那精气神就像在课堂上讲《小雅·采薇》一样，"采薇采薇，薇亦作止……采薇采薇，薇亦柔止……"妻子不愿给采薇留下丝毫的阴影，其实作为父亲的我又何尝不是呢？十几年来我不敢再婚是怕采薇受委屈，尽管我身边总有那些崇拜我的学生。我和她们可以借着解惑的名义，各取所需。但我还是不敢，因为我知道雁过留痕，我怕她们进入我的生活，影响到我的采薇。但从采薇出国后，我不自觉就放松了自己，以至于纪然就闯入了我的生活，我被纪然崇拜的眼神鼓励着，享受着身份地位和岁月带给我的馈赠。但短暂的默契过后，我不知道是自己一个人习惯了，还是这个世界变化太大，我的生活开始凌乱起来，仿佛成了那个被嫩草硌坏牙的老牛。

　　纪然也是我的学生，但上学时她是有男朋友的。当时她对我很敬重，我也没对她产生非分之想。毕业后她进了一家银行，她上班没多久就赶上中秋节，我和几个留在京城的学生聚会，纪然曾带着她的男友招摇而来。席间他们说着各自的感慨，纪然高调地说他们这批学生都要到基层网点锻炼两年，然后就会陆续安排到新的岗位，言外之意是两年后就能振翅高飞了。她沿袭着学期的模式给自己定了个详细的职业规划："在个人窗口半年，在对公窗口半年，一年后转客户经理岗，然后提拔、结婚、生子。再然后资历有了，女孩的劣势消化殆尽，也就可以实现自身价值了。"说完她推开男友的手，把小酒杯里的酒倒回大杯，在大家瞩目下一杯、两杯往回折。包间里一片喝彩，景象不输于她答辩时的风姿，只是如今的自信里更多了份豪迈。我觉得纪然比跟着我读研究生时还开朗、阳光。大家纷纷举杯，为她清晰的思路和美好的前程祝福。在那个秋风沉醉的夜晚，我激动地把纪然的话录下来发给了采薇，采薇在大洋彼岸的席梦思上回复了个不咸不淡的"嗯嗯"。

　　今天中午我从银杏林返回时，救护车"完了、完了"地从我身边呼啸而过。真是世事无常，不知又是哪个倒霉蛋快不行了。我不自觉地仰望天空，虽然阳光被楼宇遮挡，但仍有明亮的光影跳跃在银杏枝头。我收起脚步，贪婪地捕捉那一丝一缕的跳跃，仿佛有那跳跃在，我的心跳就在。

"徐教授"，温柔而甜润的声音像一道闪电袭来，我不由打个寒战。"徐教授"三个字是出现在我生活中频率最高的词，早就和头发、皮肤一样成了我身体的一部分，每当听到这称呼，就像左手摸了一下右手。今天这三个字尽管用普通话掩饰得很完美，但我的心还是像被搅乱的一江春水，瞬间失去了平静。林立变戏法般站在我面前，矜持的微笑，淡淡的妆容，长发在脑后用一个黑丝绒头花随意扎起，那张鸭蛋脸也就更加雅致。她一只手拎着一个黑色香奈儿纸袋，一只手拉着一个紫红色的拉杆箱。

"我来北京开会，顺便来看看您。"林立的声音像瓶启子，咔咔两下就打开了尘封在我心底的老酒，醇香一点点往外涌，慢慢浸淫着我的身体。尽管我发誓不再搭理这个女人，但我俨然有些陶醉，也就难免做出心口不一的事情了。我嘴里说着"不必了"，身子却往路旁的茶馆走。林立默契地跟了上来，就像当年她在前面走，我在后面尾随一样。只不过如今我俩掉了个个儿。

我和林立相对而坐，我要了两杯她喜欢的碧螺春。她喊住转身离开的服务生，轻声问："有碎银子不？"服务生挑挑眉毛说："有，有三年、六年、九年的。"林立打断服务生："给我们上九年的吧。"我说："不必了吧，我出门前刚煮了一壶茶。"服务员为难地看看我又看看林立。林立说："我现在也喜欢上碎银子了，再加上几块陈皮一起煮，真是又温和，又醇厚。"服务生的眉毛又是一挑，也许是太激动了，以至于下巴的肌肉也跟着往上扯，一不留神露出一口四环素牙，他像个女孩一样用茶单挡在嘴上："我们这有老板私存的十八年的陈皮，我一会儿给两位送一份。"我不知他是挡那口黄牙还是以此强调陈皮的稀缺。

电陶炉上的铁壶开始嗞嗞冒气，服务员洗完陈皮和碎银子就知趣地离开了。林立一边拨弄陈皮一边说："没想到竟能在这里遇上这么厚的陈皮，还是京城好呀，不然怎么那么多人愿意往京城跑。"

我撇撇嘴，苦笑着点点头算是回应，不然能怎么说呢？不说京城还好，说起京城我就一脑门子堵，若不是自己京城人的身份，怎么可能被她涮一回呢？林立似乎看出了我的不悦，她有些娇嗔地笑了笑："别记恨我了，我们还不都是为了孩子。"我白了她一眼，心想你的情况跟我一样吗？接下来她问我采薇的情况，我说我不管那么细，采薇只要健康快乐就行了，再说她在美国虽然读的不是常青藤，但留在那里还是没有问题的，那个孩子适应能力强，三个学期下来有一多半都是 A。我说这话期间林立倒水的手抖了一下，愁绪像壶中的碎银子一样一点点在她的眼角蒸腾、外溢、洇开。

林立把茶递到我手里，然后也端起一杯，装作陶醉的样子在嘴边嗅着。氤氲的水汽让我的心又开始柔软起来，不知不觉间就问了一句："天嘉的工作还顺利吧？"林立抬手狠狠摁了一下太阳穴，然后垂下眼皮说："我正为这事愁呢。这孩子天天抱怨，哪个徒弟又转岗了，哪个一起入行的又辞职了，她那不安心的样子，真是急死个人。"

我本想轻轻"嗯嗯"一声敷衍过去，但看着她无助的眼神，终究是于心不忍。我像在课堂上指点学生一样安慰她："大行就是这样，北大清华的学生坐柜台也是常事，再说哪个不是从基层做起。这帮孩子想成事，这一关就必须过。"

"你这么说，我就踏实多了。但天嘉说，没有关系想转岗挺难的，也许要做一辈子柜员呢。"一抹红云爬上林立的脸颊，那红云依然如三十年前炙热，在我眼前灿若桃花，我的心再次情不自禁地荡漾："京城人才多，关系多，不要让天嘉跟人家攀比，他们行效益好，什么部委的、大客户的、直系的、旁系的，反正能进来的都不简单。但天嘉聪明，忍一忍还是有机会的，我改天也侧面了解一下。"这是那天我跟林立说的最长的一句话，尽管有茶水滋润着，依然口干舌燥。林立拿起公道杯给我续水，我却没了谈下去的欲望。我瞥了一眼她的行李箱，用手指点了点桌子："天不早了，你还要赶火车，就不留你了。"说完自顾自按了一下呼叫器，把服务员唤了进来。

林立温情地看了看我，脸愈加绯红。一瞬间我又有了拥她入怀的冲动，我站起身，胳膊还没伸开，服务员就进来了。林立淡定地抢着结了茶款，又给我要了半斤十八年的陈皮。出门前林立有些羞涩地把扎着白色山茶花的香奈儿纸袋递给我："听王教授说纪然在你这里住了小半年了，这个你送给她吧，女孩子需要哄。"

无功不受禄，我想推托不要，更多的是想问问她怎么还和王教授有联系，但林立像每次一样一阵风就刮走了。

二

我的钥匙还未全部拔出来，纪然的声音就穿过廊道和餐厅在我耳膜边呼啸："太阳都落山了吧，电话不接，微信不回。"我换拖鞋时还怀着一丝愧疚，轻声问纪然饿了吧，但当我快步走过去把香奈儿放在单人沙发上时，眼前的景象一下让心凉了半截。纪然仰在靠凉台的双人沙发上，左腿压着右腿，手里捧着 iPad，茶几上散落着开心果皮、橘子皮。我不再搭理纪然，皱着眉头坐在三人沙发上，打开小竹篓的盖子，伸着鼻子闻陈皮的味道，一边闻一边掰开一块，把黑褐色表皮下那些丝放进口中咂摸。回味有些甘甜，也有些清香。我知道林立上当了。这陈皮年份绝对不够，还比不上她那年从新会带回来的十年的醇厚呢。

"老公，把餐桌上那杯奶茶递给我。"纪然的头依然埋在举着 iPad 的臂弯里，iPad 上宫廷剧声嘶力竭的喊声没有一点儿眼力见儿，直挺挺冲撞上来，把我的眉弯拧成了疙瘩。我没好气地说："年轻也经不起这样挥霍，自己起来动动。"

"嗯哼，嗯哼，递一下吧。晚上我给你叫小馄饨还不行吗？"

"噼里啪啦"，纪然半娇半嗔的声音还没落下，清脆的撞击声就一把盖过了所有的嘈杂。我们的目光不约而同地跟着声音投向了那个跌落在地的烟灰缸。站立在烟灰缸边缘的那只"喜鹊"带着齐刷刷的伤口躺在半尺以外。

纪然一个鲤鱼打挺坐起来，有些惊恐有些埋怨地说："都赖你，都赖你。人家是想找水喝呢。"我当然知道，是纪然一边撒娇一边伸手够茶几上的零食，手指不小心划拉上那只琉璃烟灰缸的。烟灰缸是结婚十周年时妻子买给我的，也是妻子留给我最后的一点念想。我想我和纪然的关系也该理理清楚了，她每天在家这样慵懒着，让我想起了王教授嘴里的"巨婴"。我不知是带学生多了，还是原本她就是我的学生，我怎么努力都摆脱不了老师和父亲的尴尬。每当想到这里，我就委婉地劝她去工作，去结识朋友，即便去读个博士也行呀。纪然嘴里应着，行动上却没有一点起色，每日就这样从床上到沙发，从手机到iPad，自娱自乐。我甚至怀疑她有时一天都不洗脸刷牙。有一天我拿着寿司进门，她像采薇小时候一样，一步就蹿到我跟前，一边接寿司一边在我脸上咂摸一口。虽然那咂摸只是象征性的，但我竟然闻到了她口腔里的浊气。一向喜欢整洁的我刹那间就对她产生了抗拒。我蹙着眉头问她："没刷牙？还是胃火大？"她扮个鬼脸嘿嘿一笑，把我的问话闪开，然后就拎着寿司跑到沙发上大吃起来，一边吃一边美美地颠着屁股。我想如果再婚，还是要找个像林立那样年龄相当的，不然哪一天我非得让她折腾死。

　　我悻悻地拿起扫帚把烟灰缸扫到垃圾桶里，"喜鹊"是磕烟灰的，没有了"喜鹊"的烟灰缸也就没有价值了。这时纪然猛地从背后搂住我的脖子，温润的小嘴亲在我的下巴上，然后顺下巴上移穿过硬茬茬的胡须裹住了我嘴唇。一瞬间我所有的念头都被她掏空了。

温存过后，我像一条老狗一样喘着粗气。夕阳就挂在阳台的一角慈祥地看着我，飘飘忽忽，若隐若现，越发让我在橙黄色的梦里坠去。纪然像只小狗赖在身边，头压着我的胳膊，脚伸到茶几上。我胳膊麻，脑袋也麻，但跟每次麻一样我只能忍着，不敢吭声。如果我说麻，她会更加变本加厉，胳膊上也许就不是她的头，而是她的屁股了。

"咕噜、咕噜"的声音从她的肚子发出，她翻过身来用两只胳膊撑着头，手指快速划着手机屏幕。"老公，我点一份生煎和牛骨汤，给你来一份小馄饨还是重庆小面？"一般这种问题我是不回复的，我说都行她就非让我选，我若说馄饨她又会说小面如何如何好，最后总是多买一份，这些外卖到我家后有的连动也不动，最后还得我拎出去放到垃圾箱里。若是碰到王教授还会被他奚落一通，什么"粒粒皆辛苦"啦，什么"外卖全是地沟油"啦，什么"中老年人代谢慢容易血管堵塞啦"，等等。

我抬了抬木木的胳膊说："今天我煲陈皮粥吧。"我胃不好，爱用陈皮熬粥，不过以前都是妻子帮我熬。纪然的小手啪地搭在我的额头上："没发烧吧？"话音未落她就尖叫了一声："老公，我太爱你了。"纪然像兔子般蹿到左面沙发上，先是把香奈儿抱在怀里，再是放到脸前，翻过来掉过去，看了个仔仔细细。她亲吻那白色山茶花的样子和当年妻子亲吻小采薇一样动情。

"哇塞，老公你太厉害了，这是今年的最新款耶。"她不问包从哪来，我也就懒得解释。我问她晚上到底吃什么，她说：

"你随便，我就吃它了。"

我一边煲粥一边想林立为什么要送这么贵的东西。是想和我重修旧好吗？肯定不是，若那样的话送个男士包才对。是觉得亏欠我，愿意看到我有个幸福的晚年，她才好心安。应该是这样吧，事实上确实是她伤害了我。

林立是我的中学同学，从报到那天见到她后，那个穿白色连衣裙扎着马尾的女孩便印在了我的心里。我们那个高中是县里的重点中学，每年就招四个班，每个班五十人。老师说我们是万里挑一的人才。为了引起林立的注意，我只有把对她的爱慕用到学习上，用成绩弥补我的自卑。高二分文理班后，我的座位就在林立的左后方，那天坐定后她曾对我相视一笑，我的心就再也淡定不下来了。我趴在被窝里借着手电筒的光亮，写了平生第一封也是唯一的一封情书，我觉得我爱的才华都耗在那封情书上了，以至于这么多年来我连打情骂俏的兴趣都没有。

林立看到那封信时，仅仅怔了一下，就交给了同桌李萍。她问李萍："咱们班有叫徐宏伟的吗？"李萍怎么回答的我没有听见，但我知道我根本就没有入林立的法眼。那封情书不仅没有打动林立，反而得到了一通奚落。

"我是商品粮，你是农业粮，我们不合适。"林立当着李萍的面一边说一边把信塞到我手里。李萍也在一旁帮腔："就你那包子样，就别攀扯林立了。"

当时望着她俩的背影我咬着牙说："我一定要考上大学，一定要吃上商品粮。"我不知道那算不算对林立的承诺，反正我知道要想追上林立，就必须考上大学，考上好大学。托林立的福，我以第一名的成绩考入学清大学。拿到通知书那天我去了林立家，可林立依旧没有答应我。她说："四年大学什么事情都有可能发生，你在北京，我在金城，如果有缘就等到毕业时再说吧。"我知道林立说的有道理，我也信誓旦旦这辈子就认准林立了。我和林立保持着通信，实际上是我三天一封，她有时一个月回一封，更多的时候根本就不回。每到这时我就急着问同在金城读大学的李萍，李萍不仅不帮忙，反而泼来一瓢冷水："包子，林立不喜欢你，你们不是一路人。"我梗着脖子生气地问李萍："是不是你老说我坏话，还给我起了'包子'的外号？"李萍说："林立能听我的？是林立说你像个包子。"

为了追到林立，毕业时我放弃了留京，放弃了读研，一门心思回到了金城。可留在金城的林立却总躲着我。我守着他们单位大门等到她时，她却冷冰冰地说她下个月就要结婚了，丈夫是他们厅长家的公子。我不知道那天我是怎么离开的，我只知道回到宿舍后我蒙着被子睡了三天三夜，铁了心要离开伤心之地。林立婚后的第二年我考上了学清大学的研究生。我和妻子是读研究生时认识的，我读经济，她读文学。说实话妻子比林立好看，比林立文艺，妻子还把我当成宝。那段时间我几乎把林立忘掉了。

三

陈皮粥的热气已经下去了，我余了几根菠菜，拌上火腿丝，淋了几滴香油。我知道这样的饭纪然不愿吃，我一拌青菜她就说是喂兔子，但我还是习惯性地喊她过来喝一点。纪然依然没过来，她在沙发上咔嚓咔嚓嚼着一大包膨化食品。我的心情和晚餐一样寡淡，嘴里越发没滋没味，久违的陈皮粥也没能打开我的胃口，不知是快餐把我的胃口吊上去了还是我的味觉退化了？

"早上好"，"小黄狗"晃着脑袋从手机上冒出来，震得火腿丝一个劲地颤动。我回复了一个带"早"字的笑脸。其实我们都知道此刻我这里快要道晚安了。我顺手拍了粥和青菜的图片，并给火腿拍了个特写送给"狗狗"。采薇快速回了一个："老同志养生工作做得不错，改天我回去也享受一把。"我回复："期盼公主驾到。"又随手点了一朵"玫瑰"，一来一去笑意就这样不自觉地浮上嘴角。我意犹未尽地嘱咐她："吃健康，晒太阳，顺便规划好自己的未来。"信息再次"嗖"地飞向彼岸，采薇"嗯嗯"之后就再没了声息。

我想我应该动用一下自己的资源帮帮采薇了，若让她自己规划，还真不知又闹出什么幺蛾子呢。采薇就是这个样子，对什么事都是顺其自然，更别说长远规划了。每次想到这里，我就觉得自己很失败，惭愧自己带了那么多硕士博士，却没引导好自己的女儿。采薇小学初中都是在我们附小、附中读的，可到了高中的临门一脚，她却因为分数差得太多与我们附中擦肩而过。我怕采薇心里受不了，就想把她送到国际学校。哪知采薇并不领情，她说她上个职中也行，她还强调职中更好就业。志愿那栏，她选的居然是宠物美容师。采薇像个外星人一样振振有词："存在的就是合理的，职中有这个专业，我就能选。"

如果采薇真的上了职中，别说她妈妈地下有知无法原谅我，就是我自己面子上也过不去呀。我叹口气说："我对不起你妈妈。"如若采薇妈妈在，采薇不仅会按部就班地升入重点高中，还会成为"别人家的孩子"，事实上十二岁之前的采薇就是那个样子。妻子在采薇上幼儿园时就给采薇报了舞蹈、小提琴、英语、珠算好几个课外辅导班。可是如今呢，想到如今我就不由得吸一口凉气。我也是极力要当个好父亲的，但是离开妻子的佑护，采薇的分数进国际学校也不够，尽管一年学费五万，也不是只要掏钱就能进的。为了采薇进国际学校，我只好厚着脸皮求人。通知书下来那一晚，我把妻子的红牛皮本本拿出来，模仿妻子的语调给她读那些鼓励与期待，读得自己泪眼婆娑，采薇竟然像个局外人一样一言不发。

"真是不比不知道，一比吓一跳。同样是教授，我就没钱送王读史去国际学校。"王教授气不忿儿地在学校议论我。我当时还有些尴尬，毕竟采薇上不了我们学清附中让我很没面子，但谁知大家眼中却是羡慕的眼神。我暗自思忖这个学校选对了，只是我必须再多开办一些讲座，用我对宏观经济的研究，满足微观上的需求。好在讲座也像瘟疫，极具传染性。什么经济研讨会、基金年会、行长培训班呀，都要先有这么一个宏观经济趋势分析来压场子。那一段时间也是我对经济研究最得心应手的几年，我总觉得不能让人家花冤枉钱，更不能砸自己的牌子。一位在金城银行当副行长的学生也跟风邀请我去给他们讲课，本来我对金城是有抵触的，但苦于他三番五次地邀请就答应了。如今一想起这件事来，我肠子都悔青了。

"包子"，那天我刚从金城银行研讨会的讲台上下来，那久违的外号就猝不及防穿透我的耳膜，我不由得趔趄了一下。李萍像变魔术一样从左侧挤了过来，再次高声喊道："包子，真是你呀！"

李萍还是上学时大大咧咧的样子，不管你回应不回应，自顾自地噼里啪啦："这么巧，我上个月刚入职金城银行。"还是那位行长学生看出了我的尴尬，他委婉打断了李萍的话对我说："李行长可是我们从宇宙行挖来的钻石。"我缓过神来，心里虽然并不喜欢李萍，但此刻也只能顺水推舟了。我轻轻咳了一声端起教授的架子对行长学生说："我这个老同学虽然能干，可毕竟在你的手下，你不要亏待她哟。"

本来讲完课就要回京，但李萍却说要把在金城的同学全都招呼过来聚一聚。我嘴里说"时间紧，下次吧"，心里对同学相聚却很是期待。我知道自己内心是想见见林立，想在林立面前找一找衣锦还乡的感觉。晚上同学们陆续到齐了，却唯独少了林立。李萍一脸愧疚地解释着："林立忙着接送孩子呢，上完辅导班就赶过来。"

老同学因为我的到来坐在一起，我自然成了中心。听着他们如今的恭维与奉承，心里就更多了些见林立的期盼，而且这期盼一冒出头，言语和酒菜就寡淡了许多，眼神也不住地盯着门口。李萍不停地给林立下最后通牒："天嘉的补习课还没结束？再不来我们就散伙了。"放下电话李萍气呼呼对我说："林立的老公就是衣来伸手饭来张口的公子哥，林立又要强，工作不肯丢下，对孩子要求又高，害得自己一天到晚像一只陀螺，还真不如当初跟了你呢。"没想到在社会上混了这么多年，李萍还这么直截了当。我漠然地看了她一眼说："上主食吧，大家明天还要上班呢。"主食上来时，林立也像风一样刮了进来，顺滑的直发散落在肩旁，藕色薄呢面料的连衣裙有型有款，领口翻出的白色衬衣领子残留着一丝青春的气息。虽然已是早春时节，但金城的人们还没有脱去厚厚的冬装，林立像二十年前一样再次光彩夺目地闯入我的生活。尽管那袭白色连衣裙换成了藕色，马尾变成了披肩，但不得不让我感慨，岁月怎么就没在她的脸上留下痕迹呢？

林立大方地伸出手，和她的手握在一起时，那被专家学者包裹的壳咔咔咔地被击了个粉碎。那一晚我们喝完酒又去唱歌喝茶，满怀今朝有酒今朝醉的豪情。

回京后我的生活就淡定不起来了，李萍的话不时浮现在耳边，我想如果林立当年跟了我，我会把她当成公主一样捧在手心里，可是生活没有如果。我也不知犯了什么神经，居然给林立写了封邮件，劝她不要活得那么累，生活的光鲜重要，但内心的光鲜更重要。

邮件发出后的第三天，林立带着陈皮来京城看我。林立的到来着实让我受宠若惊，而且她还知道我胃不好，知道我爱喝陈皮。我有些看不清眼前的林立，但这并不妨碍雄性激素的激荡，我发现我还像二十年前一样喜欢这个女人。

　　我请她出去吃饭，她笑着说都是老同学，不需要那些繁文缛节，在家一边吃一边聊，又健康又随便。我想起平常王教授嘴边的"女士不能说随便"，不觉就微微笑了一下，算是答应。

　　等我从楼下买回烤鸭和凉菜时，一煲热气腾腾的陈皮粥，一盘金城人爱吃的菜饼已摆上餐桌。我拿出高脚杯，开了瓶法国红酒，两个人像情侣更像夫妻一样默契地干杯。"这个房间需要有一个女主人了。"林立的话软软地在室内回荡，却硬硬地卡在我的嗓子里，嘴里的菜饼趁机钻进喉咙，害得我剧烈咳嗽起来，眼泪和鼻涕也不争气，往外流。林立起身拍打我的背，她越拍我就咳得越厉害，我懊恼地想此时我弓着腰的形象在林立眼里更像个"包子"了。

　　林立扶我到卧室休息，我试探着摩挲她的手。摩挲着摩挲着就有了拥她入怀的想法，像个少年般慌乱固执地把她拥入怀中。林立有些惶恐，有些躲闪，但终是没能抵过我的热唇。那是我们第一次也是唯一的一次亲吻，我感觉自己的身子在飞，自己的心也在飞。当我的手抵达连衣裙的深处时，林立像只受伤的绵羊咩咩地哀求着、躲闪着，然后冲出卧室。我想追出去，可身上却没了丝毫的力气，只能垂头丧气地任由热血昂起又落下。

　　陈皮粥甜糯的味道飘进卧室，偶尔还有一丝黄瓜的清香，它们和林立的气息融合在一起，家中弥漫着久违的温馨和浪漫。我有太多的话要问林立，但我不知道该怎么面对她，只有躺在床上装醉，装病，让梦多停留一会儿。我自以为是地想女人都是现实的，想必李萍把我的分量已经原原本本告诉林立了，不然林立怎么会主动上门呢。

"哦，有客人呀，徐教授没在家吗？"门铃夹带着王教授那幽灵般的声音不合时宜地飘进来，打断了我的想入非非。我有些怨气地干咳了一声，那意思是告诉他我在。"我去看看他，您先忙。"王教授第一次这样礼貌地讲话，也第一次没有像个国际警察般把精力烂缠到我房间里的女人身上。

"王读史参加了一个社会实践活动，若获奖高考可以加分。这孩子今天一回来就嚷着让您给他当指导老师。"王教授一边说一边把唾沫星子喷到我的脸上。我皱了皱眉头，同时又挤出几声干咳。

"您别急，过几天他把论文整理好再找您，您也不用为难，读史的学习成绩您知道，名师高徒，得奖应该没问题。"王教授说完并不等我回答，仿佛事情已然定好，就是来通知我一下。我有些愠怒地想打个折扣，最起码不能这么快就答应，可王教授根本不给我开口的机会。他用手把右侧耷拉下来的头发拽过光秃的头顶送达左侧耳边，又快速哈了一口气把肩负重任的头发捋了捋，然后一脸狎昵凑到我耳边："这位看着端庄贤淑，眼光不错呀！"我下意识地点了点头，王教授却错误地理解我答应他了。还未等我开口，就神秘兮兮地拍了一下我的肩膀："不打扰你的好事了，我先替王读史谢谢他叔叔。"

林立羡慕地说："都说高考公平，实际上地域差异还是蛮大的。报考同样的学校，金城的学生要比京城的孩子多考百十来分呢。"

"其实京城的孩子也不像你说的那样轻松，只要在中国，高考就是一关。"此时我想起了采薇，想起了当年的自己。但那只是一瞬间，我眼前想的还是怎么说服林立放弃那个我认为不幸的婚姻。我感慨道："人生苦短，还是做自己喜欢的事和自己喜欢的人在一起重要。"说完我把她的手放到我的手心里。

林立愣了一下，轻轻抽出手，去给我盛饭，然后像什么也没发生一样坐在我对面。我知道女儿是她的软肋，李萍说林立为了女儿都没有自我了，我便想用孩子这个"七寸"去征服林立这条"美女蛇"。

"我的情况你都知道了吧？"我火辣辣的目光穿过氤氲的雾气投向她，林立像是被热浪烫伤一般低垂眼睑，一滴滴泪珠吧嗒吧嗒往下落。此刻的我再也不是那个惶恐羞涩的少年了，踌躇满志的我像解读当下的经济形势一样信心饱满："如果你能嫁给我，户口就可以进京，天嘉刚好也可以随迁。"说完我一边盯着林立，一边拿起勺子用力地在碗里搅动着。

"这样可以？真的可以？可是，可是……"林立欲言又止。

"你放心，我会像待采薇一样待天嘉的。"说完我长长出了一口气，心从未有过的轻松。我放下手中的勺子，陈皮的香气让我有些恍惚，也有些沉醉。晚饭后林立收拾行装要回金城，她意味深长地说了句"来日方长"。

守得云开见月明的喜悦把我填充得满满的，我迫不及待地把这个消息告诉了李萍。本以为李萍会为我高兴，为林立高兴，谁知她在电话那头再次给我泼了一瓢冷水："包子，你不会是做梦吧？林立的老公虽然是公子哥，可金城的同学哪个不晓得林立像老母鸡一样罩着她的家，我们都说是她把老公孩子惯坏了。"说完李萍话锋一转："好了，你别逗我玩了，跟你说点正经事吧。"

我有些不高兴地说："我说的就是正经事。"

李萍在电话那头哈哈大笑起来，那笑声震得我手机险些掉下来。李萍终于止住了笑，但仍有些上气不接下气："那你再来趟金城吧，为我争揽的企业做做上市辅导，也顺便把你的正事落实一下。"

我有些赌气地说："我只讲宏观，上市的事情还是找专业人员吧。"我是真有些生李萍的气，上学时就没给我添过好话，如今一边想借助我的名气，一边还不肯帮助我，看来还是把我当成"包子"了。我放下李萍的电话就给林立发了个短信："我们尽快办手续吧，如果顺利，明年天嘉就可以在北京参加高考了。"林立回复："好，好。"

我请钟点工把家里里外外收拾一新，采薇揶揄我："看你那个猴急的样子，显然是遇到真爱了。"我确实有些着急，也有些激动，我怕采薇有心理负担，就认认真真许诺婚后是不会亏待她的。采薇一改大咧咧的语调，神情活脱脱一个小大人，她认真地说："只要你幸福就好，再说我都快成年了，终究是要独立的。"那一刻泪水浸满了我的眼眶，不知不觉间采薇就长大成人了。

我和林立火速办理了结婚证，领证当天林立连家门也没进就匆忙回金城了。她说天嘉正是关键时期，孩子离不开她。我理解一个母亲的心情，也知道只有把她娘俩的户口尽快迁移过来，才能让林立安心留在我身边。政策上户口迁移没有问题，但指标要排队，我托人加了两次塞也要等三个月以后。采薇安慰我："反正这么多年你也等了，也不在乎这三个月，况且你可以去金城找她呀。"一句话点醒梦中人，我觉得我应该去趟金城。但我不想给林立压力，毕竟她刚刚离婚，我觉得答应李萍做上市辅导应当是个不错的理由，正好一举两得。李萍在电话那头一个劲儿地感谢："还是老同学讲情义，你可帮了我大忙了。"

　　那个企业还真是买我面子，答应把李萍他们行定为募集资金的主办行，还请我做企业的独立董事。那天晚上我和上司公司的三位老总还有李萍他们一起到金城宾馆用餐庆祝，在他们的簇拥下，我衣锦还乡的感觉愈发膨胀，我们原本是可以坐电梯直接上包间的，但那一刻心血来潮的我就想爬一爬旋转楼梯。当我和众人爬到二楼共享空间时，李萍的喊声依然像在当年操场上一样，喊出了一个长长的休止符。她冲着共享空间里的三口人一边挥手一边大喊："林立，林立。"我循声望去，只见一个高大挺拔的男子正把一束玫瑰送到林立手中，女孩在旁边可劲地鼓着掌。

　　那一天是林立的生日，林立一家三口温馨的画面击碎了我的美梦。

　　三个月后，我排到户口迁移指标时，林立主动说不用办了。

我们去办了离婚手续。她没有给我任何解释，只是留给我一篓十五年的陈皮。李萍告诉我："天嘉考上了学清大学的自主招生，只要考过一本线，录取就没有问题了。"

四

"老徐，你要好好保重哟。"我正对着窗外发呆，采薇就在微信里没头没脑地来了一句。我叹口气，回过神来收拾纪然留下的残局，两支口红、一盒粉饼、还有一大堆面巾纸和我叫不上名的化妆品。自从纪然住进来，卫生间、餐桌、床头柜到处都是她散落的东西，有化妆品、隐形眼镜，还有各种各样我叫不上名的小零碎。都中午了，太阳还在雾霾里躲着，我也就无法到小公园里转圈晒太阳。心一阴沉，就忘了给采薇发微信。采薇没看到我的回复，越发可劲地"温馨"起来："好好等着我，您的女儿再逛荡一阵就回去陪您晒太阳了。"我对这莫名的温暖有些不适应，学着纪然的口气问道："你生病了？"采薇发来"小黄狗"傻笑的脸，然后跟着一串文字："昨天王读史妈妈来电话让他订机票回国，可王读史的工作签证还没拿下来，不敢回。"我问道："为什么突然回国？"采薇发了个惊奇的表情，然后是一串疑问："王伯伯昨天进 ICU 了，你不知道？"

我嘴里"哦"了一声，心想前天听到救护车"完了、完了"的叫声，是冲着王教授来的呀。采薇说王教授突发心梗，幸运的是他夫人李老师在家，用药和抢救及时。如果是一个人，想想都一身冷汗。我跟采薇说："你不用担心我，我有你小妈呢。"

发完我又撤回了，但采薇还是看到了。"小黄狗"先是捂着脸出来汪汪几声，紧跟着就是采薇的语音："哈哈，说秃噜了吧，只要你喜欢，我就喜欢。"

我叹了一口气，采薇总是对那些闲事门儿清，可一说到学习就怵得要命。原本以为读三年的国际学校能升入好一点的大学，可她还是连一本分数线都没过。我这边急得嘴上长个火泡，她那里依然是一副坦然的样子。她说上个三本也可以呀，实在不行就上个低于三本的函授学校。当时林立的女儿过了一本线六十分，也就是高出采薇近三百分，上我们学清大学是板上钉钉了。如果采薇上了函授学校，我怎么面对同事，面对同学，妻子在九泉之下也不会安心呀。那几天王教授不知趣地问我采薇报哪所学校，是国内还是国外？王教授见我不正面回答，就屁股后头追着我说可以让王读史帮采薇联系美国的学校。我知道王教授不是真正关心我，而是为了显摆王读史又拿了全额奖学金。

思来想去我也只有把采薇送出国读书这一招了，而且动用关系还可以帮采薇申请一个好一点的学校。就在我紧锣密鼓为采薇寻找合适的学校时，采薇却告诉我王读史和她联系过了，她在王读史的推荐下已向王读史的学校递交了申请。

采薇的通知书上标注的是半额奖学金，这比我预想的好多了，而且那所学校排名比我们学清还靠前。采薇却说她想再等等，她不挑学校，只想上个全奖的。我武断地把她送出国，我说就是自费你也要读个好学校，将来你就知道第一学历有多么重要了。

采薇留学的第二年，我争取到一个访问学者的机会去美国看她，才知道她将经济学换成了市场营销，并且养了一条狗，一只猫。我有意识引导采薇往经济学上靠，并带着她漫步华尔街，感受世界金融中心的气息。我指着一扇窗户说："我多么希望我的采薇能成为其中一员呀。"采薇像被热水灼伤一般，急急地甩开我的胳膊，吐出一串"No、No"，随后又补充一句："老同志，这里晒不到太阳的。"我说我并不是让你留在华尔街，而是让你多考虑考虑以后的去向……我说这话时采薇已经向东北角古老的国库大楼走去了，随着采薇的身影望去，只见一条小狗摇着尾巴迎面跑来，采薇拍拍小狗的脑袋，握着小狗的前腿，任凭小狗的红舌头在手上舔来舔去。一缕阳光从楼宇间钻出来，尽管又细又窄，但却欢快地随着她和它跳跃，明晃晃炙烤着我的眼睛。

每每想起这些，我就很自责，采薇活得随意，跟我这个做父亲的有很大关系。采薇到美国后的第二个学期就去打工了，每次回来都给我带礼物。纪然那个 iPad 是她带回来的，我手腕上那个计步器也是她送给我的。她说每天在微信运动里看到我步数的变化，就大概知道我是在散步还是跟小妈腻乎着。我问她对纪然的印象，她笑着眨眨眼睛："国内的学霸都这样吧，你喜欢我就喜欢。"

按照当下流行的说法，纪然是"双清"硕士，也就是本科和研究生都在学清读的。我常常想这样一个学霸怎么就变成这样了呢？纪然工作后的第二个中秋约我吃饭，我当时还问了一句把你那些师兄弟们都叫上了吗？纪然在电话那头"嗯嗯"了两声，我也就没多想。但等我走入包间时还是有些吃惊，房间里就纪然一人。她解释说她不愿见其他人，人家一个个都蒸蒸日上，唯独她是个"待业狗"。我惊奇地望着这个弟子，去年她那踌躇满志的样子还是那样清晰可见，如今却是一脸的苦楚、一身的萎靡。"我原以为扎实工作，就能很快脱离柜员岗位，可一年过去了，那些学历不如我，业务不如我，甚至资历不如我的都陆续上楼了，有些人影都没见着，只是名字在营业室晃一下就直接去上级行了。"她说到这里委屈地看了我一眼，"您说是金子总能发光的，可您也知道众口铄金积毁销骨。那些老柜员都是些没学历或者没关系的，大家一起东家长西家短，每天都是牢骚和负能量。时不时就有人问我，'小纪，你啥时上楼？'又或者说，'快托托人吧，你这么高的学历不能跟我们一起这么混吧。'我们网点只要有上报的材料主任都不客气地交给我写。可先进呀、调岗呀却没我的份。"

"年轻人受点委屈，多干点也是一种磨炼。"我依然用一个导师的语气开导着我的学生。

"原本我以为，"纪然喝了一口水，继续说道，"原本我以为我上不了楼，最起码可以当个好柜员吧，可这也不行。那天后台大姐把给财大的代发工资清单挂账后，说是家里有事就提前走了，主任就让我帮她平账。我按常规把单笔数和总数核对了一下，数据没有问题，就转送后台批量代发了。可谁知第二天财大的一帮老教授来行里讨说法，原来大姐把备注选项里的'工资'误勾成了'抚恤金'。其实如果真诚地道个歉也就没事了，可大姐就是不去，网点主任也嫌这帮老师较真，说话不疼不痒的，惹怒了人家。几个退休的老教授就联名投诉。行里为了安抚教授们的情绪，居然把我和大姐一同处分了，还扣发半年奖金。您说我背着严重违规还怎么发展？"

我也觉得他们有点欺负人，想起有个学生是纪然他们行的一个处长，就把纪然的事情揽了下来。为此我还主动和学生约了一场酒，但处长学生没有我预期的拍拍胸脯小事一桩的样子，他叹着气说："徐老师，不瞒您说，从柜员岗捞个人太难了。如今的学生都不踏实，没干几天就想着找关系换岗位。别说领导，就是我手里的条子也有一大堆呢。"我心里一凉，觉得不管是他推托，还是其它原因，反正事情没有想的那么容易。我暗暗告诫自己以后可不能随便找这不自在了。处长学生见我有些沉默，又解释道："京城不比外地，您也知道方方面面关系户的孩子都往里塞，能进来就不错了。我当年也是干了三年柜员，您让纪然有点耐心，厚积才能薄发，我以后也多关注一下她的发展。""厚积薄发"是我常常教导学生的，没想到如今学生以这样一个方式还给了我。本来纪然的事情可办可不办，纪然不是采薇，我也犯不上贴自己的老脸，可我觉得就此偃旗息鼓有损我的形象。我像过去给学生提示重点一样，先"嗯嗯"清了清嗓子。我一边"嗯嗯"一边瞥了一眼处长学生，他眼神涣散，没有一点上学时跟着"嗯嗯"就精神百倍的影子。我只好硬着头皮说："你说的我都理解，但你师妹都有些抑郁了。一直拿奖学金的孩子莫名奇妙受了处分，我怕她想不开。"说完我举起酒杯敬处长学生。

处长学生嘴里说着"这不对，应当是我敬导师您"，但还是很高兴地碰了一下杯。由于用力过猛，酒杯里的酒溅出来，就像我当年讲得尽兴唾沫星子乱飞一般。处长学生说："徐老师开口，我必须办。"从酒店出来，我就跟纪然说了情况。电话那头纪然的声音又像小鸟一样欢快起来。

转眼两个月过去了，如果不是纪然再次来找我，我都忘记还有这样一件事情了。立冬那天，纪然送给我一条巴宝莉的羊绒围巾。我以为她是来感谢我的，谁知她嗫嚅着说那个处长学生一直没联系她，她也委婉地问过主任，并没有调换岗位的迹象。我担心纪然认为我在糊弄她，就当着纪然的面拨通了处长学生的电话，一来想澄清；二来想给他们接上头，自己也好抽出身来。可处长学生直接挂断电话，我有些生气也有些尴尬，自己给自己找台阶说："应该是开会吧，如今当领导的会都多。"纪然勉强挤出一丝歉意："让老师跟着为难了。"我说："这有啥为难的？举手之劳。"话音未落短信适时飞过来，尽管只有短短三个字"在开会"，但在那会儿绝对是四两喜气拨动了万千尴尬。我说："你就报上姓名，直接去找他，都是师兄妹，免得他一忙又忘记了。"我让纪然把围巾给处长学生带去，纪然坚决不肯，她说她再买一条就是了。

一周后的下午，纪然约我喝酒，她说她刚从处长学生那里出来。那是连续雾霾后的一个大晴天，我刚转完圈回来，纪然的电话和阳光一样让我兴奋，我想都没想就答应了。

我到达后海酒吧时，纪然面前已放着两个空酒杯子了，她眼光迷离地冲我招手。我想这是有好消息庆祝吧，便问："事情办妥了？"她晃了晃酒杯，独自喝了一大口说："都妥了。"我接过她递过来的酒杯，一边晃一边微笑着说："我那个学生还算有情有义。"那一刻成就感紧紧包裹着我。我本来想和纪然聊聊天，可事情都已办妥，除了喝酒好像聊什么都是多余的。那一天喝了多少酒我不知道，反正我和纪然是喝高了打车回的家。第二天醒来我看到身边的纪然有些愧疚，我觉得我不该占这个女孩的便宜。我催促纪然赶快去上班。纪然苦笑着说她不会再去上班了，如果再去上班，她就会疯掉的。

她淡淡向我描述了昨天上午的事情。纪然听到处长房间有说话声，敲门，没有回应。她耐心等着，等声音消失再敲，又听见说话声，只好再等。她不敢硬闯，愿意给处长留下一个有礼貌的好印象。就这样等了近一个小时，终于听到了"请进"。那个处长说本来定好要先借调她的，可看到她刚背了处分，怕影响不好，就让她再等等。说完把她晾在一边，如同顺手把巴宝莉围巾往杂物箱上一扔一样随便。纪然不甘心地说，那个同时被处分的大姐已经调到工会了。处长听后脸一沉，恼怒地说："人家姨父是一个大客户的财务处长，有几个亿的存款放着呢。"

纪然气呼呼出来后就直接去了男朋友那里。谁料开开门后，客厅里竟然坐着一个女孩。男朋友跟那个女孩说，纪然是他同学。女孩说她和男朋友同在证券公司上班，并大大方方邀请纪然去他们的新家做客。

我安慰纪然，工作可以再找，男朋友也可以再找。纪然确实也先后找了几个工作，但不是嫌没前途，就是嫌工资低。我心想这样眼高手低一辈子也不会有合适的工作，不如就继续读博吧。纪然说考虑考虑，然后就没了下文。

五

我去医院探望王教授时，他已经从 ICU 转回普通病房。王教授咧了咧嘴："多亏了老李呀！"老李就是王教授的老伴李老师。我笑着说："你福大命大。"我以为他到阎王爷那转悠了一圈，回来应该收收心性了，谁知王教授抬了抬那只没有输液的胳膊，依旧八卦我的事："我看小纪不错，你就不要再挑挑拣拣了。"这时李老师挥挥手制止了他："你这个人就是嘴欠，都泥菩萨过河了还那么多屁事，人家徐教授啥不明白，你若像人家一样注意锻炼身体，也不至于到今天呀。"王教授翻着白眼看看李老师，看看我，一副委屈的样子。我憋住笑声，但还是感觉一股快意在身体里流窜。我装模作样地拍拍他的右胳膊，用上课时的腔调安抚他："好好养着吧，现如今最重要的就是身体。"

从医院出来后，我不想回家，更确切地说是不愿看着纪然像个巨婴一样在家里宅着。前些天，我刚在微博上发表了经济预期运行良好的观点，就遇上股市黑天鹅，我自然成了"粉丝"围攻的对象，一天就掉了上千的"粉"。我在书房刷微博，对那些攻击性留言，刚反驳一声，竟然招来排山倒海的围攻。就在我焦头烂额时纪然 iPad 上的声音从客厅强劲地钻进来，像马蜂一样嗡嗡嗡叮我的脑门，以至于我不得不摔门出来吼道："你就不能找点正事干！"

纪然像往常一样娇滴滴抓住我的胳膊往我跟前靠，在她的头蹭到我胡须的一瞬间，iPad 上的声音再次袭来。我焦躁地把她推了出去，好像这一推就能切断声源一样。纪然委屈地抱着 iPad 回了卧室，怯怯地靠在床头说："我知道自己很失败，我也嫌弃自己的样子。"后来几天，纪然买回一大堆的书，也报考了公务员。纪然研究生毕业时是通过了公务员考试的，但纪然觉得自己的情商应付不了机关的微妙，再加上薪金的原因，在银行和公务员之间选择了银行。如今银行折戟沉沙，也只好再考公务员了。成绩出来那天，纪然把自己又关在房间闷了一天，一直裸考都能过关的她居然在笔试阶段就被刷下来了。我好心好意劝她还有明年，还可以读博，她却怼我："你觉得我还能考过那些刚毕业的学生吗？"

我生气地说："那也不能年纪轻轻就这么荒废着呀！"

"你放心，我会找工作，不会连累你的。"纪然说完就夺门而去了。

纪然出走后，我很是担心她的安全，怕她想不开做傻事。我们学校前几天就有个博士因为答辩没过，从教研楼跳下来了。我连忙给纪然发微信，打电话，可纪然就是不回应。我几次想给纪然的父母打电话，可一想到纪然父母只知道我是她的良师，并不知道她已经辞去工作，更不知道她就住在我这里，我就像被放了气的皮球，一下偃旗息鼓了。纪然的父母是中学老师，纪然说她已经被他们管了那么多年，即便是寒暑假，她也得在父母眼皮子底下学习，那滋味太难受了。当时拼命考大学就是为了逃离父母的"魔爪"。

我一边胡思乱想地吓自己，一边怀念之前平静的时光。心想纪然回来我一定要和她谈谈，我们都不应当再做和年龄不相称的事情了。

直到深夜，纪然才酒气熏天地敲响家门，进门后她把手里拎着的一堆书往沙发边一扔，就直愣愣躺在沙发上睡着了。第二天，她破天荒地早早起来，还出去买了早点，然后就把自己关到书房里，一副用功学习的样子。但没几天她整个人就再次沦陷在沙发里，不同的是如今她戴上了耳机，家就像我自己生活时一样安静。但这安静反而让我的心乱哄哄的，过去我提醒她、规劝她时，虽然左耳朵进右耳朵出，但我的声音毕竟是有个出处。如今她堵上耳朵，声音只能在我心里乱撞。

我们在一个屋檐下，却没有交流的时机。我读书、上课、晒太阳；她手机、iPad、睡大觉。我的粥和青菜她看着皱眉头；她的重庆小面、麻辣烫我嫌不健康。有时我望望对门，还真是有点羡慕王教授的生活，尽管李老师粗声大气，也不怎么修边幅，但他家里总有肉香、粥香飘出门缝。

我知道王教授也羡慕嫉妒我的生活。王教授看着我和纪然光鲜地出入，眼神总是讪讪的，嘴还没张开，哈喇子就先流下来了。在他抹嘴的工夫，我和纪然就咣当一声把门关上，然后两个人像孩子般躲在门后面哈哈大笑。被王教授羡慕的感觉让我的心情异常愉悦，我有时觉得那种愉悦比性生活更让我亢奋。有一次我从他家门口过，听见李老师在里面嚷他："你是不是吃饱了撑的，管人家谁出入呢。"我想也真是难为王教授了，躲在猫眼里往外瞧是戴近视镜还是戴花镜呢？我在外面走路时也许会松垮一些，但只要一进楼道，就会不自觉地挺直腰板，开门时还故作潇洒地甩甩头发。都说贵人不顶重发，但我的头发却又密又黑，以至于经常有老师问我在哪买的假发套。其实我知道肯定又是王教授在外面诋毁我。他也是留了一边多的分头，尽管他坚持"地方支持中央"，怕下面的头发不听话用黑卡子从一边别过来，但头顶还是隐约闪着光亮。有一年春天，沙尘把卡子吹跑了，左"地方"支持到右"地方"的头发就奔拉回左"地方"，其实头发并不多，但因为长就飘到左肩。有个老师问他怎么几天没见，就蓄了胡须。王教授一边捂着左下巴往洗手间跑，一边恶狠狠瞪了我一眼，仿佛我是那万恶的沙尘暴。这几年王教授的头发越发稀少，而且"地方"上仅存的头发还遭遇屋漏阴雨的不幸，基本在白中沦陷了。王教授只好放弃原生态，买了一个和我头型一样的假发套。纪然坏笑着说："逼真倒也逼真，就是不能甩头。"

其实我也不是每次都甩，比方说王教授去美国看王读史时，王教授去外地出差时，我就没了甩的兴趣。还有一次我也没甩，那天我正在晒太阳，林立电话打来，我毫不犹豫地直接摁断，就耷拉着脑袋回家了。

回家没多久，就有人敲门，我学着王教授的样子从猫眼里看，但戴着眼镜一点也看不清楚，我把眼镜摘下来，眯着眼睛对了半天焦距，才看清外面是林立。我悄悄退回客厅，听着门外王教授高门大嗓地把林立邀请到了他们家。

那次是林立送女儿天嘉入学。来前林立给我打电话，我拒接。她竟然厚颜无耻地给我发短信："都是老同学，你就别记恨我了。我也是为了孩子。"我心想你的孩子都考到学清大学来了，你的家庭也那么幸福，就不要再来打扰我了。李萍说虽然她那个公子哥丈夫比较懒，但有原厅长老爹的关系罩着，职务也有，这几年更是拿上了年薪，林立根本不用像我和李萍一样每日苦哈哈地为生活奔波。其实不用李萍说我也知道自己没戏，想起他们一家三口幸福的场景，我就为自己悲哀。明明知道林立不爱我，却甘愿被她两次三番地耍。我知道如今她联系我，就是因为她的女儿考上了我们学校。

大约过了半个小时，王教授和李老师送林立出门。王教授煞有介事地站在门口说："有时间常来，放心，等我见到老徐就替你转达。"几分钟后王教授就把我家房门敲得嘣嘣响，我不想开，索性跑到卧室蒙上了被子。

第二天上午我刚从外面回来，就被王教授堵了个正着。他一脸诡异地问："你为啥躲着你那个女同学？"见我没吭声就把身子挡在我前方继续说："我在你家见过她，人挺好的，孩子也争气，昨天我知道你在家。"

我本来就有些恼怒，再加上被堵在墙角，就怼了他一句："你是纪委还是校长？"王教授不仅没有恼怒，还一副关怀的口气："我是觉得她人不错。一个女同志，你不要让人家下不来台。"

我刚要回击他几句，身后"咯吱"一声，李老师打开门，热情地招呼我进屋坐坐。她说："读史加分的事一直没谢您呢，昨天你同学又给我们带了那么贵重的礼物，让我们多不好意思呀。"我说："我那女同学的老公是个上市公司的老总，那点礼品你不用当回事。"王教授听完我的话愣了一下，我趁机转身，走进自己家门。

事实上好长一段时间我和林立都不来往。她每次进京都来看我，我每次都给她闭门羹，我不关心她更不关心她去不去王教授家。有一天王教授醉醺醺敲我的门："你那个女同学办事真大方，今天请我们吃饭时，送给我们一人一部手机。"王教授一边说一边志得意满地扒拉他那个印着"黄河之水天上来，奔流到海不复回"的帆布包，就像街边兜售东西的小摊主，越急越找不到那个满意的商品。"钟鼓馔玉不足贵"，贪小便宜吃大亏，我虽然是一副不屑的表情，但眼神却直勾勾盯着帆布包，仿佛那里头真有我要的东西。他终于翻出一部手机，然后卷着长舌说："这是让我捎给你的，人家还在院长那说你好话，还说让我们帮你张罗一下个人的事情呢。"

几天后开会时，院长招招手让我挨着他坐，院长说："你应该考虑一下个人问题了。"院长还有意无意透露他要竞聘副校长，而且他也在院长人选里推荐了我。受宠若惊的我假意谦虚了几句，但心里还是自命不凡地期待着。我推掉了好多外面的活动，把精力都用到学院的课程上，并主动开了几场讲座。那段时间我每天都精神抖擞，身体里蕴藏着无限的能量，一高兴就揽下纪然工作调动的事，一忘形就让纪然住到家里。浓墨重彩的我出现在那些觊觎院长职位同人们的放大镜下，再经王教授"之乎者也"地一摇头，院长的事情就泡汤了。我只好回到原形继续过我凡夫俗子的生活。在院长升副校长之前，也就是天嘉大三的下学期，院长让我参加个饭局。我想虽然自己没有当上院长，可毕竟院长推荐过我。为了还这份情，我问也没问就应下了。

那天我走进包间，林立和她的丈夫正端详着菜单点菜。我就像遭遇经济学上的黑天鹅事件一样，瞬间就僵在那里。"电闪雷鸣"之后，我头也没回就往外奔，但还是被林立扯住了衣袖。我恼羞成怒地冲她喊："你这么大费周章地想干吗？晒幸福吗？"

林立盯着我一字一顿地说："我知道对不住你，但请你理解一个母亲的心，这一切都是为了天嘉。"

我躲闪着她的目光，仿佛那个做错事的是我："怎么做是你的权利，只是……"我话还没说完，院长就过来了，我只好耷拉着脑袋跟他们重新回到包间。

我冷眼观看，林立的丈夫虽然是个老总，竟然单纯得像个大男孩。也许是生长环境的缘故，跟林立比起来实在多了。院长对林立说天嘉成绩好，保研没有问题，但如果有合适的工作还是应该先工作。院长说完用谦虚的语气征询我的意见，我知道院长是想通过我的嘴印证他观点正确。我连忙附和："院长说的是上上策。"

不知院长是被我的话激励的，还是早就预谋好的，他就像那次悄悄说推荐我当院长一样，放低了声音叮嘱我："今年四大银行或好的单位来招聘，就把天嘉直接推荐过去吧。"然后院长向林立两口子解释道："我们推荐也只是保证简历不被刷下来，笔试、面试还是看个人发挥。"林立鸡啄米般可劲儿地点头，一副千恩万谢的样子，全然没了骄傲公主的影子。

那一阵我和纪然正处在甜蜜期，一高兴有些事情也就宽容多了。我和林立又恢复了联系。她比较自觉，除了来看女儿时给我带点陈皮，并没有死缠烂打。民大银行校园招聘宣讲，我通知了林立，也跟天嘉他们辅导员打了招呼，直接推送了天嘉的简历。其实不用打招呼，天嘉的成绩在前十名，这么多用人单位招聘，总会有天嘉的机会。我觉得林立简直就是瞎操心，但林立并不这样认为，仿佛天嘉不是找工作而是去炸碉堡，她要留在京城的阵地上把细节捋了又捋。每一个节点上我都会接到她的电话，不是问有没有关系，就是问该怎么做才能确保万无一失。

我说这只是其中一个，不行的话，还有 N 家，再说如今都是委托中介机构，这种事不好托关系。林立虽然"嗯嗯"着，但我明显感觉到她的焦虑。常常是电话刚放下不久，新的铃声就又追进来。

那几天，我看到她的电话就头疼。每次听见里面洪亮而急促的声音，觉得电话里的人不是林立，倒像是王教授家的李老师。终于熬到了面试环节，我想还是帮帮她吧，如果这个不成功，不知她还要再重新来过多少回，我岂不是也没了安生日子。我突然想到，纪然是过来人，纪然的经验应该是最直接也最有效的。纪然说她当时是误打误撞，面试官的提问也没有规律可循，总之是考察一个人的综合素质和心理压力。我把纪然的话转给林立不久，林立就带着天嘉上门取经。我尴尬地开开门，让进吧，家里乱得像狗窝，不让进吧，人就堵在门口。林立说让纪然好好给天嘉介绍一下经验，然后就像个钟点工一样帮我们收拾归整，顺便还煲了陈皮粥。

如今我想到天嘉的事情，就觉得林立插手天嘉的学习生活太多，反而适得其反。虽然纪然很认真地为天嘉面试辅导，把一个过来人的经验毫无保留地讲给天嘉听，但最后的画蛇添足不免留下了隐患："一个柜员岗，高中生都能做，真是明珠暗投了。"

天嘉说："我也觉得委屈，可我妈妈说，这个工作可以落户口。"

"嗯，也就这点好处，我当年也是这么想的。"我在旁边听着她俩一拍即合地聊着，张了张嘴却没能插上一句话。

六

我研究了半辈子经济，当然知道经济基础决定上层建筑，但我还是小觑了香奈儿的魔力。林立的香奈儿比我的规劝力量强大多了，纪然背着香奈儿出去溜达了几天，居然开始整理她遗落在沙发角落里的书和笔记。"争取用一年时间考过金融分析师，我还得为了包包奋斗呢。"她鸠占鹊巢地征用了我的书桌。尽管她把我的电脑和书本移到餐桌上，但我心里还是很高兴。我想考过考不过不重要，重要的是她不再荒废下去了。

收了林立的包包，就不得不过问一下天嘉的工作。我吸取上次帮纪然调岗位的教训，认真梳理了一遍手中的资源，目标锁定了一个在人事处的学生。人事处的学生说话特别客气，也特别中听。他一再强调"别着急"，如今转客户经理、转大堂经理、提职竞聘的渠道很多，让天嘉沉住气，他也会给相关领导打招呼的。我不敢再端着老师的架子，一个劲儿地表示感谢，几次嘴巴都差点磕到手机上。我把消息反馈给林立，并叮嘱她，如果天嘉那里有机会也及时告诉我，我再跟那个人事处的学生说。

还没消停几天，林立就又来京城找我。这次她不再拿开会遮掩，开门见山说天嘉的事情。因为纪然刚开始玩命地学习，我就不好把林立往家里让，就又去了家门口的茶馆。我们还没坐稳，林立就迫不及待地说："天嘉昨天跟我说要辞职。"

我心想辞职就辞职呗，如今都什么年代了，跳槽是很正常的事情。可眼前的林立嘴唇干裂，双眼焦虑，声音又高亢又急促，那严阵以待的样子，像极了刚孵化出小鸡的老母鸡。我抖抖嘴角把笑声拽回肚子里，然后又轻轻吹了一下浮在玻璃杯里的碧螺春才说："天嘉那么优秀，找工作容易得很。再说她户口有了，房子也有了，就随她去吧。"

林立张大嘴"啊"了一声，那刺耳的"啊"把服务员都招来了。她一边摆手示意服务员别打扰，一边语无伦次地说："你知道她看上的是什么工作吗？"

我心想天嘉又不是我和你的女儿，看上什么工作跟我也没关系。我甚至有些小得意，如果当年林立肯嫁给我，还用整天这么着急上火？这样一想，我连假装也懒得装了，仿佛我的世界只有手中的那杯绿茶。

"是证券业务推广岗。我咨询过做证券的朋友，那个岗位主要负责客户拓展，而且天嘉说人家让她负责金城区的业务推广。"林立说完怔怔地看着我。

她见我不吭声又补充道："这不就是给我和她爸上套呢吗，你知道我这几年为了她就没好好工作过，她爸那个人啥事都不操心的。"说到这里她猛然停住了，尴尬地咳了一声。我忽然对屈尊的林立涌起指点江山的欲望："那就做做天嘉的工作，让她耐心地等一等，机会总是有的。"

林立一副悲壮的神色，"咕咚咕咚"喝干了茶水，然后咬着嘴唇说："您能帮她再找找吗？花多少钱都行，她目前的状态特别不好。"

眼前的林立让我有些陌生，她头顶那几根支棱着的白发，倔强而又霸道地扎得我心疼。我不由自主地说："我明天就帮她找找。"

林立趁我不注意往我包里放了两万现金。她给我发短信说让我用那钱请人家吃饭。随后又发了一条："事成，再重谢！"我回："尽力。"合上手机后，我恨不能抽自己一个耳光，我怎么能和林立一起疯呢。

第二天一早，我就联系了那个人事处的学生。那学生是聪明人，他主动说天嘉他们行这几天就要招聘客户经理，让天嘉先报名，好好准备。为了万无一失，我跟他约好晚上海悦饭店面谈。下午我把林立给的现金装到信封里，然后又把林立上次给的那篓陈皮拿出来，自作聪明地想管它是十八年还是十年，只要有它当载体，不赤裸裸就可以了。

出发前，我冲着书房说："今天别叫外卖了，晚上给你带好吃的。"

纪然没回应，当时我心里还挺高兴，我知道纪然这次是真开始学习了。我一高兴话就多起来了，一边换鞋一边讨好她："海悦的寿司是你最爱吃的，我就带寿司吧。"依然没有回应，如若平常我也就出门了，回不回应都不妨碍，其实我们经常就是这样，但这时我突然想起自己刚出版的一本新书，便想签上名送给学生。

我踅回去推开书房的门，却见纪然趴在书桌上一动不动。我想上前推醒她，谁知她却身子一沉就势靠在我怀里，我硬挺着趔趄两步还是跌倒在地板上了。

120"完了、完了"地把我和纪然送进医院。纪然是急性胃出血引起的昏厥，她的胃溃疡很严重，还有一处增生，而且那个增生还有恶性的可能。在等待结果的那几天里，纪然表面笑呵呵的，但我看到她眸子后面的惊慌。

我和纪然在煎熬中等着病理结果，可大夫居然说组织取得太少，结果不好判定，需要再取。我说那就赶快取吧。大夫说目前出血点多，而且两次间隔太近，也不利于恢复，需要治疗一段才能再取。我问大夫以他的经验会是什么情况？大夫说还是以病理为准吧，目前需要的就是保持乐观的心情，好好配合治疗。

纪然不相信我的话，她觉得我在隐瞒病情。有一天她突然问我："是不是我连手术的机会都没有了？你告诉我，我还有多久？半年？三个月？还是……"我说你还没有确诊，但胃溃疡严重而且有增生是真的。她苦笑了一下，虽然不再追问，但我知道她那耷拉的嘴角上挂着质疑。几天后，纪然开了个公众号，每天就摁着外接键盘在 iPad 上写呀写。

采薇是通过纪然的公众号得知纪然生病的，采薇说她这学期交完论文就可以回国了。我不建议她回国，因为一个把业务开拓到美国的企业已经答应我录用采薇。我问采薇回国做什么？是进金融业还是来我们学校当辅导员？

采薇说："我想自己创业。"

"现在经济下行不是创业的好时机，再说你也没有过硬的一招鲜，就不要回国添乱了。"我咬着后槽牙一字一顿说的话一定被太平洋衰减成了一个屁，不然采薇怎么会自顾自地说"我要回去在西山开个宠物乐园"呢。

我恼怒地质问她："你确认自己没有发烧？"

"也许吧。"还没等我反应过来，"小黄狗"就吐着舌头、摇着爪子跟我拜拜了。

正当我怒火中烧时林立又过来找我。她说是探望纪然，其实我知道她是为天嘉的事情着急，可此刻的我真的没有心情再去管闲事了。于是我跟她要银行卡号，要把两万元还给她，她说什么也不给。拿了人家的手短，嘴也短，我只好让她先好好劝劝天嘉，再坚持一段，等纪然的事情脱开手，我再帮她找找。望着林立无奈的背影，我想林立和天嘉是多么好的日子呀，简直就是没事找事。

纪然病倒后，我劝她还是早点跟父母说实话。她低下头把手指抟得咯吱咯吱响："晚一天知道就少难过一天。"顿了顿又说："你也不用老来医院，只是这些费用我恐怕还不了了。"那一刻我才知道我的心里也是有纪然的，不然也不会隐隐作痛，我有些自责，也有些悲哀。

我没有时间再去晒太阳，手机屏幕上也少了采薇那条"小黄狗"问候的图像。我和纪然虽然不提胃癌两个字，但两人心里都认定是胃癌无疑。纪然写着她对这个世界的留恋，写着她的懊悔，写着她对生命的渴望。我后悔自己总是这样粗心。

我和纪然就在这种煎熬中挨过了三周的时间，病理结果出来那天，大夫说纪然的增生和溃疡都恢复得很好，下一步继续吃药就可以了。"确定是增生，不是癌？"我有些不相信地问大夫。

"不是癌，但增生也不可忽视，要继续治疗，两个月后复查。"那一刻纪然像小鸟一样扑到我的怀里。

纪然出院后的第一件事是和我到民政部门领证。工作人员是和我岁数相当的中年妇女。她瞥了我一眼，问纪然是自愿的吗？纪然说当然。我等着提问，可那个中年妇女只嫌弃地看了我一眼，就举起了印章。"等等，我不同意。"我的声音就像在阶梯教室演讲一样洪亮，声音出来的一瞬间，我自己都有点不敢相信。最近总是力不从心，上课时把麦克调到最大音量，有几次还引起麦克"嗞嗞"的抗议。

我告诉采薇纪然回到她的老家东北谋求发展去了，北京的一家租赁公司要招一个驻东北地区业务员，纪然投了简历。"就这么简单？"采薇第一次这样八卦地问我。

"就这么简单。"我直接把采薇的话粘贴到屏幕上。

"徐教授，你就不怕她翅膀硬了，再也飞不回来啦？"采薇追问着。

"我就怕你们飞不远呢。"我自认为很幽默，但采薇没有再回复，手机屏幕上晃动着小黄狗挥着爪子傻呵呵再见的图片。

门外突然响起急促的脚步声，好像还有救护车"完了、完了"的叫声。我打开家门，看到王教授再次被抬上救护车。王教授的血管堵塞严重，上次大夫建议做心脏搭桥，可王教授非要等王读史回来才肯进手术室。王教授一边锻炼一边等着王读史回来，谁知今天在家里走着走着就晕倒了。虽然抢救及时，但因为心跳停止时间超过 5 分钟，脑死亡不可逆转了，除非有奇迹。王教授就这样再次进了 ICU，浑身插满管子躺在升降床上。

李老师也许是看电视看多了，非让我跟王教授去说说他感兴趣的事。我才不愿让王教授醒来呢，可我也不好驳李老师的面子。但当我戴着口罩、帽子和鞋套进去时，看到他躺在那里一动不动，顿时有些伤感，竟然有些怀念他摇头晃脑、"之乎者也"地和我斗嘴。我说你不是愿意八卦吗，那我跟你说说纪然的事情吧，他的眼皮动也不动。我又讲我和林立的事情，他还是那样没有反应。李老师一边拍打他一边骂他："你非要等读史，你不知道孩子脱不开身吗？你说，如今让孩子是回还是不回？"王读史还在等工作签证，如果此时回来，有可能就再也没有留在美国的机会了。

我刚从医院出来，林立的声音就从电话那边呼啸而来，她说："徐宏伟，我求求你了，这回我真的嫁给你，只要你肯帮帮天嘉。"

"你怎么说话呢？我这不是一直有事吗？"我心里有些堵，那个清高雅致的林立怎么越来越像个泼妇了？想到这里我就怼了一句："成不成你的钱我都会退回去的，连同那个香奈儿的钱。"

"我不是这个意思，是天嘉要裸辞。"

"都是你惯的，这点压力都不能承受，难道你要管她一辈子？可事实是你也管不了她一辈子。"林立的啜泣声打断了我，我的心又被泪水浸软了："我现在就去找我那个学生。"当时我真有豁出老脸的冲动，心想真是上辈子欠她的。

我向人事处那位学生再三表示歉意。为了让他相信，我还把纪然住院时的微信截图给他看，又跟他讲了王教授的病情。他宽厚地说："如今对一个企业来说最重要的是安全；对一个人来说最重要的是健康。"我们就这样一边谈着健康一边喝着白酒。酒过三巡，我把信封从陈皮篓里拿出来，赤裸裸放到他包里，然后自己拎着陈皮回家了。回家后我煮了陈皮，一直喝到胃吐酸水昏昏沉沉睡去。

　　电话铃响时我的脑袋还是木木的，迷迷糊糊摸起手机放在耳边："徐教授，我今天跟天嘉他们行长说她的事，调到客户经理岗或提个网点主任都没问题。"

　　"谢谢您，真是太谢谢您了！"我不等他说完就忙不迭地坐起来，小学生般毕恭毕敬地对着话筒点头哈腰。

　　"可是，可是天嘉在一个月前已经辞职了。"我不知是怎么放下手机的，只觉得脑袋一歪就把床头柜上的小闹钟撞到了地上。抬头望去，时间定格在上午十点半，窗外的老天也和我一样耷拉着脑袋。

七

　　我和林立就那样静静地坐着，林立的眼睛一直盯着我右手边的纸袋。我给她要了一杯碧螺春，给自己要了一壶碎银子。服务员有些诧异地看着我。我说："没错，她喜欢碧螺春，我喜欢碎银子。"也许服务员感觉到气氛有些压抑，居然没有啰嗦陈皮的事情，上了茶就自觉地退出去了。

"孩子们有自己的想法是件好事情。"我试探性地说了一句，林立迷茫地转着手中的茶杯。我继续说："就说纪然吧，她经历了……"我想说生死又觉得不妥，可一时就是找不到合适的描述。

"其实，其实你费费心还是能办成的。你就说她是你的闺女。"林立的脸有些微微发红。

"你今天见天嘉了吗？"我只好侧面迂回。

"没有，她说她在外地参加一个培训。"林立说完又转了一下杯子，然后咬着嘴唇说："今天我住你那里吧，天嘉说她的钥匙丢了，换了锁，等回来后再给我新钥匙。"

日本铁壶咕嘟咕嘟冒着白汽，里面的碎银子浓得有些像地沟油，我把水倒掉，再续了新水。这时林立才想起今天没要陈皮，她把手放在呼叫器上。我挪开她的手指，把人事处学生的话复述了一遍。

"不可能，绝对不可能。"林立没等我说完就起身往外走，一边走一边歇斯底里地喊："我去他们单位问问。"

我跟着林立来到天嘉他们行。单位领导说："没错，一个月前就办完手续了，她要出国读书。"

林立疯了一样地狂拨天嘉的电话，可总是无法接通。我跟林立在记忆里搜寻着天嘉的朋友，分头给他们打电话，可大家都说很久没联系了。我忽然想起那天纪然和天嘉谈得很投机，忙不迭地就拨通了纪然的电话。

"我好佩服天嘉呀，她此刻应该在飞往欧洲的飞机上，她说她要游学，怎么，林立没跟你说吗？"

"不仅我不知道，她妈妈也不知道，她游学，费用从哪里来呢？"我有些恼怒地质问，把天嘉出走的火撒到纪然头上。

"她是把房子卖了还是抵押了？我也不清楚，反正她是含着金钥匙出生的。"纪然在电话那头羡慕地说道。

我还想再问几句，但还没等我的话出口，林立就一屁股瘫软在马路牙子上。裙摆飞起，她腹下的赘肉竟然像棉花般恣意地绽放着，眼前的林立完全没有了白衣少女的影子。我忽然觉得人的衰老犹如人的生死，就是一瞬间的事。

林立向我招招手，让我也坐在她身边。我坚决不肯，我想我能陪她站着已经给足她面子了。林立指指天空呆呆地说："就这样飞走了？"

我安慰她："孩子们能飞也不是坏事。塞翁失马焉知非福？"

这时采薇的"小黄狗"伸着爪子向我问好："老徐，在哪呢？"

我回复："看天呢，看看你要飞到哪里去？"

"小黄狗"又晃了一下："我落地了，此刻就在咱家门口蹲着呢。"